小書痴的下剋上

為了成為圖書管理員不擇手段！

第四部 貴族院的自稱圖書委員Ⅳ

香月美夜——著
椎名優 繪 許金玉 譯

本好きの下剋上
司書になるためには
手段を選んでいられません
第四部 貴族院の自称図書委員Ⅳ

CONTENTS

第四部 貴族院的自稱圖書委員 IV

登場人物

第三部 劇情摘要

成為貴族以後，羅潔梅茵因為領主養女與神殿長的身分忙得不可開交。好不容易印刷機完成了，還在城堡舉辦了販售會，歌牌、撲克牌與書正順利普及開來。然而，就在喬琪娜來訪以後，情勢變得非常緊張。不只韋菲利特遭到算計，羅潔梅茵為了拯救被擄走的夏綠蒂，被敵人灌下毒藥性命垂危。雖然浸入了尤列汾藥水，但再次睜眼醒來，時間竟然已是兩年後……

羅潔梅茵

本書主角。因為沉睡了兩年，外表仍是七歲幼童。內在也還是沒什麼改變。到了貴族院，依然是為了看書不擇手段。現為貴族院一年級生。

艾倫菲斯特的領主候補生

韋菲利特

齊爾維斯特的長男。羅潔梅茵的哥哥，現為貴族院一年級生。

夏綠蒂

齊爾維斯特的長女。羅潔梅茵的妹妹，年紀小一歲。明年才要就讀貴族院。

羅潔梅茵的監護人們

斐迪南

齊爾維斯特的異母弟弟，羅潔梅茵的監護人。

齊爾維斯特

收養羅潔梅茵的艾倫菲斯特領主，羅潔梅茵的養父。

芙蘿洛翠亞

齊爾維斯特的妻子，三個孩子的母親。羅潔梅茵的養母。

卡斯泰德

艾倫菲斯特的騎士團長，羅潔梅茵的貴族父親。

艾薇拉

卡斯泰德的第一夫人，羅潔梅茵的貴族母親。

波尼法狄斯

齊爾維斯特的伯父，卡斯泰德的父親，羅潔梅茵的祖父。

羅潔梅茵的近侍

黎希達
首席侍從。熟知三名監護人孩提時期的上級貴族。

莉瑟蕾塔
貴族院四年級生，中級見習侍從。安潔莉卡的妹妹。

布倫希爾德
貴族院三年級生，上級見習侍從。

哈特姆特
貴族院五年級生，上級見習文官。奧黛麗的么子。

菲里妮
貴族院一年級生，下級見習文官。

安潔莉卡
貴族院六年級生，中級見習護衛騎士。莉瑟蕾塔的姊姊。

柯尼留斯
貴族院五年級生，上級見習護衛騎士。卡斯泰德的三男。

萊歐諾蕾
貴族院四年級生，上級見習護衛騎士。

優蒂特
貴族院二年級生，中級見習護衛騎士。

達穆爾
下級護衛騎士。未隨同至貴族院。

奧黛麗
上級侍從。哈特姆特的母親。未隨同至貴族院。

羅潔梅茵的專屬

艾拉 專屬廚師。
雨果 專屬廚師。
羅吉娜 專屬樂師。

赫思爾
艾倫菲斯特的舍監。斐迪南的師父。

貴族院的教師

普琳蓓兒 庫拉森博克的舍監。
洛飛 戴肯弗爾格的舍監。
傅萊芮默 亞倫斯伯罕的舍監。
鮑琳 法雷培爾塔克的舍監。音樂老師。
索蘭芝 貴族院的圖書館員。

貴族院的學生

羅德里希	艾倫菲斯特的中級見習文官。 隸屬舊薇羅妮卡派。
托勞戈特	艾倫菲斯特的上級見習騎士。 黎希達的外孫。
藍斯特勞德	戴肯弗爾格的領主候補生。
漢娜蘿蕾	戴肯弗爾格的領主候補生。
阿道芬妮	多雷凡赫的領主候補生。
奧爾特溫	多雷凡赫的領主候補生。
蒂緹琳朵	亞倫斯伯罕的領主候補生。 喬琪娜的女兒。

貴族院　其他

休華茲	圖書館的魔導具。
懷斯	圖書館的魔導具

神殿的侍從

法藍	負責管理神殿長室。
薩姆	負責管理神殿長室。
妮可拉	神殿長室與廚房的助手。
莫妮卡	神殿長室與廚房的助手。
吉魯	負責管理工坊。
弗利茲	負責管理工坊。
葳瑪	負責管理孤兒院。

古騰堡夥伴

英格	木工工坊的師傅。
薩克	鍛造工匠。 負責研究構思。
約翰	鍛造工匠。 負責提供技術。
海蒂	墨水工匠。 約瑟夫的妻子。
約瑟夫	墨水工匠。 海蒂的丈夫。

其他貴族

艾克哈特	斐迪南的護衛騎士。 卡斯泰德的長男。
尤修塔斯	斐迪南的文官。黎希達的兒子。
蘭普雷特	韋菲利特的護衛騎士。 卡斯泰德的次男。
布麗姬娣	羅潔梅茵的前護衛騎士。 已返回故鄉伊庫那。
奧斯華德	韋菲利特的首席侍從。
克勞迪奧	基貝．哈爾登查爾， 艾薇拉的哥哥。
鄂妮思塔	中級貴族，夏綠蒂的護衛騎士。
薇羅妮卡	齊爾維斯特的母親。 現正受到幽禁。
亞納索塔瓊斯	中央的第二王子。
艾格蘭緹娜	庫拉森博克的領主一族。
格傑弗里德	奧伯．亞倫斯伯罕。
喬琪娜	齊爾維斯特的姊姊， 亞倫斯伯罕的第一夫人。

平民區的家人

昆特	梅茵的父親。
伊娃	梅茵的母親。
多莉	梅茵的姊姊。
加米爾	梅茵的弟弟。

平民區的商人

班諾	普朗坦商會的老闆。
馬克	班諾的得力助手。
路茲	都帕里學徒。
歐托	奇爾博塔商會的老闆。
珂琳娜	奇爾博塔商會的裁縫師。
谷斯塔夫	商業公會的公會長。
提歐	奇爾博塔商會的都帕里。
萊昂	奇爾博塔商會的都帕里。

其他

戴爾克	與戴莉雅情同姊弟的身蝕孤兒。
戴莉雅	青衣見習巫女時期的前侍從。
康拉德	菲里妮的弟弟，現在進了孤兒院。

第四部

貴族院的自稱圖書委員IV

序章

在貴族院修完一年級的課程，剛返回艾倫菲斯特，韋菲利特隨即面臨了足以左右命運的重要抉擇。

此刻在領主辦公室裡的，只有齊爾維斯特、韋菲利特，還有騎士團長卡斯泰德共三人。韋菲利特很少在屏除了雙方近侍的情況下與父親交談。他感到十分緊張，再加上齊爾維斯特說出口的內容，居然是詢問他有無意願與義妹羅潔梅茵訂下婚約。

「我希望你不受他人影響，所以才安排了這場會面。能告訴我你有什麼想法嗎？」

老實說，韋菲利特完全不明白事情怎麼會演變成了他要與羅潔梅茵訂婚。羅潔梅茵開始推廣新流行以後，他知道很多他領的人都前來打探消息，想向義妹求親。之前也是他回答得含糊其辭，說：「可能要等到領主會議時才會有答案。」可是，他從來沒想過自己與羅潔梅茵會有訂婚的可能。

「羅潔梅茵是獲選為最優秀者的領主候補生，又主動與上位領地打好交情，所以我一直以為她會嫁到他領，與他領建立關係。」

「你說得沒錯，倘若羅潔梅茵是尋常的女性領主候補生，我大概也會這麼做吧。但是，我們不能讓羅潔梅茵嫁往他領。」

如果是尋常的女性領主候補生……？

感覺齊爾維斯特話中有話，韋菲利特對此感到有些疑惑。之前在貴族院，大家也都說羅潔梅茵明明在尤列汾藥水裡沉睡了兩年，居然還能取得最優秀的成績，簡直不是普通人，但他總覺得齊爾維斯特現在的這句話中還含有其他意思。不過，在齊爾維斯特開始說明為什麼不能讓羅潔梅茵離開艾倫菲斯特以後，韋菲利特內心的狐疑很快就化作泡沫消失了。

「你也知道，我會收養羅潔梅茵，就是為了把她原先在神殿裡經營的個人事業擴展到整個領地。由於沒有人比她更了解新事業，偏偏她卻沉睡了兩年時間，造成很大的損失。現在新事業尚未在領內站穩腳步，少說也需要十年的時間才能打好基礎。」

一般來說，居然有小孩子在還沒受洗前就自己經營事業，韋菲利特該對這件事感到奇怪才對。而且明明神殿裡頭還有斐迪南這名監護人在，卻沒有人比羅潔梅茵更了解新事業，這點他也應該要覺得可疑。但是，由於韋菲利特之前在貴族院的時候，已經在近距離下見識過羅潔梅茵對於書本那病態般的執著，也知道她擁有多麼豐富的知識，所以內心沒有產生任何質疑，一下子就接受了這樣的解釋。

「現在就已經有他領的人想向羅潔梅茵求親了，我們更不可能長達十年以上的時間都不讓她結婚呢。」

男性也就算了，女性只要超過二十歲沒結婚就算晚嫁，會被人在背後指指點點。如果有意讓羅潔梅茵嫁往他領，代表她六、七年後就必須離開艾倫菲斯特，根本無法在領內待上十年的時間。

「是啊。而且若讓羅潔梅茵嫁往上位領地，那個領地多半會在印刷業的帶動下變得強盛。對艾倫菲斯特來說，這實在不是一件好事。」

羅潔梅茵對書本的執著異常強烈，可以想見她嫁往他領之後，一定會在當地發展印刷業。如果那個領地有錢又有足夠人才，印刷業說不定轉眼間就會發展得比艾倫菲斯特還要蓬勃。也難怪父親站在領主的立場，會判斷絕不能讓羅潔梅茵嫁往他領。韋菲利特自己也作出了一樣的判斷。

「除此之外，羅潔梅茵也有太多事情教人擔心。她的身體過於虛弱，還不曉得往後能否懷孕生子。雖然斐迪南說了，她只是剛從尤列汾藥水中醒來，身體以後會慢慢恢復健康，但這並不保證她將來絕對會擁有健康的身體。」

雖說會慢慢恢復健康，但在因為遇襲而浸入尤列汾藥水之前，羅潔梅茵本來就已經虛弱到了只是跑幾步路也會暈倒，被雪球丟中還會失去意識。這樣的她，真的有辦法恢復到和平常人一樣的健康身體嗎？如果嫁往他領當第一夫人，卻生不出孩子來，到時候她的處境會非常艱難。

「再加上一牽扯到書的事情，她就不懂得瞻前顧後，各種稀奇古怪的舉動也不像是一般貴族……單看成績，羅潔梅茵確實是最優秀的學生；但是只看言行的話，她根本是問題兒童。你在貴族院也因此吃了不少苦頭吧？我實在不敢讓她去其他領地。」

齊爾維斯特苦笑著聳了聳肩，向韋菲利特尋求同意，評論羅潔梅茵是問題兒童。

羅潔梅茵……是問題兒童嗎？

對此，韋菲利特卻遭受到了難以言喻的衝擊。當年羅潔梅茵明明才受洗不久，就能明確指出韋菲利特的教育進度落後，還帶來了她自製的學習用玩具，重新訂定教學計畫。

之後還能一邊完成她在神殿裡該做的工作，一邊接受領主一族的教育；韋菲利特花了整整一個月才上完的進度，她卻只花幾天的時間就輕鬆追過。後來她又因為保護夏綠蒂，浸入尤列汾藥水中沉睡了兩年，最終卻還是在貴族院取得了最優秀的成績。

這麼厲害的羅潔梅茵，父親居然說她是問題兒童。一直以來，韋菲利特都覺得羅潔梅茵是完美得無可挑剔的領主候補生，不管怎麼追都不可能追得上，現在卻彷彿一下子變成了普通人。他感到震驚的同時，內心還有種失望的感覺，就好像在原本以為完美無瑕的東西上發現了瑕疵。

……但是仔細回想起來，父親大人說得沒錯。

羅潔梅茵只要是關係到書與圖書館的事情都非常任性，完全無法忍耐，還很堅持己見。而且也因為她接連與王族以及上位領地有了往來，今年的社交活動多到讓人無法招架。最終領主甚至下了命令，禁止她出席領地對抗戰與表揚儀式。韋菲利特可以料想到，父親一定是判斷她的出席對領地來說太危險了。

……原來如此，所以才說她是問題兒童嗎？

在韋菲利特心目中，羅潔梅茵漸漸從「望塵莫及的完美領主候補生」，變成了「成績很好的問題兒童」。確實是不能讓這樣的羅潔梅茵嫁往他領吧。韋菲利特消化了這個新事實後，齊爾維斯特的表情微微沉了下來。

「此外，羅潔梅茵她自己應該也希望往後能留在艾倫菲斯特。所以，我想至少要實現她的這點心願。」

羅潔梅茵似乎有什麼理由想留在艾倫菲斯特。雖然不知道是什麼理由，但韋菲利特並不在意。如果是羅潔梅茵想嫁往他領，卻因為領地的關係無法離開，他可能會想知道原因，但既然本人想留在艾倫菲斯特，那就沒有任何問題吧。韋菲利特反而好奇另一件事。

「我明白為什麼不能讓羅潔梅茵離開領地了。可是，對象為什麼是我呢？」

「因為你是最適合的人選。能與羅潔梅茵結婚的領主一族，只有你、斐迪南與麥西歐爾共三人。」

聽了父親列出的三個名字，韋菲利特點點頭。

……另外還有波尼法狄斯大人與父親大人，但這兩人不可能吧。

「你們三人中，尚未受洗、還未在春天的領主會議上得到國王認可的麥西歐爾，自然是不在考慮範圍內。再者，現在萊瑟岡古派的貴族都希望斐迪南成為下任領主，所以也不能讓羅潔梅茵與斐迪南訂婚。」

「為什麼？叔父大人也有不能當上領主的汙點或隱情嗎？」

在韋菲利特看來，斐迪南是自己就算長大成人也無法與之匹敵的優秀領主一族。再根據身邊人們告訴過他的，當初似乎是因為祖母薇羅妮卡討厭與自己沒有血緣關係的斐迪南，才想方設法不讓他有機會成為下任領主，但齊爾維斯特與斐迪南之間看來也沒有什麼嫌隙，讓他成為下任領主也沒關係吧。

「因為若讓斐迪南成為下任領主，只怕有害無利。首先，斐迪南當初雖是為了逃離母親大人無止盡的打壓，但進過神殿仍是事實。每當要與他領協商談判的時候，對方很可能一逮到機會就提起神殿這段過往。」

這麼說完，齊爾維斯特又皺起臉龐說了：「雖然他可能會靠自己想辦法，但沒必要再讓他過得那麼辛苦。」看來進過神殿這件事，對貴族來說是個汙點。

「再來，是你們的地位會變得比現在要低。旁人對你們的態度，必定會因為你們與領主的關係深淺而有不同。例如夏綠蒂在嫁往他領以後，端看下任領主究竟是親哥哥的你，還是我的異母弟弟斐迪南，她在夫家的待遇也會截然不同。」

聞言，韋菲利特心頭一驚。他從來沒去思考過弟弟妹妹們的將來。回想起來，他在貴族院認識的他領領主候補生們，確實很少有人與異母兄弟相處融洽。因為自己與羅潔梅茵、父親與斐迪南的感情很好，他一直以來都忘記了，但其實異母兄弟基本上會被當作是不同家族的人。

「還有，我們與法雷培爾塔克的領主夫婦有著深厚的血緣關係。倘若把奧伯之位讓給完全沒有血緣關係的養女和異母弟弟，兩領地間的關係勢必惡化。現在艾倫菲斯特已經與南邊的亞倫斯伯罕鬧僵，不能再讓西邊的領地與我們為敵。」

韋菲利特在腦海中回想領地的地圖，打了個冷顫。血緣關係深厚的同時，關係一旦惡化，隨之而來的麻煩也會非常棘手。斐迪南如果在與羅潔梅茵訂婚後成為領主，萊瑟岡古派的貴族會很高興吧。但考慮到領地間的關係，很可能會面臨無窮後患。

「……最後是我個人的私心，對我來說也是最重要的理由。我已經讓芙蘿洛翠亞辛苦又忍讓了這麼多年，沒辦法再做出會對不起她的事。」

齊爾維斯特說了，當初芙蘿洛翠亞是在他殷切的懇求下嫁來當第一夫人，還生下了三個孩子。但是，如果最終不是讓兩人的孩子，而是讓異母弟弟和養女成為下任領主，看

在他領眼裡，會以為是芙蘿洛翠亞與她的孩子們有什麼重大缺陷。

……這麼做會對不起母親大人嗎？

韋菲利特曾聽說芙蘿洛翠亞以前備受薇羅妮卡欺凌，自己剛出生就被祖母帶走，母親因此鎮日以淚洗面。聽到這件事的時候，他才知道母親遠比想像中的要深愛自己。不能再有任何事情讓她傷心難過了。韋菲利特打從心底贊同父親的想法。

「雖然我也想過讓羅潔梅茵下嫁給上級貴族，但是這樣一來，她就無法為基礎魔法提供魔力。到時不僅萊瑟岡古會嚴重抗議，對艾倫菲斯特來說也是莫大的損失。」

「……這樣看來，能夠結婚的對象真的只有我了呢。」

儘管自己有著擅闖白塔的汙點，但是放眼艾倫菲斯特，已經找不到其他能與羅潔梅茵訂婚的對象了。韋菲利特說完，齊爾維斯特的表情有些苦澀。

「對你來說，這也不是壞事吧？由母親大人撫養長大的你，因為白塔一事留下了汙點，現在的情勢對你確實很不利。藉由聯姻得到新的後盾，讓自己的地位重新變得穩固，這種事情本就很常見。就和斐迪南只要與羅潔梅茵訂婚，便會被推舉為下任領主一樣。」

不只領主一族，貴族本來就會藉由聯姻，來獲得後盾、魔力、人力、金錢，建立起新的連結，這些都是稀鬆平常。婚姻說穿了也是一種交易。

「現在不管你有多麼努力，貴族們對你的評價都不會太友善吧。但是，只要與羅潔梅茵訂下婚約，你必然可以回到下任領主的位置上。因為萊瑟岡古派的貴族們，也只能支持羅潔梅茵未來的丈夫。」

齊爾維斯特一邊說明艾倫菲斯特的情勢與派系現狀，一邊闡述韋菲利特與羅潔梅茵訂婚後會有哪些益處。

「現在艾倫菲斯特的貴族主要分成了兩大派系，也就是舊薇羅妮卡派與萊瑟岡古派，但將來應該可以改變這樣的現狀。還有，萊瑟岡古派的貴族長年來都期望著下任領主能流有他們的血脈，如今可以實現這個心願，往後帶領起來應該也會容易得多。」

齊爾維斯特說的，全是韋菲利特聽了可以理解的理由和預測。但是，他還是很難想像自己將來要與羅潔梅茵結婚，總覺得渾身不太對勁。

「……羅潔梅茵對此有什麼看法嗎？」

韋菲利特沒有馬上回答，先問了羅潔梅茵有什麼反應。齊爾維斯特「嗯」了一聲後，整張臉垮下來。

「當初收她為養女的時候，就已經預計將來會是政治聯姻，所以她說了，只要城堡與神殿的圖書室能夠任她處置，她沒有任何異議。甚至就算要嫁往他領，她最先確認的也是他領圖書室的藏書量。」

聽起來她的主要目標根本是圖書室，與自己結婚只是順便。雖然完全可以想像羅潔梅茵會有這種回答，但聽到她基於這樣的理由作出決定，韋菲利特一點也高興不起來。

「……父親大人，如果我拒絕與羅潔梅茵訂婚呢？」

父親把他叫來，是為了詢問他的意見，打從一開始就沒說這是領主的命令。也就是說，應該還有其他的解決辦法。聽了韋菲利特的問題，這次齊爾維斯特的臉龐明顯扭曲僵硬。

「……我會納羅潔梅茵為第二夫人。」

「什麼?!」

韋菲利特簡直不敢置信，表情跟著扭曲。齊爾維斯特曾經宣稱他除了芙蘿洛翠亞，不需要再有其他妻子，至今也未曾迎娶第二夫人，難以相信這種話會從他嘴裡說出來。

「波尼法狄斯因為與羅潔梅茵是直系血親，當然不可能列入考慮；而我是養父，與她並無血緣關係。如果不想讓她離開領地，我確實是可以把她納為第二夫人。但是，這麼做勢必會受到他領非議，我除了芙蘿洛翠亞外，無意再娶別人為妻的想法也沒有改變，所以羅潔梅茵只會變成徒有其名的妻子吧……恐怕沒有任何人能因此得到幸福。」

一試著想像父親迎娶了與自己同年的義妹羅潔梅茵為第二夫人，韋菲利特內心最先湧出了厭惡感。夏綠蒂肯定也沒辦法以平常心看待吧。齊爾維斯特說得沒錯，這麼做沒有人能得到幸福。

「我可以先和奧斯華德他們商量嗎?突然就要訂下婚約，我腦筋一片混亂……」

「我本來是希望你能當場作出決定，那好吧。我打算在慶春宴上，向貴族們宣布羅潔梅茵的訂婚對象，麻煩你盡快給我答覆。」

韋菲利特回到房間後，和近侍們商量自己是否該與羅潔梅茵訂下婚約。經過白塔一事，韋菲利特已經深刻體會到了自己的將來，會直接影響到近侍們的將來。所以他才想回來問問近侍，如果自己將來要與羅潔梅茵結婚，他們對此有什麼看法。

「領主大人問您，有無意願與羅潔梅茵大人訂婚嗎？可是，兩位都還不到論及婚嫁的年紀吧？」

也難怪近侍們瞪大了眼睛。因為貴族在進入青春期以後，就能感應到與自己相近的魔力量，這在尋找可以結婚的對象時是非常重要的依據。一般都是到了可以感應魔力的年紀，才會決定結婚的對象。要是年紀太小就訂下婚約，很有可能到了適婚年齡的時候，才發現彼此的魔力量並不相配，只能取消婚約；也有可能因為婚約無論如何都不能取消，但結了婚也無法生下孩子。總之弊大於利。

「現在因為新事業還沒有打好基礎，不能讓羅潔梅茵離開領地。父親大人考量過了領地現在的情勢，再加上領地對抗戰時他領都有意提親，所以似乎是想在春天的領主會議上向國王徵得許可。」

「也是，之前在貴族院引發了不小的騷動呢。」

了解貴族院情況的見習近侍們都一臉可以理解。

「……雖然一般都說女性很難成為奧伯，但先前發生了白塔一事後，貴族們都認為夏綠蒂大人是最有可能成為下任領主的人選。但是，一旦與羅潔梅茵大人訂下婚約，韋菲利特大人便有機會成為下任領主了吧？」

「是啊，父親大人與奧斯華德也說了一樣的話。與羅潔梅茵訂婚的人，多半會自動地成為下任領主。」

韋菲利特點頭予以肯定。近侍們眨了眨眼後，面面相覷。

「可是，羅潔梅茵大人不是曾經說過，她會站在夏綠蒂大人那邊嗎？」

「倘若這次的婚約是由奧伯下令，身為養女的她也無法拒絕吧。」

「比起麥西歐爾大人，韋菲利特大人更有能力率領舊薇羅妮卡派。為了艾倫菲斯特的將來，還是該由韋菲利特大人成為下任領主吧。」

韋菲利特慢慢環顧眾人，聽著近侍們你一言我一語地發表意見。大家臉上都有著顯而易見的喜悅，顯然十分樂見他與羅潔梅茵訂婚。

「只要與羅潔梅茵大人訂婚，韋菲利特大人肯定能追過夏綠蒂大人的聲勢。韋菲利特大人，這可是絕無僅有的好機會。」

見習文官伊格納茲說完，近侍們紛紛點頭同意。然而，聽到訂下婚約以後，自己就能比夏綠蒂更具有優勢，韋菲利特內心升起些許歉疚。但他也很快搖頭，阻止自己這麼想，並在心裡說服自己。

……父親大人也說了，利用聯姻來填補不足是很常見的事情，所以這並不是什麼卑鄙的手段。

「韋菲利特大人，雖然您面色凝重，但是奧伯會詢問您有無意願訂下婚約，不就代表他認同了您至今的努力與成長嗎？況且您的近侍們先前還在得到許可後，一同學習了魔力壓縮法……」

「蘭普雷特說得沒錯，韋菲利特大人。白塔一事發生後，您始終毫不氣餒地持續努力，如今總算有了回報呢。」

聽見奧斯華德的稱讚，韋菲利特高興得不得了。自己一直以來的努力終於得到了認可。他心裡油然升起了難以形容的成就感，以及一切都有了回報的痛快。他突然間覺得，也許可以積極地考慮看看與羅潔梅茵的婚事。

「我真的應該與羅潔梅茵訂婚嗎？唔，雖說我們將來會成為夫妻，但我其實還不太明白夫妻是什麼……」

「韋菲利特大人，您與羅潔梅茵大人都還不到能感應魔力的年紀，恐怕要等長大後才會有真實感吧。但是，考慮到韋菲利特大人目前的處境，我認為這是很好的機會。」

「其實夫妻就像家人一樣，兩位應該能夠建立起與現在相差無幾的關係吧。」

「有些政治聯姻是明明非得結婚不可，男女雙方卻有著決定性的差異，無法匹配。只要不是這種情況，應該都算好的吧。」

「您不必這麼擔心，我相信兩位一定能和您的父母一樣，成為感情和睦的夫婦。」

現在還不懂，以後就會明白了──已經成年的近侍們異口同聲這麼說。夫妻之間都是如何相處，由祖母養育長大的韋菲利特從未實際感受過。只不過經近侍們一說，他的父母確實是感情很好的夫婦。他和羅潔梅茵也能變成他們那樣嗎？

……嗯，這樣好像也不壞。

腦海中浮出了溫柔對待齊爾維斯特的芙蘿洛翠亞，韋菲利特點一點頭。羅潔梅茵也很疼愛夏綠蒂，只是對自己很嚴厲，如果她以後能溫柔一點，那麼與她訂婚也不錯。

「若與羅潔梅茵大人訂下婚約，她也能幫忙約束萊瑟岡古派的貴族吧。畢竟那是她的親族。將來治理起領地，想必可以輕鬆許多。」

「原來如此，萊瑟岡古派的貴族們只要交給羅潔梅茵就好了嗎？」

現在成天不停抱怨的那些人，有大半都是萊瑟岡古派的貴族，看來往後可以把他們交給羅潔梅茵處理。聽了近侍們的意見以後，韋菲利特越來越覺得這門婚事值得考慮。而且能在正面積極的心態下作出決定，也讓他覺得找近侍們商量果然是正確的。

「嗯……你們的意見我都了解了。我決定與羅潔梅茵訂下婚約。」

韋菲利特宣布了自己的決定後，近侍們一致發出歡呼。

慶春宴

與路茲他們道別，返回城堡以後，再過幾天就是慶春宴了。慶春宴象徵著冬季的社交界正式結束，基貝們也要返回各自的土地，春天的日常生活即將到來。

「大小姐，應該是這套衣服更適合您吧？」

「既然要參加慶春宴，我認為還是這件綠色服裝更理想。」

剛從神殿回到城堡的房間，黎希達與布倫希爾德便拿來她們各自為宴會挑選好的衣服，逼著我作出選擇。除了服裝，我還來回看向兩人散發出驚人氣勢的臉孔，完全不知道該怎麼選才是正確答案。

……其實我不管哪一件都可以啊。

兩人的可怕眼光讓我有些心驚肉跳。就在這時，莉瑟蕾塔突然從旁邊遞來髮飾。是多莉之前提交艾格蘭緹娜的髮飾時，我順便向她購買的最新髮飾。

「羅潔梅茵大人，您預計在宴會上佩戴這個髮飾嗎？」

「對，我打算佩戴這個最新款式。」

我點點頭後，莉瑟蕾塔向展示著服裝的兩人微微一笑。

「如果要搭配這個髮飾，我認為奧黛麗在一開始挑選的那件衣服最合適呢。我為您拿過來吧？」

「說得也是呢。既然髮飾已經確定了，請搭配髮飾挑選服裝吧。」

服裝決定好了以後，她們又拿來鞋子與配件一一向我徵求許可。其實我只是看著大家拿出來的東西，應聲表示同意而已，基本上全權交給她們處理。

「羅潔梅茵大人，請問您在神殿與商人會面，談妥了哪些事情呢？我們這邊已經準備好了參與印刷業的所需資料。」

哈特姆特說話的同時，把他們做好的資料拿給我看。剛剛才和路茲他們道別而已，一想起神殿裡的相處情景，內心便隱隱作痛。我馬上翻看起資料，藉此忽略胸口的疼痛。

「哈特姆特真是優秀的文官呢，資料沒有任何問題喔。菲里妮，這些資料之後要交給母親大人，先放進書信匣裡保管吧。」

簽完名字，我把資料交給菲里妮，然後拿出從神殿帶回來的書信匣，從中拿出另一份資料交給哈特姆特。

「哈特姆特，這是尤修塔斯整理好的，我與普朗坦商會的會議紀錄，另外這張紙上是一些我個人的意見。除了尤修塔斯的那項特殊技能以外，你可以儘管向他學習。他整理資料的能力真的非常出色呢。」

「不能向他學習那項特殊技能嗎？看起來好像很方便……」

哈特姆特的語氣聽來十分惋惜，感到焦急的我立即反對。

「哈特姆特不行，絕對不行。」

「這是為什麼呢？羅潔梅茵大人也明白情報的重要性吧？」

「因為你不適合。尤修塔斯是因為有張中性的臉孔，體型也比較矮小纖細，所以扮起女裝並不突兀。可是，哈特姆特以一般標準來看算高吧？你的肩膀也相當寬，而且還在發育期吧？」

經過這個冬天，哈特姆特又長高了一點。我想他接下來還會再長高。怎麼看他往後的身型都不適合扮成女裝。

「再加上想要完美地扮成女人，並不是一件容易的事情。尤修塔斯是因為從以前就當成興趣，持之以恆地反覆鑽研，才能夠連發聲、用字及動作都和真正的女人一樣。只學到皮毛的人要是扮成女裝，看來只會非常詭異。」

斐迪南或許不在意自己的近侍有男扮女裝的癖好，但我可不要。因為哈特姆特不只大力推廣聖女傳說，還把研究我當成了畢生志向，現在就已經夠奇怪了，不需要再變得更怪裡怪氣。

「哈特姆特要是敢扮成女裝，我會解除你的近侍一職喔。」

「那怎麼可以，看來我只能放棄假扮女裝了。」

哈特姆特垮下肩膀嘆道，我這才安心地鬆了口氣。只見奧黛麗與黎希達在後頭，也同樣露出了安心的表情。

大家各自都很忙，所以我開始做自己該做的事情。為了實現與路茲訂下的約定，我要增加書本的數量。為此，得寫好春天過後可以開始印製的書籍原稿。我重新查看了大家在貴族院抄寫的參考書原稿，也繼續完成之前寫到一半的戀愛小說。埋頭忙碌的時候，莉瑟蕾塔出聲叫喚我。

「羅潔梅茵大人，夏綠蒂大人想邀請您參加茶會。她說雖然十分突然，但想請問您明日下午是否有空呢？」

「只要侍從們在時間上沒有問題，我個人很想接受邀請呢。」

記得我在慶春宴之前都沒什麼安排。聽了我的回答，莉瑟蕾塔微笑說道：「夏綠蒂大人一直等著您的歸來，想必會非常高興吧。那我立即去回覆。」

不只我，夏綠蒂還邀請了韋菲利特，成了兄妹三人一起舉辦的茶會。仔細想想，這還是第一次。我自己也帶了點心過去，茶會在和樂融融的氣氛下開始了。

「還讓哥哥大人與姊姊大人過來一趟，真是不好意思。因為我想趁現在先決定好今年祈福儀式的分配，才方便依此進行準備。」

茶會上，最先提起的話題是祈福儀式，夏綠蒂與韋菲利特今年也都表示願意幫忙。我們攤開領地的地圖，討論著誰要負責去哪些地方。

由於基貝所治理的土地會由青衣神官帶著小聖杯前往，祈福儀式時我們只要去直轄地就好。再加上斐迪南，由四個人分頭前往以後，要去的地方便減少許多。說不定今年的祈福儀式一下子就結束了。

「今年我去直轄地舉行完祈福儀式後，還要再帶著古騰堡們前往哈爾登查爾的祈福儀式。此外，我也想親眼看看哈塞現在的情況。所以我希望可以第一個出發，然後從哈塞開始負責東邊的直轄地……」

「哈塞的居民都非常仰慕姊姊大人呢。小神殿那裡的人若能見到姊姊大人一面，應該也會比較放心，那就由姊姊大人負責東邊好嗎？」

「嗯，那羅潔梅茵負責東邊吧。」

接著我們說好南邊的直轄地就交給夏綠蒂，西邊交給韋菲利特，北邊交給斐迪南。只剩下取得斐迪南的同意，這樣的分配就正式拍板定案。

「不過，你們真的願意幫忙舉行祈福儀式嗎？準備起來相當麻煩吧？」

「姊姊大人，我都已經訂做好了祈福儀式用的服裝，請您不必介意。」

夏綠蒂早在去年就穿不下我自己準備的儀式服，所以在她決定往後也要繼續幫忙時，就已經訂做了祈福儀式用的服裝。韋菲利特也說他在更早之前就訂做了。

「因為妳的衣服上面繡有花朵圖案。兩年前祈福儀式結束後，叔父大人又吩咐我要參加秋天的收穫祭時，我就自己訂做一件儀式服了。」

在我青衣見習巫女時期訂做的藍色儀式服上，繡有流水紋路與花卉圖案。韋菲利特畢竟是男生，就算可以修改長度，他還是不想穿吧。一開始是因為臨時要參加祈福儀式，他沒有其他選擇，但不可能往後還想穿那件儀式服。

「可是一路上應該也很辛苦，你們真的不介意嗎？」

「前往舉行儀式的一路上，最可怕的是那個藥水。雖然可以恢復魔力和體力，但實在難喝得要命。」

韋菲利特露出了無比嫌棄的表情，針對回復藥水表達不滿。夏綠蒂臉上也同樣有著難以形容的複雜表情，點頭同意。

「是呀。我聽神殿的侍從說，姊姊大人以前也喝著同樣的藥水，前往參加各地的祈福儀式與收穫祭呢。您明明身體虛弱，居然還能喝下那麼苦的藥水，反覆舉行儀式，為了艾倫菲斯特提供魔力……我當下甚至覺得姊姊大人豈止是聖女，根本是女神了呢。喝完以後，好一段時間不管吃什麼，嘴裡都還是有藥水的味道吧？第一次喝的時候，我還以為是叔父大人故意欺負我呢。」

夏綠蒂緩緩搖頭，神色憂鬱地大嘆口氣。我看著她歪過了頭，記得與夏綠蒂同行的神殿侍從是法藍。法藍向我報告過，他準備好的藥水是改良版的。斐迪南都準備改良版的藥水了，居然還被夏綠蒂以為是在欺負她，我不由得露出苦笑，決定告訴他們真相。

「斐迪南大人並不是存心要欺負你們喔。兩位喝的藥水，可是濃縮了斐迪南大人的體貼與好心呢。那個藥水和最一開始做的比起來，已經好喝很多了。」

「那個算是濃縮了叔父大人的體貼與好心嗎？」

兩人看著我，臉頰抽搐僵硬。我微微一笑，點頭說了：「原始版本的味道更可怕喔，但當然效果也是無法比擬。」兩人聽完，立刻朝我投來尊敬的眼神。

稍微聊了會有關超級難喝藥水的話題後，只見夏綠蒂一臉若有所思，沉默著低下了頭。然後她仰起小臉，藍色雙眼定睛注視我。

「……姊姊大人，聽說您要與哥哥大人訂婚，這件事是真的嗎？前些天聽到父親大人在晚餐席間宣布這件事，我嚇了好大一跳呢。」

對於夏綠蒂的這個問題，我點一點頭。

「奧伯・艾倫菲斯特怎麼可能拿這種事開玩笑呢，是真的喔。聽說這對領地來說是最好的選擇。」

不只能整合領地內的派系，我也能夠獲得圖書室，往後還能確實得到艾倫菲斯特印製的所有書籍，這是最好的選擇。

而且要是嫁往他領，我也必須與平民區的大家分開……

夏綠蒂的小臉微微沉了下來，動作輕柔地拿起茶杯。

「……因為先前還聽說姊姊大人要站在我這一邊，所以我才這麼吃驚。」

「因為我是夏綠蒂的姊姊呀。我永遠會站在妳這一邊，有事儘管來找我吧！」

我挺起胸膛說完，夏綠蒂卻是死心似地嘆了口氣，臉上的表情像在說著「那就沒辦法了呢」，又好像在說「原來是這個意思啊」。然後，她先是看向韋菲利特，再轉頭看我。

「我突然為姊姊大人感到非常擔心呢。」

……咦？明明是說有事儘管來找我，為什麼會反過來為我擔心？

「這個婚約會不會是父親大人或哥哥大人騙了您呢？就算他們說了會買書給您，您也不能受騙上當唷。」

夏綠蒂似乎很擔心我是因為有書當誘餌，才答應了要訂下婚約。我實在無法老實回答她說：「我們已經說好了，以後圖書室會歸我管。」我不自覺擠出笑容，正想要含糊帶過，韋菲利特卻快了我一步，一臉不滿地看向夏綠蒂。

「夏綠蒂，我可沒有欺騙羅潔梅茵，我也是前幾天才知道訂婚這件事。因為之前就聽說過羅潔梅茵要站在妳那一邊，所以我也嚇了一跳，我完全沒想到她會同意與我訂婚。」

聽完兩人的對話，我總算意識到了「站在夏綠蒂那一邊」是指什麼意思。原來各自都是指我會在背後支持夏綠蒂成為下任領主的意思。

「……韋菲利特哥哥大人，您也同意了與我訂婚嗎？」

「嗯。因為大家都說兄妹和夫婦一樣是家人，相處起來差不多。只要關係還是和現在一樣，我是無所謂……而且聽說能不能留住妳，情勢也會完全不一樣。」

說到最後，韋菲利特有些愧疚地看著夏綠蒂補上這一句。

斐迪南說過，領內正以萊瑟岡古為中心形成一股勢力，要擁戴我成為下任領主。在艾倫菲斯特內擁有最大面積土地的上級貴族倘若有所行動，韋菲利特的近侍們不可能不知道。為了避免派系分裂、整合艾倫菲斯特，並抹除韋菲利特的汙點，恐怕不是韋菲利特本人，而是他身邊的人更希望他與我訂婚吧。

……但要是韋菲利特哥哥大人自己無法接受，這麼安排也沒有意義呢。

我從一開始就確定要政治聯姻了，所以只要可以附帶得到圖書室，對我來說就算賺到了。但是，韋菲利特的出身與立場都和我不一樣。

「只要韋菲利特哥哥大人不是受身邊的人影響，而是自己仔細思考後作出的決定，我個人並沒有異議喔。」

「妳真的沒關係嗎？」

「是的，當然。」

我們兄妹三人舉辦了茶會的隔天，就是慶春宴。慶春宴象徵著冬季的社交界正式結束，所以基本上所有貴族都會出席。

斐迪南吩咐過，要我儘可能等到宴會快開始前再入場，所以我、韋菲利特與夏綠蒂，暫時都在離大禮堂最近的房間裡待命。等黎希達說沒問題了，我們三人才一起進入大禮堂。話雖是這麼說，但因為我們還帶著自己的近侍，其實形成了相當龐大的隊伍。

大禮堂內，貴族們都依據身分大致決定好了位置。靠近舞臺的前方都是上級貴族，靠近出入口的後方則都是下級貴族。如今許許多多的貴族都聚集在大禮堂裡頭，我們一大群人穿過其中，朝著最前方走去。

下級貴族菲里妮因為成了我的近侍，今年的慶春宴是她首次站到上級貴族所在的前方去。看得出來她努力抬頭挺胸，表現得大膽無畏，但臉蛋還是很僵硬，雙腳也在發抖。

看到菲里妮這麼緊張，同為下級貴族的達穆爾露出苦笑，稍微移動了自己的位置。這樣一來，四周的貴族就比較不容易看見菲里妮了。我因此想起達穆爾那時候，布麗姬娣也曾像這樣改變過位置，稍微擋下貴族們投向達穆爾的目光。

「因為我也是這樣走過來的，可以明白妳的心情，總之也只能習慣。」

「……我會努力適應。」

聽見達穆爾的聲音，菲里妮彈也似地轉過頭去，然後露出了有些安心的笑容。

……嗯、嗯，真高興看到一起工作的大家感情這麼好呢。

貴族們開始靠了過來，想向身為領主孩子的我們打招呼。但早在他們開口寒暄之前，領主夫婦已經進場了。發現情況就如同斐迪南告訴過我的，不必被貴族們包圍，我鬆了口氣。

齊爾維斯特走到臺上，環顧大禮堂內的眾人，然後開口說了。

「幸得水之女神芙琉朵蕾妮的清澄水流庇佑，生命之神埃維里貝已然遠離，土之女神蓋朵莉希破縛而出。為融雪獻上祝福！」

齊爾維斯特這麼說完，慶春宴也開始了。

「首先，在此宣布今年貴族院的優秀者。這次有多達五名的學生取得了優秀成績。」

現場響起掌聲，眾人紛紛開口讚許。獲得最優秀表彰的人好像只有我，而韋菲利特、萊歐諾蕾、柯尼留斯與哈特姆特則是今年的優秀者，也一起被叫上臺。

「羅潔梅茵，妳做得很好。這是給妳的紀念品，希望往後能對妳有幫助。」

齊爾維斯特笑著這麼說道，我從他手中接過紀念品。是顆體積相當大的魔石。我心想著好棒喔，拿著魔石細細端詳，然後看見其他人也一樣拿到了魔石。

「在肩負著艾倫菲斯特未來的孩子中，出現了這麼多優秀的人才，實在是件幸事。祈望你們能夠繼續精進自己，取得更加優秀的成績。別忘了在貴族院的表揚儀式上得到的評語，你們今後的課題，是不能只急著修完課程，也要考慮到分數。」

關於今年的成績優秀者，齊爾維斯特最後以這句話作結。由於這次有不少人都是勉強合格地通過考試，看來是有貴族院的師長提醒我們，不該只是急著修完課程，也要考慮到分數。這將是明年的課題吧。回到位置上後，我看向今年的優秀者們，不由得發出感嘆。

「……我的近侍們還真優秀呢。」

「我們是不得不優秀。」

柯尼留斯滿臉無奈地說。聽說是因為身為主人的我率先修完了所有課程，還每天都去圖書館報到，護衛騎士與文官只要時間上有空檔，都必須輪流待在我身邊隨侍。如果我只在圖書館待上一天而已，他們也不需要這麼拚命，偏偏我每天都跑圖書館。如此一來，近侍們也不得不努力讀書，才能盡快修完課程。

「而且怎麼能讓別人有機會閒言閒語，說身為主人的羅潔梅茵大人明明這麼優秀，反觀近侍們卻……所以為了配得上您的優秀，我們自然也要竭盡全力。」

哈特姆特一臉自豪地看著我說。「能力相當可是很重要的呢。」萊歐諾蕾也微笑說道。

「今年多虧了成績向上委員會，每一組的組員彼此都更團結了，大家也都變得勇於發問，這是很好的現象。」

「……這麼說來，今年奪得勝利的另一組就決定是騎士組了，大家有沒有異議呢？」

我曾經答應過，要把磅蛋糕的做法送給最先所有組員都通過考試，以及有最多優秀者的小組。之前已經確定是一年級組最快所有組員都修完課程，但現在因為我獲得了最優秀表彰，會變成也是一年級組有最多優秀者。因此我決定取第二名，由騎士組得獎。

「獲勝的另一組就決定是騎士組吧。反正明年一定是文官組獲勝。我們已經準備好參考書了。」

哈特姆特說得氣定神閒，不禁激起了我的對抗意識。我噘起嘴唇，仰頭看向哈特姆特。

「我們也已經準備好明年二年級的參考書了，別以為可以輕鬆獲勝喔。」

「就是說呀。今年我們只是準備不夠充分，但明年一定是侍從組獲勝。侍從最擅長的事情，就是凡事作好萬全的準備。」

今年侍從組中沒有半個人獲選為優秀者，布倫希爾德燃起了熊熊鬥志，說：「明年我們一定會好好表現。」侍從組今年的學科成績不錯，明年似乎打算努力提升術科成績。

「雖然各位都鬥志高昂，但是不好意思，明年一樣是騎士組會獲勝。如今韋菲利特大人的見習護衛騎士們都學會壓縮魔力了，接下來還會接受祖父大人的特訓。最重要的是，安潔莉卡畢業了。我們可是勝券在握。」

看向一臉得意洋洋的柯尼留斯，哈特姆特表情凝重地嘀咕：「安潔莉卡的畢業確實是一大威脅。」回想起來，當初就是哈特姆特提議要禁止安潔莉卡使用斯汀略克，提高騎士組獲勝的難度。

「真期待明年的到來呢，呵呵！」

與近侍們討論過後，就決定成績向上委員會今年的獎品磅蛋糕的做法，分別頒發給一年級組與騎士組。

宣布完優秀者後，接著是發表今年領地在貴族院的成績。聽說我們今年在領地對抗戰的迪塔比賽上，得到了第十一名。以往都是第十四名，可說是進步了不少。

「為了往後能在迪塔比賽上取得更好的成績，從今年春天開始，將在波尼法狄斯的主導下教育見習騎士。各位要認真學習。」

再來是見習文官今年發表的研究成果，有由舍監赫思爾帶頭的王族遺物研究、和小熊貓巴士一樣同為乘坐型的騎獸，以及帶有徽章圖案的思達普，聽說這些都引來了不少矚目。至於侍從們在領地對抗戰上接待賓客的表現，似乎只得到了差強人意的評價。但因為往年都沒什麼人發表評語，所以齊爾維斯特說了，今後應該很有進步的空間。

此外，今年不只整體成績有提升，絲髮精、髮飾、磅蛋糕也開始在貴族院裡流行開來，他領領主都有意與我們往來貿易。聽說綜合考量過各方面的表現以後，要到領主會議時才會知道艾倫菲斯特的領地排名。

「今年艾倫菲斯特推出了好幾樣新流行，今後也預計慢慢推廣我們印製的書籍，還望諸位不吝鼎力相助。」

最後，是今年從貴族院畢業的貴族們在眾人面前亮相，同時宣布他們的隸屬單位。從今以後他們不再是見習生，要正式開始工作。安潔莉卡也是臺上的其中一人。從此安潔莉卡不再是「見習」護衛騎士，可以陪同我前往貴族區以外的地方。

以為慶春宴將就此結束，現場的氣氛有些放鬆下來。但就在這個時候，齊爾維斯特朗聲開口：「在此還要宣布一項重要消息，攸關艾倫菲斯特的未來。」大禮堂內頓時變得嘈雜，好奇著接下來還有什麼事情。齊爾維斯特站在臺上，輕輕抬手示意，對我和韋菲利特下達指示。

「羅潔梅茵，走吧。」

在韋菲利特的護送下，我緩緩步上舞臺。無數目光都集中到我們身上，我站在臺上，環顧在大禮堂內聚集的所有貴族。

我發現波尼法狄斯的表情有些可怕。他緊咬著牙，神情十分猙獰。艾薇拉則是雙眼熠熠發亮，顯得十分興奮，肯定已經在腦海裡頭以我和韋菲利特為主角，寫好一篇戀愛小說了。斐迪南如同既往面無表情，靜靜觀察眾人的反應。尤修塔斯與艾克哈特也一樣。

斐迪南正注視著瞪大了雙眼、一臉不可置信的萊瑟岡古伯爵；尤修塔斯注視著達道夫子爵夫人；艾克哈特警戒著的，則是一名我不認識的男性。從對方的衣著來看，我猜是某個土地的基貝。

……他是誰呢？

我正想凝神細看，齊爾維斯特的話聲在大禮堂內嘹喨迴盪。

「幸得司掌浩浩青空的最高神祇，暗與光的夫婦神之指引，時之女神德蕾梵庫亞的命運絲線有幸在今日此時交會。為吾子韋菲利特與羅潔梅茵的良緣獻上祈禱與感謝，願神聖的守護賜予兩人。」

這是宣布婚約時的固定臺詞，但大半貴族聽完仍是一臉無法理解的表情。大概是因為這則消息徹底超出了他們的預料吧。現場靜默了幾秒鐘後，隨即爆出譁然聲響。貴族們無不面面相覷，看著並肩站在臺上的我與韋菲利特。

站在臺上，可以清楚看見人們的表情有多麼錯愕。放眼環顧大禮堂，為此歡呼的人並不多。到處都有人驚訝問著：「為什麼?!」萊瑟岡古伯爵圓睜著雙眼，達道夫子爵夫人輕掩嘴角。在周遭眾人都一臉吃驚的情況下，唯獨艾克哈特注視著的那名男性，臉上的表情幾乎文風不動，這讓他格外醒目。剎那間，我覺得自己似乎與他四目相接。

「接下來的領主會議，我將懇請國王陛下同意兩人的婚約。以上。」

向貴族們投下這枚震撼彈後，慶春宴就此宣告結束。

與文官們見面

慶春宴在最後宣布了我與韋菲利特的婚約後，這件事旋即在艾倫菲斯特的貴族社會裡掀起滔天巨浪。這也難怪。原本在冬季的社交界，以萊瑟岡古為中心的貴族們都想擁戴我成為下任領主，然而這樁婚約一發表，代表他們花了一整個冬天蒐集來的情報都要付諸東流。我們兩人訂婚以後，情勢究竟會有什麼演變？他們只能重新蒐集情報。

而看我不順眼的舊薇羅妮卡派貴族們，也知道這代表了我未來勢必穩踞艾倫菲斯特的中心位置。他們也必須趕緊討論，從今以後該如何採取行動。

這天吃完早餐時，我收到了大量標記著緊急的會面邀請函，侍從們忙得不可開交。但不管是多麼重要的大人物，寄來了多麼緊急的會面邀請函，我一概不能回應。因為監護人們禁止我與其他貴族接觸。

「我必須先向養父大人請示，才知道接下來該怎麼應對。所以，請先幫我回絕掉所有會面請求吧。」

「大小姐，這當中有些人實在無法輕易回絕。」

黎希達把寄來了邀請函的貴族名單擺在我眼前。看了看名字，上頭有許多人都與我有親戚關係，斐迪南曾說他們現在都成了「羅潔梅茵派」。那我更需要在會面之前，先跟監護人好好商量。

「大小姐，如果您要回絕所有會面請求，真的還要與文官見面嗎？」

慶春宴結束後，貴族們將依序返回各自的土地。在那之前，我必須先和參與印刷業務的文官，以及由基貝選出的代官們打個照面。但是，在宴會隔天安排會面的人可不是我。

「這件事請別問我，來問斐迪南大人與母親大人吧。」

我向斐迪南送出奧多南茲，決定都丟給他去思考要怎麼處理。

「斐迪南大人，請問我該怎麼辦才好呢？」

捎來的回覆則如下：「等妳與文官見過面了，就要返回神殿。」因為回到神殿以後，我還要舉行平民冬季的成年禮與春天的洗禮儀式。沉睡了兩年後終於醒來的我，必須以神殿長的身分主持儀式。

……我一點也沒有在暗自慶幸可以逃離這些麻煩喔！因為我是神殿長啊，這也沒辦法嘛。萬歲！

「我必須遵從斐迪南大人的指示，今日與文官見過面後就得返回神殿。很遺憾，我無法與任何一位貴族會面。儘管我內心真的非常過意不去……」

「大小姐，既然您都這麼說了，臉上的表情請再遺憾一點。」

黎希達苦笑著這麼說完，交由布倫希爾德與奧黛麗回絕會面請求。似乎是由地位較高的人，以及由親族出面拒絕，貴族會比較能夠接受。

「莉瑟蕾塔，妳和我一起為大小姐作準備吧。接下來我還會再同行一陣子，但是不久之後，我打算把陪同出席印刷會議的工作交給妳。」

「交給我嗎？」

「沒錯。我聽說參與印刷和製紙業務的文官，多是中級和下級貴族。上司也就罷了，但如果有上級貴族的侍從在，周圍的人會緊張到無法專心工作。」

聽完黎希達的說明，莉瑟蕾塔點點頭表示明白，然後神色有些緊張地作起準備。順便說，今天的會議我將以見習文官的身分出席。因為不累積見習文官的經驗，就當不了文官；當不了文官，就無法成為圖書館員。這是累積底層經驗的重要機會。

其實我曾向斐迪南表示過，反正都是實習，希望可以讓我去城堡的圖書室工作，卻被他怒斥說「妳這個笨蛋」。他還咚咚地敲著太陽穴，對我說了：「妳可是推廣印刷業的負責人，別說蠢話了。妳必須在製紙業與印刷業那邊實習。」

……畢竟我和路茲也約好了，我會傾盡全力讓製紙業與印刷業蓬勃發展！

「菲里妮，我們一起加油吧。」

「是，羅潔梅茵大人。」

菲里妮同樣是首次以文官的身分投入工作，我對她微微一笑後，她點了點頭，但表情還是緊張得十分僵硬。自從菲里妮開始住在城堡生活，兩人接觸的時間變多後，我總覺得相處起來比以前親近多了。

「哈特姆特，你在成為我的近侍之前，曾在其他單位做過見習文官的工作吧？還請你多多幫忙指教了。」

「只要有我能幫上忙的地方，我一定知無不言……只不過，關於製紙業與印刷業，恐怕沒有我能夠指導的事情，說不定反而要向您討教。」

看到因為要做文官工作而興奮不已的我，哈特姆特揚起苦笑。

此刻，文官我帶著哈特姆特與菲里妮，侍從帶著黎希達與莉瑟蕾塔，護衛騎士則帶了達穆爾、安潔莉卡與優蒂特同行。至於柯尼留斯、萊歐諾蕾與布倫希爾德，我拜託了他們在開會期間蒐集情報。因為三人都是萊瑟岡古的貴族，只要放他們在城堡裡走動，其他人很有可能自己靠過來。

我坐著小熊貓巴士往本館移動，走進要開會的房間，發現艾薇拉已經到了。這天她沒有穿著往常精緻的華服，而是文官的制服。重視工作時的方便性，袖子比較不那麼輕柔飄逸。從她看著資料的動作與認真專注的側臉，全都散發出了幹練女強人的氣息，我不由自主發出感嘆。

「母親大人。」

「羅潔梅茵大人，這時候應該直呼我的名字艾薇拉才對。」

「那麼恕我失禮了。艾薇拉，今天的會議內容有沒有更動呢？」

今天預計要與文官們見面，然後說明今後的計畫，並且討論古騰堡夥伴們和負責教導製紙方式的灰衣神官們要何時啟程。

「我想應該沒有。」

貴族區的文官們不只印刷業務，也要和公會長及普朗坦商會討論該如何整頓平民區。各基貝派來的文官們，則要作好迎接古騰堡成員的準備工作。可以肯定的是，兩邊的文官都會非常忙碌。

「若有需要與平民開會，已經確定都得在神殿進行了嗎？」

「有些時候或許還是該安排在城堡，所以我不認為非得在神殿不可。只不過對平民來說，比起城堡，神殿比較不會讓他們那麼緊張；而且我想與其要進入平民區，文官們應該也比較能接受進入神殿吧。」

「其實只要去神殿拜訪過一次，便能知道那裡並不是不好的地方，但困難的地方就在於踏出第一步呢。畢竟貴族們普遍都對神殿沒有好印象。」

艾薇拉低聲說完，拿出一張紙來。

「對了，羅潔梅茵大人。這上頭寫著要實施呈繳制度，這是什麼意思呢？」

「如同上面的說明，這項制度是規定印刷協會，有義務要把出版品都送繳到艾倫菲斯特的圖書室。這件事我已經取得奧伯的許可了。」

呈繳制度的目的在於網羅所有印刷品。在推廣印刷業上，我認為這是最重要的制度。

「一本書會反映出那個時代的生活樣貌與文化，可說是記載了文化發展的寶物。沒錯，這些書將成為艾倫菲斯特貴重的資產。那麼蒐集所有書籍，並且加以整理和保存，正是我身為領主孩子的義務吧。」

我慷慨激昂地訴說自己的主張，只見近侍們都一臉茫然，但我的嘴巴沒有停下來。也停不下來。要是艾薇拉否定或反對了我提出的呈繳制度，我會非常傷腦筋。

「日後我打算編纂『全國圖書目錄』，一旦實施了這個制度，往後要登記『著作權』也會比較容易。另外，雖然我沒有審查的打算，如果想要審查也沒問題喔。為了網羅各地所有的出版品，義務性的呈繳制度絕對不可或缺！」

我挺起胸膛，信心十足地斷然說道。艾薇拉手貼著臉頰，輕輕嘆了口氣，然後用另一隻手指著文件上的某處。

「我明白所謂的呈繳制度了，也認同有其必要性。但我不能理解的是，為什麼不只要呈繳到艾倫菲斯特的圖書室，還規定要呈繳給艾倫菲斯特的聖女呢？」

……這是為了減輕路茲的負擔。

雖然路茲說過，要把做好的書全部送來給我，但他並沒有權利前往基貝主導的印刷工坊逐一討要書籍，而且每次去討，對方可能還會質疑他為什麼要這麼做。書的價格都不便宜，要為了我去各個工坊蒐集書籍，其實是不太可能的事情。

既然如此，不如由我訂下一個制度，讓書本會自動自發地送到路茲手上。呈繳制度實施以後，書本就會自動地送到由普朗坦商會擔任協會長的印刷協會那裡去吧。路茲再把蒐集到的書呈繳給我，我也可以看到送來的書。

……簡直太完美了嘛。

「現在還只有我的工坊與哈爾登查爾的工坊在印刷書籍，所以印好的書都會送來給我。可是，一旦印刷普及開來，有些土地可能不會把書呈獻上來。我是為了自己要看書，才開始推動印刷業。既是由我推動的印刷業，想要蒐集到所有出版品也是很正常的吧？」

「很正常嗎？」

艾薇拉用狐疑的眼光看著我，我面帶笑容點點頭。從今往後印好的每一本書，都是我的東西。為了在最完美的情況下實現自己的夢想，要我用權力逼迫他人也在所不惜。

「很正常喔。所以我才想到，乾脆就讓印刷協會實施呈繳制度，所有出版品便會自動地送到我手上。而且要是中途才開始實施，可能會引發反彈，但只要從一開始就實施，即使印刷業今後往他領擴張，大家也會視為是理所當然而接受吧？」

「斐迪南大人曾扶額說過，羅潔梅茵大人的優秀若能運用在其他地方上就好了……此刻我完全能夠明白他的心情。」

我與艾薇拉討論的時候，韋菲利特與夏綠蒂也帶著近侍走進來了。

「妳們在說什麼？」

「我們在討論與平民商人的開會地點以及呈繳制度。以後應該基本上都會前往神殿與商人開會。」

兩人擔任文官的近侍們在剎那間厭惡地皺起臉龐，但韋菲利特與夏綠蒂只是點點頭。

「要大家前往平民區恐怕不可能，如果是神殿應該還好吧？」

「神殿既沒有奇怪的惡臭，又有美味的點心，我倒是不介意。」

兩人在參加祈福儀式與收穫祭之前一定會先去神殿，所以似乎已經感到相當熟悉了。明明貴族們都很忌諱，領主一族卻這麼常走動，這種剛好反過來的情形讓我有些想笑。

「那麼，由我向韋菲利特大人與夏綠蒂大人說明工作內容吧。」

艾薇拉開始說明交付給兩人的工作內容。夏綠蒂與她的近侍們要負責城堡裡頭的工作，查看下級文官所整理的、平民區提出的改善建議與要求，如果有事需要徵得奧伯・艾倫菲斯特的許可，便向奧伯提出請求。

至於韋菲利特與他的近侍們，在收到各地已準備好發展製紙業與印刷業的通知後，要前往當地作最後確認。

「……為什麼是由哥哥大人前往確認呢？」

「因為韋菲利特大人已經有騎獸了。現在沒有時間再坐著馬車悠然前往。況且若是由領主一族前往檢查，那邊的人也會認真做事。」

如果韋菲利特他們檢查過後，確認沒有問題，我再負責用小熊貓巴士載著古騰堡夥伴們前往當地。

「目前只有羅潔梅茵大人的騎獸，能夠運送大量的乘客與行李，所以要麻煩羅潔梅茵大人負責載運古騰堡成員。」

「艾薇拉，妳竟然要羅潔梅茵大人負責載平民嗎?!」

韋菲利特與夏綠蒂的近侍們都震驚得瞠大了眼。

「沒錯。其實我也十分吃驚，但是聽說羅潔梅茵大人一直以來都是這麼做。為了更有效率地運用時間，我也認為維持現狀沒有什麼不妥。畢竟只有在領內推廣印刷業的這段期間，才需要羅潔梅茵大人載著古騰堡成員移動。」

因為等印刷業擴展到了一定程度，會換成鄰近的土地派出指導員，所以我只有在推廣初期需要載著古騰堡夥伴們在領內移動。

第三鐘響後，文官們陸續進來。在要能與平民溝通的前提下，貴族區的文官召集來了三人，而且全是谷斯塔夫推薦的人選。當中我認識的，只有達穆爾的哥哥漢力克，但看見眼前三人都有著敦厚和善的臉孔，我也稍微安下心來。

緊接著走進來的，是想加入印刷業與製紙業的基貝送來的文官。看到我、韋菲利特、夏綠蒂與各自的近侍們一字排開，他們的表情明顯一僵。畢竟他們平常都在鄉野間與平民還有認識已久的貴族共事，看到這樣的陣仗難免吃驚吧。

「請坐。」

艾薇拉招呼文官們入座，等所有人坐定以後，宣布會議正式開始。參與印刷和製紙業務的人們藉這機會認識彼此，一起議事。首先，是請大家自我介紹。我把每個文官的名字、所屬單位和特徵寫下來，同時也努力記住哈爾登查爾的代官的長相。因為之後祈福儀式時會再次碰面。

把哈特姆特製作的資料發給代官們後，艾薇拉開始說明在邀請古騰堡前往當地之前，應該預先作好哪些準備。她還從貴族的角度，提醒大家屆時與平民交涉的次數會變多，還舉例說了在哈爾登查爾發生過的小糾紛，也提供建議給大家，怎麼做可以讓準備工作順利進行。我簡直望塵莫及。

「羅潔梅茵大人手下的古騰堡成員，在艾倫菲斯特裡頭也有自己的工作。所以請各位盡量作好萬全準備，別浪費到他們的時間。」

向代官們說明完後，她接著向負責與平民區聯繫的下級文官們告知注意事項。

「今後若有需要與平民開會，會儘可能安排在神殿裡進行。」

對著一臉吃驚的文官們，我們也補充說道，身為領主一族的我與斐迪南都會在神殿生活，韋菲利特與夏綠蒂也會出入神殿、幫忙舉行儀式，好盡量減輕他們的厭惡感。

「領主會議結束後，出入艾倫菲斯特的他領商人將會變多。為了不被他領看輕，我們必須好好整頓街道。雖然我已經把這項工作交給商業公會長谷斯塔夫，但還請各位謹記，這不只是平民區的問題，如果沒有作好整頓，他領貴族會認為我們的準備不夠充分完善。」

「一旦在當地作好了準備，代官們請捎來奧多南茲通知夏綠蒂大人。夏綠蒂會依據收到通知的順序安排時間，再由韋菲利特大人前往視察。視察過後確認沒有問題，再由羅潔梅茵大人用騎獸載著古騰堡成員前往。」

聽到身為領主孩子的我要用騎獸載著平民前往當地，文官們果然又是一臉驚訝，但我完全不打算捨棄這個做法。

「有些人似乎不太能認同我要載運平民的行為，但對現在的艾倫菲斯特來說，拓展製紙業與印刷業是當務之急，也是非常重要的工作；甚至得由我出面幫忙載運平民，才能提升效率。希望各位能夠明白，你們此刻參與著的新事業就是這麼重要。」

儘可能強調新事業有多麼重要以後，這天的會議也結束了。我、韋菲利特與夏綠蒂在近侍的包圍下，一同返回北邊別館。

「羅潔梅茵，妳也收到不計其數的會面邀請函了嗎？有沒有決定好要與誰會面？」

顯然韋菲利特也收到了大量的會面邀請函，近侍們都正為此忙碌奔波。

「會面邀請函我確實收到了不少，但是接下來我必須馬上趕往神殿，舉行冬季的成年禮與春季的洗禮儀式。至於應付貴族們的工作，就交給養父大人、養母大人，還有我的未婚夫韋菲利特哥哥大人了。」

「羅潔梅茵?!」

「萬事拜託了唷，未婚夫大人。」

看見我把這些麻煩都丟給韋菲利特，夏綠蒂再也忍不住地掩著嘴角，咯咯輕笑起來。

「怎麼能妨礙姊姊大人回神殿處理公務呢。哥哥大人，請您振作一點。如果真的應付不來，我可以幫忙唷。」

夏綠蒂露出了促狹笑容，韋菲利特沒好氣地撇下嘴角。

「我一個人沒問題。」

回房以後，馬上要準備返回神殿。奧黛麗與布倫希爾德已經整理好了行李，也幫我聯絡了專屬廚師與專屬樂師。

「我大概十天後就回來，麻煩大家留守了。若有任何問題，請送來奧多南茲通知我吧。」

「羅潔梅茵大人，我也要一同前往神殿。您會在儀式上給予祝福吧？我希望能有幸在場觀看。」

哈特姆特一雙橙眼閃閃發亮地說。但是很遺憾，現在就算可以允許他一同前往神殿，他也不能進入禮拜堂。

「神殿的所有儀式，只有相關人員才能進入。就連護衛騎士也不能進入禮拜堂和儀式廳，所以哈特姆特也進不去喔。」

「怎麼這樣！那我該怎麼……」

「哈特姆特可以工作啊。」

忙一點，也許可以減緩受到的打擊，所以我打算留下大量的工作給哈特姆特。我真是為近侍著想的主人。接著我吩咐了哈特姆特，要把普朗坦商會與公會長送來的報告書，呈交給在印刷業務上算是上司的艾薇拉，也拜託他指導菲里妮。

「菲里妮，也麻煩妳把製紙業與印刷業至今的獲利，整理成一份資料吧。」

「可是，我還不太曉得該怎麼製作資料……」

「放心，哈特姆特會教妳。對吧？」

「這點小事沒問題。」

哈特姆特帶著苦笑答應下來。明明我覺得自己丟了一堆工作給他，哈特姆特卻消化得一派輕鬆，真是不可小覷。

向文官們指派完工作後，我環顧屋內的近侍們。

「另外還有件事情想拜託留守的大家，請幫我留意城堡裡貴族們的反應。對象不分大人和小孩，也不分男女、侍從、文官和騎士，因為可以蒐集到更全面的意見。」

「遵命。」

沒過不久，斐迪南捎來奧多南茲問：「妳準備好了嗎？」我回答已經準備完畢後，便帶著達穆爾、安潔莉卡、雨果、艾拉與羅吉娜返回神殿。

「羅潔梅茵大人，歡迎您的歸來。」

這天出來迎接我的人是法藍與莫妮卡。雖然沒有到暗潮洶湧的地步，但比起總是充斥著緊張氣氛的城堡，神殿待起來真是輕鬆許多。

「神官長，我打算春天開始要印製自己寫的小說，可以請你確認有沒有問題嗎？」

我參考了自己知道的故事，仿效艾薇拉的貴族院物語寫了戀愛小說。但是，之前連灰姑娘都遭到反對，所以得請斐迪南先確認過故事內容是否符合這裡的常識。

「嗯，我再看看。」

參考書我也預計從春天開始印製，但因為還不打算販售，需要另外可以馬上拿來賣錢的書籍。既然艾薇拉的戀愛小說深受貴族女性歡迎，我也想趁勢推出。

我把原稿交給斐迪南後，回到神殿長室，聽取侍從們的報告。

「關於雨果與艾拉，果然婚後還是無法在神殿安排能讓夫妻同住的房間。」

「這樣子啊。那只能請他們在神殿的時候一人各睡一間，不然就是在平民區為他們準備房子，再請他們每天過來了呢。」

慰勞薩姆以後，我開始思考可以幫雨果與艾拉的婚事準備哪些東西。這時，法藍突然急忙走來。

「羅潔梅茵大人，神官長來訪。他說關於您剛才提交的原稿，有話想告訴您。」

下達許可後，只見斐迪南的臉色非常難看，快步走進神殿長室。接著他不發一語，「啪沙」一聲把原稿放在我的辦公桌上，再往旁邊放下防止竊聽用的魔導具。

……看來是不容反駁的退稿呢。

就算斐迪南什麼都沒說，也看得出退稿已是既定事實。既然這時候還拿出了防止竊聽用的魔導具，代表斐迪南有意要明明白白地告訴我理由。

我伸手握住防止竊聽用的魔導具。斐迪南往法藍搬來的椅子坐下後，與我對視。

「羅潔梅茵，這本書的內容未免太不知羞恥了。絕不能用妳的名義印刷這種書籍！」

「不、不知羞恥?!這本書嗎?!」

我來回看向斐迪南與自己寫的小說原稿。我是參考了艾薇拉寫的貴族院戀愛故事，內容描寫一對男女因為立場不同而產生摩擦，但最終仍是結為連理。故事中的男女主角一四目相接便會心兒怦怦跳，碰到了手還會面紅耳赤；發現男主角有個感情很好的女性朋友時，女主角心碎滿地，但是最後兩人終於心意相通，以接吻的場景劃下完美句點。我覺得就是常見少女小說的內容啊，哪裡不知羞恥了？而且因為小說是寫給貴族千金看的，我完全沒有使用太過露骨的詞彙，所以此刻只覺得莫名其妙。

「只要是主角兩人有所接觸的場面，全部不知羞恥！我實在不明白妳為何要用這種低俗的表現方式。妳真的參考了艾薇拉寫的書籍嗎？」

「是真的，我參考了貴族院物語。」

我把貴族院物語推到斐迪南面前大力主張。順便說明，那是內頁插圖並非以斐迪南為模特兒的版本。

斐迪南很快翻看了一遍艾薇拉寫的書，接著打開某一頁，朝我遞過來。

「妳該參考的地方是這裡。」

斐迪南指著的，是故事中長達三頁都在讚美神祇的詩歌。之前我還看得一頭霧水，所以馬上就跳過去。

「如果妳要描寫兩人的互動，應該參考這種表達方式。」

根據眉頭皺得幾乎要打結的斐迪南所言，只要是稍微讓人臉紅心跳的場景全部不行。先前我還心想，艾薇拉的小說中還真常出現讚美神祇的詩歌，原來這些詩歌全都代表了戀愛場景。

……所以像是印度電影嗎?!

這根本和印度電影一樣，男女主角在出場後明明只是互相凝視，卻突然出現了一群舞者，開始唱歌跳舞。舞蹈跳得是俐落簡潔沒錯，我也看得很開心，但總是無法理解印度電影在演什麼。

「總而言之，妳的表達方式太直接又太淫穢了。」

我寫的明明是少女戀愛小說，在這裡卻被當成了情色小說。實在是太遺憾了。

「妳身為領主候補生，絕不能出版這種寡廉鮮恥的書籍。」

「我完全感受到自己的常識與大家有多大的隔閡了。我會放棄自己寫戀愛小說，看來還是栽培作家比較妥當。」

「就這麼做吧。這份原稿記得銷毀。」

那種一進入談情說愛場景就要讚美神祇的戀愛小說，我怎麼可能寫得出來。看這樣子，得盡快栽培作家才行。

……不過，只是少女小說的戀愛場景就有這種反應了，要是讓神官長閱讀真正的情色小說，不知道他又會有什麼反應呢？

在神殿的生活

「妳的常識和一般人差太多了，每次寫完東西一定要拿來給我過目。」斐迪南再三叮嚀到了幾近嘮叨的程度以後，這才返回自己的神官長室。

「是。」我嘴上這麼答應後，把被評為寡廉鮮恥的小說放進上了鎖的書箱裡封印起來。雖然斐迪南命我銷毀，但說不定會有重見天日的一天啊。

「法藍，麻煩你去廚房叫雨果與艾拉過來。我想把剛才決定的事情告訴兩人。」

「羅潔梅茵大人，有事告知廚師時，希望您能透過侍從……」

「法藍，對不起喔。但因為內容與婚事有關，我覺得還是我親自說明比較好。不只法藍，這裡的侍從都不太了解這方面的事情吧？」

我說完，法藍一臉無可奈何地走向廚房。如果是工作上的事情，要透過法藍他們傳達當然沒問題，但是法藍他們不了解平民區的生活，有可能在傳達結婚方面的事情時轉述得不清不楚。

「打擾了。」

艾拉與雨果誠惶誠恐地走了進來。法藍向緊張的兩人說明，今天將由我親自與兩人交談，然後往後退了一步。因為要直接與平民對話，兩名護衛騎士緊緊跟在我身後。

「感謝兩位先前在貴族院的辛苦工作。每天要做那麼多人份的餐點，想必十分不容易吧？學生們都稱讚餐點非常美味，也吃得很開心喔。往後只要我前往貴族院，恐怕都需要兩位同行，還請你們多多幫忙了。那麼言歸正傳，關於兩位結婚一事……」

兩人的表情瞬間變得僵硬，還聽得見吞嚥口水的聲音。為了讓兩人安心，我露出微笑。

「這件事本身並無任何問題。如果預計在今年夏天結婚，會由我給予祝福。」

「多謝羅潔梅茵大人！」

「不過，問題在於住的地方。城堡裡頭也有結了婚的下人，所以會幫你們申請夫婦共用一個房間。但是，神殿這裡無法讓夫婦同住一間房。因此在神殿的時候，你們只能和以往一樣各住一間，不然就是在平民區租間房子，只是每天都要從家裡來神殿會比較辛苦。如果你們決定租房子，為了在忙碌時有地方能補眠，神殿的房間仍會幫你們保持原樣。」

我用眼神向法藍示意，請他拿來事先準備好的錢，交給兩人。雨果往發出了鏘啷聲響的袋子裡一看，瞪大眼睛倒吸口氣。

「這些錢算是外出補貼，感謝你們冬季期間一直在貴族院努力工作，也是我給兩位的結婚禮金。希望能在你們準備結婚事宜的時候，多少補貼一點。」

「這麼多錢……我們真的能收下嗎？」

「當然。還有，前往直轄地舉行祈福儀式時，會和往年一樣由雨果同行。所以從明天開始，雨果可以一直休息到祈福儀式，祈福儀式期間再換艾拉休息。雖然休假時間不長，但請趁著這段時間籌備婚事吧。雖然我也很想讓你們兩人一起休息，但實在沒辦法這麼做。還請見諒。」

「哪裡，感謝羅潔梅茵大人費心。」

結婚的準備工作可是相當辛苦，必須租房子、購置家具。星結儀式其實就是結婚典禮，之所以選在夏天舉行，就是為了讓新婚夫妻在開始準備過冬前，能有時間打理好生活所需。夏天的時候，被子不用加上床罩也睡得著覺，可以取得的食材豐富多樣，木柴也只要足夠煮飯就好。為了過冬，兩人得一起準備一段時間。

像艾拉與雨果在神殿和城堡都有房間，如果只把平民區的房子當成睡覺的地方，可能只要布置好臥室就沒問題了。但是，床單與棉被等布製寢具都是新娘要準備的東西。新娘必須當作是冬天的手工活，從織布開始做起。一旦訂了婚事，女性都得在冬季期間努力織布，準備即將到來的新生活，所以裁縫能力才會是美人的條件。

「艾拉之前都在貴族院工作，應該沒時間準備布料吧？這點沒問題嗎？」

「我母親已經說了，她會幫我織布。」

聽說艾拉的母親擔心她只顧著工作，早已決定冬季期間幫她織布。不夠的話，再去買中古布料來解決。據說雨果還告訴她：「我又不是想和美人結婚。」突然其來的恩愛事蹟讓我露出苦笑，但兩人齊心協力準備迎接新生活的模樣，也讓人不由自主微笑。

……要不要配合春季的貴色，送個髮飾給艾拉呢？雖然感覺她若收到新的調理工具會更開心。

艾拉成年的時候是在貴族區度過，沒能出席神殿的成年禮。這次的星結儀式，應該是她第一次要穿上正裝，她的母親肯定非常期待。既然是我的專屬，又要結婚了，我看還是送給她不那麼昂貴的髮飾吧。

事情談完，兩人退下以後，我再與法藍及薩姆一起討論成年禮和洗禮儀式。冬季的成年禮與春季的洗禮儀式大約相隔一週，這段時間我想能在神殿裡悠哉度過。

「孤兒院最近的情況怎麼樣？康拉德適應新環境了嗎？」

莫妮卡因為主動攬下了與葳瑪聯繫的工作，所以侍從當中，她是最常出入孤兒院的人。我看向莫妮卡後，她上前開始報告。

「葳瑪說了，康拉德在剛來的前幾天，十分害怕他人的腳步聲……儘管是以貴族的身分被養育長大，卻不像青衣神官那樣會對人頤指氣使。來到孤兒院以後，看起來好像反而比較放鬆。」

想必至今遭受到了十分苛刻的虐待吧。想起康拉德對約娜莎拉和思達普感到害怕的樣子，我輕嘆口氣。

「如果康拉德可以在這邊過得比以前安穩，那真是太好了。莫妮卡，我想去看看孤兒院與工坊的情形，請幫我轉告葳瑪與吉魯，明天下午我會前往巡視。」

「遵命。」

莫妮卡點點頭後，為了要去通知兩人告退離開。我接著拿出自己的筆記，看了一遍在神殿的待辦事項，把與祈福儀式有關的那張紙條遞給薩姆。

「關於祈福儀式時誰要去哪些直轄地，我已經和韋菲利特哥哥大人以及夏綠蒂討論過了。請把這份討論好的結果交給神官長。如果有什麼不妥，必須提早通知兩人。因為他們作準備也需要時間。」

「是。不只是直轄地的分配，我也會與神官長討論，祈福儀式時要指派何人陪同夏綠蒂大人前往。今年因為羅潔梅茵大人回來了，法藍無法與她同行。」

「好，那就麻煩你了。」

薩姆離開之後，我看起書信匣裡的信。普朗坦商會、奇爾博塔商會和公會長谷斯塔夫都寄了信來。谷斯塔夫向在他領走動的旅行商人們，打聽了其他地方都是如何整頓平民區，同時也在努力美化街道，並把結果寫在信裡頭。

「這封信最好向神官長報告，盡快討論出結果。明天去幫忙公務的時候，不知道神官長能不能抽出一點時間……法藍，我接下來要寫信給普朗坦商會、奇爾博塔商會與商業公會的公會長，再麻煩你請吉魯送過去了。」

我仰頭看向站在辦公桌旁的法藍，但他思考了一會兒後搖頭。

「羅潔梅茵大人，我想您今天最好就此歇息。您的氣色看起來並不好。如果您要活動身子，不如練習卸下魔導具走動吧。」

我本來還覺得自己身體狀況不錯，但被法藍這麼一說，心頭一驚地摸向自己的臉。萬一都回到神殿了卻累壞身子，導致無法在成年禮上給予祝福，到時候斐迪南會說什麼？試著想像之後，我決定乖乖接受法藍的建議。

「好吧，那我乖乖休息。請把冬季期間印好的新書拿來給我吧。」

我表示想躺在床上看書。法藍發出嘆息，一邊叮囑我說：「請您一定要好好休息。」一邊還是拿來了書給我。

隔天開始，久違地回到了以往在神殿的規律生活。起床吃完早餐，就是練習奉獻舞與飛蘇平琴，等到第三鐘響便往神官長室移動，幫忙斐迪南處理公務。

「羅潔梅茵大人，我們去幫神官長的忙吧。」

我把收拾與維護飛蘇平琴的工作交給羅吉娜，然後帶著法藍、薩姆與莫妮卡三人，一同前往神官長室。兩名護衛騎士當然也同行。安潔莉卡一如既往，緊緊貼在門邊執行護衛任務，達穆爾則是處理斐迪南交代的工作。由於之前一段時間都不在神殿，斐迪南似乎又快要忙不過來。

「神官長，不好意思在忙碌時打擾你。這是商業公會長寄來的信，我想最好盡快與你商量……」

我把谷斯塔夫的信交給斐迪南。上頭寫著，艾倫菲斯特以外的領地，都在城市當中設置了類似下水道的設備，還利用了貴族區廁所裡那種黏糊糊的東西。據說這樣東西是在幾十年前發明出來，流行開來以後，他領就如同之前的哈塞小神殿一樣對城市進行了大改造。谷斯塔夫在結語中寫道，如果對生活不會造成問題，或許也該對艾倫菲斯特的平民區進行改造；但因為這是只有領主能夠施展的魔法，他們無法自行判斷。

「連貴族區都有這項設施了，看來艾倫菲斯特就只有平民區，比其他地方要落後了好幾十年呢。」

「……看來是如此沒錯。這件事最好交由城堡的人調查。」

斐迪南把想請人調查的事情逐條列出：當初貴族區是在何時進行了改造？當時的設

計圖是否留了下來？如果想在平民區施展同樣的魔法，大約需要多少魔力？現在又是否還有餘力？寫好後，他連同奧多南茲用的魔石一起遞來給我。

「這件事就交給艾薇拉與夏綠蒂吧。身為妳的監護人，這些事我只負責輔佐，不會再幫忙更多。艾薇拉才是負責人。」

我接下後，向艾薇拉與夏綠蒂送去了奧多南茲。相信夏綠蒂與她的近侍們會認真幫忙查找資料吧。

……我也好想在圖書室裡調查資料喔。呿。

第四鐘響後，我回到房間吃午餐。吃完後，我一邊寫著要送到各處的信，一邊等著神的恩惠悉數送往孤兒院。等到莫妮卡回來通報說：「準備已經就緒。」我才帶著莫妮卡、吉魯和護衛騎士，前往孤兒院。

莫妮卡與吉魯幫我打開大門。門內是孤兒院的食堂，只見灰衣巫女們都正跪地等候。

「葳瑪，請報告孤兒院冬季期間的情況吧。其他人可以去做自己的事情。」

我下達完指示，開始聽取葳瑪的報告。她說直到康拉德進入孤兒院之前，院內並沒有什麼變化。有孩子稍微感染了風寒，但症狀並沒有加重，很快就恢復健康了。

「康拉德過得還好嗎？」

「本來我和其他灰衣巫女還很擔心，不知道以貴族身分長大的康拉德，能否適應在孤兒院的生活，結果發現一點問題也沒有。雖然頭一天他緊張得全身僵硬，但幸好有戴爾克一直陪著他，教導他許多事情，現在已經會露出笑容了。」

由於截至目前為止，戴爾克身邊都只有走路還得扶著東西或是才剛開始學爬的幼兒，不然就是已經受過洗、在工坊工作的見習生，所以一看到年紀與他相仿，可以一起奔跑的康拉德進來，聽說他高興得不得了。此刻也寸步不離地帶著他到處跑，辛苦了跟在兩人身後的戴莉雅。

「我想親眼看看本人，請叫康拉德與戴爾克過來吧。」

「遵命。」

葳瑪用眼神向附近的一名灰衣巫女示意，她立即走向在食堂角落看著繪本的孩子們。

戴爾克在聽見呼喚後立刻站起來，紅褐色的頭髮往上一彈。然後我看見他抓住康拉德的手腕，拉著他往這裡跑來。跟在兩人身後的是戴莉雅。

「羅潔梅茵大人，您找我們嗎？」

「是呀，我來探望康拉德。康拉德，你在孤兒院過得還好嗎？飯菜美不美味呢？睡得還好嗎？」

康拉德瞇起了那對與菲里妮相似的黃綠色眼睛，露出笑容，接著他先是環顧四周，有著栗色髮絲的小腦袋往下一點。雖然一眼就能看出他從前遭受過虐待，但現在當他看著周邊的人，臉上已經沒有了那麼明顯的畏懼。

「是的，餐點非常美味。而且繪本和玩具很多，每天都很開心。」

戴爾克站在康拉德旁邊。那頭紅褐色髮絲與站在身後的戴莉雅十分相似，接近黑色的深棕色雙眼裡閃爍著頑皮的光彩，神情也像極了從前好強不服輸的戴莉雅。讓人不禁感嘆，是因為以姊弟的身分生活在一起，才會變得這麼相像嗎？

「戴爾克，聽說你在幫忙指導康拉德吧？謝謝你。看到你們兩人似乎成了好朋友，那我就放心了。」

戴爾克與康拉德互相對視，咧嘴一笑。看著兩人，我再把目光投向跪在兩人身後的戴莉雅。戴莉雅和多莉一樣，已經不再是小孩子，到了可以稱作少女的年紀。

「戴莉雅，這份工作雖然不輕鬆，還請妳照顧他們兩個人了。」

「是，請交給我吧。」

戴莉雅帶著笑容答應。我安心地離開孤兒院，往工坊移動。

「吉魯，幫我叫弗利茲過來吧。關於在領地增設製紙工坊一事，我有話想跟他說。」

弗利茲被叫來後，我告訴他，艾倫菲斯特領內將有好幾塊土地都要發展製紙業，工坊還得同時派人到不只一個地方去，所以請他挑出適當人選。

「要同時派人去不只一個地方嗎？」

「沒錯。因為我們想儘可能增設製紙工坊，所以和之前在伊庫那不一樣，這次不會花上一年的時間慢慢研發特有紙張，只會把既有紙張的比例和做法教給當地居民。此外，伊庫那也會幫忙派出製紙工匠。」

我再說了祈福儀式那時候，會從哈塞調回三名灰衣神官，可以聽聽調回來的人員有沒有什麼請求；接著我也請弗利茲各挑選四個人組成兩個外派小組，其中都要有一個人曾被派去伊庫那。

「等各個土地作好準備，我們會依序派遣指導員前往。我會負責用騎獸載大家，普朗坦商會也會派人前往設立植物紙協會與印刷協會，所以生活方面應該不用太擔心。」

「請問預計停留多長時間？」

「預計停留一到兩個月。因為最基本的植物紙是佛苓紙，只要居民學會了怎麼做佛苓紙就好，接著就要前往下一處工坊。啊，對了對了。請把阿希姆與埃貢加進去。我想在推廣製紙業的同時，也繼續推動格林計畫。」

因為在我沉睡期間，不可能還把灰衣神官派到外地去，所以目前格林計畫正處在停擺狀態。我想趁著拓展製紙業與印刷業的時候，也請人蒐集故事。

「我也會事先和普朗坦商會說好，請他們準備報酬當獎勵。」

「印製新書需要新的故事，希望能多蒐集到一點故事呢。」

弗利茲輕聲笑著，十分贊同我在派遣古騰堡夥伴們外出的同時，偷偷推動格林計畫。然而，吉魯卻露出了有些擔心的表情，看著我低語說：「希望不會惹神官長生氣……」

「吉魯，不可以說這麼不吉利的話！噓──！」

隔天便是冬季的成年禮，從一大早就要進行準備。我換上神殿長的儀式服，插上有著冬季貴色的髮飾，前往禮拜堂。

「護衛騎士請在那裡待命。」

我指向艾克哈特站著的牆邊說，安潔莉卡的一雙藍眼隨即銳利瞇起。

「沒人能保證禮拜堂內沒有任何危險，我希望可以陪您一同進入禮拜堂。讓護衛離開自己的身邊不是明智之舉。」

似乎是知道了神殿的青衣神官中也有需要警戒的對象，安潔莉卡一臉不滿。但是，規定就是規定。其實說穿了也只是慣例，但我無法擅自更改規定，所以也無可奈何。

「關於能否更改規定，我會再和神官長商量看看，但今天妳先放棄吧。」

「……是。」

安潔莉卡心不甘情不願地點了頭，與達穆爾及艾克哈特並排站在一起。

我在法藍的引導下站到門前，等了一會兒後，聽見禮拜堂內傳來斐迪南的聲音：「神殿長入殿。」與此同時，灰衣神官們打開大門。門內的右手邊可見站在祭壇兩側的青衣神官，左手邊是今年成年的年輕男女。

我捧著法藍遞來的聖典，踏進禮拜堂。彷彿有人搖響鈴鐺，無數鈴聲以及盈滿驚訝的嘈雜聲浪迎面而來，我朝著祭壇繼續邁步。由於青衣神官使用了可以降低聲量的魔導具，所以剛成年的年輕男女再怎麼驚呼，聽來也只像是竊竊私語。但就算聲量不大，如果大家講的內容都差不多，還是可以清楚傳進耳朵裡。

「啊，是年幼的神殿長。」

「可以給予真正祝福的神殿長回來了。她真的好嬌小喔。」

……不要一直說我小！這都是尤列汾藥水害的，以後我就會長高了！

我邊前進邊在心裡反駁，裝出若無其事的表情，當作什麼也沒聽到。不過，年輕人們的耳語並不只是小聲而已。

「哇啊，真的連貴族也在佩戴奇爾博塔商會的髮飾耶。」

「但神殿長的髮飾好豪華，我們的根本沒法比。」

在場的女性們看見我的髮飾以後，小小聲這樣說著。我頓時湧起了衝動想要環顧四周，觀察髮飾現在到底有多流行，但拚命克制住了。因為等到走上祭壇，視野變高之後再確認就好了。

我小心著別踩到下襬，走上階梯。來到祭壇上，放下並攤開聖典以後，斐迪南開始以清朗的嗓音唸起神話。我一邊聽著，一邊緩緩環顧禮拜堂。

洗禮儀式時的正裝都以白色為基底，代表孩子正式成為居民的一分子；成年禮的正裝則是依據出生季節的貴色。現在是冬天，所以不是紅色就是白色。不過，大概是因為白色看起來太冷，眼前剛成年的年輕男女大多穿著紅色正裝。此外，幾乎所有女性都在頭上戴著髮飾。除了我最一開始做給多莉的、由好幾朵小花簇擁而成的那個基本款式外，也有人戴著花朵比較大一點的，或是造型比較精緻一點的髮飾。

目前還是冬季尾聲，百花尚未盛開，也無法去森林摘採可以用來當裝飾的花朵。我想起芙麗妲曾經說過，她很高興冬天洗禮儀式的時候，還能用花朵裝扮自己。當時佩戴髮飾的人還很少，但看來在我沉睡的這段期間，已經徹底普及開來了。

……奇爾博塔商會真是努力呢。

親眼感受到了兩年時光的流逝，我感慨地嘆了口氣，這時也輪到我出場了。得給予剛成年的年輕男女祝福。

「那麼，向神獻上祈禱吧。祈禱獻予諸神！」

緊接在青衣神官之後，在場的年輕人們也抬起手腳，獻上祈禱。我看著大家，往戒指注入魔力，給予祝福。

「土之女神蓋朵莉希、生命之神埃維里貝啊，請聆聽吾的祈求，為今年成年的子民們賜予祢的祝福。彼等的赤誠真心奉獻予祢，謹獻上祈禱與感謝，懇請賜予祢神聖的守護。」

給予了帶有紅白兩色光芒的祝福後，儀式也結束了。「得到了祝福的你們，未來將是一片光明吧。」斐迪南這麼說完的同時，大門跟著敞開，正式成年的年輕男女陸續離開。

……今天會不會出現呢？

我滿懷著期待看向大門的方向，便見父親與母親都在門邊，熱淚盈眶地注視著我。時間過去了兩年，兩人看起來都老了一些。我一邊微笑，一邊努力在笑容裡釋出「我沒事，過得很好喔」的訊息，父親大力點頭。

……咦？

父親與母親都來了，我卻沒有看見多莉和加米爾的身影。

……他們怎麼了嗎？該不會是身體不舒服吧？

我感到非常擔心，卻沒有半個人能問。我暗暗下定決心，下次見到路茲或多莉的時候要不露聲色地打聽。冬季的成年禮就這麼結束了。

休華茲與懷斯的服裝

成年禮結束後，距離春季的洗禮儀式還有大約一週的時間，我在神殿裡頭過著優游自在的生活。雖然神殿的工作量比較大，但也因為少了彷彿有陰謀正在逼近的氛圍，身邊的人也不會緊張兮兮，所以感覺十分悠閒。

這天下午我預計看書。我一邊在神官長室裡幫忙，一邊雀躍不已地等著第四鐘響起，斐迪南忽然問我：

「羅潔梅茵，妳今天下午有什麼行程嗎？」

「有的，我打算看書。」

「嗯，沒有行程的話那正好。」

……不不不！慢著，我剛才明明回答了自己的行程吧?!

「我明明就有行程！我打算看書。請你認真聽我說話。」

「這種事不算行程，討論圖書館魔導具的服裝更重要。」

……不要擅自決定事情的優先順序！

雖然很想這麼吶喊，但休華茲與懷斯的服裝，畢竟是我有求於斐迪南。要是我堅稱看書更重要，斐迪南乾脆撇下我不管說「隨妳」，到時候頭大的不是別人，正是我。強烈的敗北感襲來，我垮下腦袋。斐迪南似乎由此認定我是同意了，低聲說著「很好」。

「地點在妳的工坊。我會把原料和資料帶過去，記得把門開著。」

「……是。」

第四鐘響後，回到自己的房間吃完午餐，我照著斐迪南的吩咐打開秘密房間的房門，讓人隨時可以進出。我眷戀不捨地注視著櫃子上本來打算在下午看的書，忍不住哀怨地說：「唉，好想看書喔。」

「希望您明天能有時間呢。因為後天安排了與奇爾博塔商會的會面。」

法藍面帶苦笑地安慰道，我的心情馬上好了一點。後天為了訂做新髮飾，我特地傳喚了多莉過來。

「對了，除了髮飾之外，您還打算訂做什麼東西呢？」

衣服不是都要與城堡的侍從商量後才能決定嗎？莫妮卡一臉納悶地問我，我挺起胸膛回答。

「我要為艾拉訂做髮飾當結婚賀禮，還要訂做圖書委員的臂章。」

「……請問臂章是什麼呢？」

「臂章長這樣喔。」

我攤開了之後要拿給多莉看的，照著實物大小畫有臂章的紙型。順便說明，「圖書委員」這四個字我是用明體字型的漢字書寫。大家一定看不懂這幾個字是什麼意思吧。但是這樣一來，我就能夠沉浸在成了圖書委員的感覺當中，讓自己很開心。

我打算拜託多莉製作四個不同顏色的臂章。首先一個給我，兩個給休華茲與懷斯，最後一個要送給我的新朋友漢娜蘿蕾。身為愛書同好，我很希望漢娜蘿蕾可以一起當圖書委員。如果她不喜歡，我自然不會勉強，但我好想看到漢娜蘿蕾戴著和休華茲他們一樣的臂章，一起做圖書委員工作的樣子。

「等升上了二年級，我要和朋友一起在貴族院擔任圖書委員。唔呵呵，好期待喔……嗯？」

分享著有關圖書委員的事情時，忽然一隻白鳥穿透牆壁，飛了進來。它在房內旋轉一圈後，啪沙啪沙地拍著翅膀在桌面降落。

「羅潔梅茵大人，我是艾薇拉。關於您前些天提出的問題，為您送上夏綠蒂大人整理好的回覆。」

奧多南茲用艾薇拉的聲音重複說了三次。旋即又有一隻白鳥飛了進來，化作信紙落到桌上。是夏綠蒂——確切說來是她擔任文官的近侍——針對大改造所整理好的回覆。我馬上看起那封信。

據說早在八十年前，多雷凡赫就在領地對抗戰上發表了下水道的製作與使用方式，並且有效運用了廁所裡的黏糊糊物體。多雷凡赫的領主在自領城市設置了下水道以後，發現城裡不再有穢物的臭味，處理起來也變得非常簡單，於是在領主會議上報告這項結果，並向國王提出請求，希望能准許他們也在貴族院的宿舍裡設置下水道。

國王下達許可後，多雷凡赫便在宿舍裡頭設置了能夠處理汙水的下水道，以及能夠分解穢物的黏糊糊物體。以往大家都是把穢物倒在建築物四周，但是設置了這項設施以後，多雷凡赫舍的四周變得乾淨整潔，而且舒適宜人。確認過結果的中央於是買下權利，利用大改造讓貴族院與王都變得美麗潔白，還大力稱許了多雷凡赫。

自那之後，各領地也流行起了大改造。由於要先在領主會議上提出申請、購買權利，在徵得許可後才能設置，因此每個領地進行的大改造之間都有幾年的間隔。想當然耳，這種事情也是由上往下流行。當時艾倫菲斯特還和小領地一起排在倒數五名內，所以得到許可的順序相當靠後。多雷凡赫設置了這項設施以後，都已經過十年以上，才輪到艾倫菲斯特進行大改造。

只不過，大改造進行得並不順利。原因在於取得許可的時機太不湊巧了。剛好在此前不久，亞倫斯伯罕的女性領主候補生嫁來了艾倫菲斯特，為了防止領內動盪不安，原被視為下任領主的領主候補生被封為葛雷修伯爵，得到了原為直轄地的一塊土地。結果導致優秀的領主候補人選與其妻子，還有原本以領主候補生身分接受教育的他的孩子們，全部離開了艾倫菲斯特這個城市，領主一族的魔力量一時之間驟減。

雖然可以運用的魔力量變少了，但在貴族社會，面子非常重要。所以，艾倫菲斯特最先對他領貴族都會看見的貴族院宿舍進行了大改造。接著幾年之後是領主的城堡，再幾年之後是貴族區。然而平民區卻被置之不理，覺得有餘力的時候再改造就好。遺憾的是，艾倫菲斯特始終都沒有餘力，時間就這麼不斷流逝。

人們甚至忘了平民區為何時至今日都未進行整頓，知道的那一代人也慢慢不在了，所以夏綠蒂最後在信中寫道，她會再找齊爾維斯特商量。

「至今是因為艾倫菲斯特都沒有吸引人的商品，很少有他領商人造訪，所以還沒關係，但是往後勢必會絡繹不絕，必須想想辦法才行呢。」

……可是，現在一樣沒有多餘的魔力吧？

至於城堡與貴族區的大改造設計圖，因為在資料中屬於只有領主才能施展的創造魔法，所以被放在領主專用的資料室裡。她已經請齊爾維斯特的文官去確認了。

……怪不得編輯過圖書室資料目錄的我完全不曉得這件事。真想得到也能出入領主資料室的許可呢。

「羅潔梅茵大人，神官長到了。」

「好的。」

我收起夏綠蒂的回覆，請侍從帶斐迪南進入秘密房間。斐迪南的侍從們走了進來，搬了三個木箱進工坊後，旋即離開。現在工坊裡頭，只有斐迪南、尤修塔斯與艾克哈特，還有我、安潔莉卡與達穆爾共六人。因為我已經訂婚了，也不能在沒有貴族侍從與護衛的情形下和單身的斐迪南獨處。

「這麼多人都進來工坊裡頭，感覺有點擠呢。」

「這也沒辦法，因為我的工坊更小，而且對魔力量設了限制，只有妳進得來。況且這已經是最少該有的人數了。在城堡若想進行調合，都得有多名文官與多名侍從跟在一旁，人數只會更多。」

斐迪南一臉厭煩地說完，攤開了之前製作尤列汾藥水時，也曾出現過的畫有魔法陣的布，接二連三從中取出了看似是材料的東西。他動作粗魯地拿出材料後，由尤修塔斯俐落地裝進木箱裡。

艾克哈特大概已經收到過指示，忙著從帶來的書信匣裡拿出資料，攤放在作業檯上。那些資料似乎是赫思爾與斐迪南整理好的研究結果。

「艾克哈特哥哥大人，我可以看這些資料嗎？」

「等一下妳不想看也得看，現在先退後。擋到我了。」

執行斐迪南的命令時，艾克哈特比平常要冷漠好幾倍。他把我趕走後，繼續排資料。

「羅潔梅茵大人，大家看起來都很忙碌時，絕對不可以打擾他們。這種時候就後退一步，安靜看著吧。他們才能順暢無礙地作好準備。」

安潔莉卡把父母親告訴她的教誨傳給了我：什麼都不做就是最好的幫忙。對喔，細細回想起來，每次要用到大腦討論事情時，安潔莉卡都會後退一步，面帶恬靜的笑容注視大家。看來她想裝作與自己毫無關係的時候，就會後退一步面帶微笑。有關安潔莉卡的奇怪小知識又增加了。

「神官長，等你們準備好了再叫我吧。」

待在工坊裡頭卻無事可做，直到準備工作完成前還被視為累贅，所以我決定照著原訂計畫先來看書。「等待期間您竟然還要看書嗎！」安潔莉卡十分吃驚。但大家都在準備的時候，安潔莉卡卻是窩在工坊角落偷偷練習身體強化，我覺得她實在沒資格說我。

「妳先看這個吧。」

斐迪南說著，指向當作業檯用的桌上的資料。我先聲明接下來的動作會不太好看，請大家見諒以後，便跪在椅子上，傾身往桌面看去。桌上擺有十張紙，各自畫著複雜又巨大的魔法陣，還有一張較大的紙上，是把所有魔法陣都重疊起來的設計圖。看著這些我完全不知道是什麼的魔法陣，安潔莉卡卻是雙眼發亮。
「斐迪南大人，我能把這個魔法陣也繡在自己的披風上嗎?!」
改良過的魔法陣都屬於開發者所有，所以似乎得徵求對方的同意。聽了安潔莉卡的請求，斐迪南顯得相當意外。
「……不會用計算機的妳，懂得刺繡嗎？」
「我懂，我要繡。這個魔法陣太棒了，請您准許我把它繡在披風上。」
安潔莉卡的雙眼閃著燦亮光芒。說著「請一定要允許我把它繡在披風上」的模樣，簡直像是個喜愛女紅的可愛大小姐。
「如果妳能在製作衣服時幫上忙，到時我再同意。那妳幫忙這部分的刺繡吧。」
「儘管交給我吧！」
……我本來還以為安潔莉卡是個教人感到遺憾的女孩子，想不到居然擁有女性必備技能！我輸了。
我為自己輸給了安潔莉卡而垂頭喪氣時，斐迪南繼續說明。
「圖書館魔導具的衣服上，都繡有複雜的守護用魔法陣，這妳也知道吧？」
「是的。」
「我和赫思爾研究過後，已經成功對先前的魔法陣進行了改良，下一步要開始製作新衣。首先要準備原料，進行調合，做出材料。」
斐迪南接著又低聲嘀咕說：「雖然我也想和赫思爾一樣繼續研究休華茲與懷斯，但現在必須優先做出新衣。」對此我打從心底贊同。希望斐迪南可以等到做好新衣以後，再花時間慢慢研究魔導具。要是他因為已經研究完衣服了，就把新衣製作一事拋到腦後，那我可就頭大了。

「要準備原料的話，是不是又要出去採集呢？」

「不了，原料用我手邊現有的東西即可。要是花時間去採集，會趕不上在貴族院開學前完成。因為妳身為魔導具的主人，必須用妳的魔力來製作魔法陣要用的線，還有儲存魔力用的魔石。」

看樣子為了讓魔法陣發揮作用，魔法陣刺繡要用的線必須注入我的魔力，另外還需要用來儲存我魔力的魔石。

「……要提供這麼多原料，不會對神官長造成太大的負擔嗎？」

「作為交換，只要把他們原先的服裝給我就行了。上頭的魔石數量與新衣相同，而且我也想研究用線與布料。」

斐迪南微笑說道，彷彿這才是他的目的。我也在這時忽然明白，為什麼休華茲與懷斯的舊衣從沒出現過。一定是新衣做好以後，就有人在釋出所有魔力後回收了原料，抑或將其拆解，好研究前任主人使用了哪些魔法。

「難道不能直接沿用以前的魔石嗎？只留下鈕扣上的魔石也可以啊。」

要是至少留下鈕扣再重新裝上，就不用消耗更多的原料，也不需要進行調合，可以省下一些時間和魔力吧？我這麼提議後，斐迪南卻是搖頭。

「要用也不是不行，但考慮到魔力的效率，還是換成自己做的東西比較好。妳與其他圖書館員不同，並不是隨時都能前往貴族院，在製作魔石時必須更追求效率。妳總不希望魔導具運作到一半時，突然無法動彈吧？」

聽了斐迪南的解釋，我點頭同意。雖然我有打算從春天到秋天這段期間，找幾次機會以「供給魔力」為由去貴族院的圖書館看書，但我也不希望休華茲與懷斯在我趕到之前就無法動彈了。他們要是突然停止運作，索蘭芝一定會吃驚又難過吧。

「至於服裝的製作，首先得從刺繡要用的線開始準備。身為主人的妳必須繡完這些魔法陣，我看也需要不少時間吧？」

「什麼?!我要繡完這些魔法陣嗎?!」

聽到身為主人的我必須刺繡，我的腦筋頓時變作一片空白。之前因為赫思爾說過，這是艾倫菲斯特所有人要齊心協力完成的課題，所以我本來還打算把刺繡這類需要細心的工作，交給擅長刺繡的女孩子們。

「混淆用的圖案可以交給其他人刺繡。而妳身為主人，只要繡完這些魔法陣即可。」

「什麼只要……這些根本就很多！」

看向斐迪南指著的各自畫有魔法陣的十張紙，我渾身虛脫無力。光是一張就已經複雜又精密到了讓人抓狂的地步，居然還要我在冬天之前繡完十個魔法陣，這絕對不可能。我沒有時間完成這般艱鉅的任務。

「我們在改良時還合併了幾個魔法陣，所以數量已經減少許多了。再者，圖書館的魔導具確實需要這麼嚴謹的防護。這是妳身為主人的職責，要負起責任。」

「難道不能用染的，非得刺繡不可嗎?!只要用魔力把魔法陣染上去，我想效果應該是一樣的吧？」

比起刺繡，我覺得用畫的還好得多。聽了我的主張，斐迪南思索片刻後搖頭。

「刺繡是最能確實把魔法陣固定在布料上的做法。換作用染的，染料會暈開來，無法畫出精細的圖案，況且還需要魔力濃度極高的墨水，比起做線會浪費更多魔力。」

「……既然如此，不如像『友禪染』一樣使用『糨糊』，別讓染料暈開來呢？」

「『友禪染』……？『糨糊』又是什麼？」

「是一種防染劑……」

說到友禪染，我腦海中最先浮出了米糊。不過，我想在這個世界做不了米糊，需要可以替代的東西。

……既然米糊不行，糯米糊也做不出來吧？慢著，這樣根本做不成友禪染吧?!呃……有沒有什麼東西是能在這裡馬上取得的呢？……啊！蠟染搞不好可以喔！

我擠出微笑，掩飾內心的驚慌失措。

「我想最好理解、也最方便取得的，就是蠟了吧。」

「妳說的蠟，是指神殿中當照明用的蠟燭那種蠟嗎？」

到了侍從眾多的城堡，在大禮堂那類寬敞的場地，都會同時使用蠟燭與能增強亮度的魔導具，但在房間裡頭，大多是使用照明用的魔導具。對我來說，蠟燭是從平民時期就很熟悉的照明工具，但斐迪南似乎以為蠟燭只在神殿才會使用。

「對，用加熱後融化的蠟繪製圖案。蠟冷卻以後都會凝固吧？利用蠟，可以防止染料滲透暈開喔。」

「哦……蠟還有這種用途嗎？」

尤修塔斯愉快地瞇起了雙眼。他多半在猜這是平民區才有的知識，臉上透出愉悅的光采，嗓音也變得雀躍。再這樣下去，他很有可能跑去平民區，探查蠟的其他用途。

……糟糕！必須快點把這項技術傳授給奇爾博塔商會！

「我的刺繡能力真的非常不足，可是魔力只要喝了藥，就能設法恢復，所以還是用染的吧。我實在不覺得自己能在冬天之前繡完這些。」

除了神殿的公務以外還有印刷業務，我忙得不得了，哪來的時間一針一線慢慢繡。

「妳就當作這是嫁人該學習的技藝，努力嘗試吧。」

「……那不如解除婚約吧。只要不嫁人，我看就不用練習了。」

「笨蛋，妳早該知道依自己的身分，不可能允許妳不嫁人吧？」

「我當然知道，只是說說看而已。」

「妳的只是說說看而已，有時很可能害了妳。要小心禍從口出。」

我「是」地應了一聲，拿起其中一張畫有魔法陣的紙張。

「……感覺連用筆描繪都很難呢。我真的覺得自己沒辦法繡出來。這麼細膩又複雜的工作，我真的做不到。應該有染料是給魔力染色用的吧？」

「嗯，魔力會確實殘留下來的染料嗎？……也許可以用鮮血。」

斐迪南面無表情，低聲說出了駭人至極的發言。回想起平民時期每次簽魔法契約就要蓋血印，我瞬間嚇得臉色發白。

「我才不要採用這麼痛又可怕的方式！」

「我說笑而已。如果讓王族的魔導具穿上染滿鮮血的衣服，看起來實在不賞心悅目，也有損艾倫菲斯特的名聲。」

「從神官長嘴裡說出來，一點也不像是開玩笑。」

「但妳若想做出魔力濃度與血不相上下的墨水，調合時必須消耗極其龐大的魔力。」

「沒關係，總比刺繡要好。」

「居然能夠這麼斷言，羅潔梅茵大人的魔力量太教人羨慕了。」

我再怎麼壓縮魔力，恐怕永遠也追不上您吧——達穆爾小聲呻吟著說。聽見達穆爾的感嘆，我只是輕哼一聲，然後再接再厲，鍥而不捨地央求斐迪南讓我製作墨水。要我繡完所有的魔法陣這絕對不可能，所以我絕不退讓。

「萬一真的讓我刺繡，會變成艾倫菲斯特所有人的恥辱喔！」

「妳這是什麼威脅？唉……妳就是不能照著原訂計畫走。」

儘管斐迪南咕噥抱怨，但只要可以不必刺繡，就是我的不屈不撓贏了。我用力握起拳頭。

魔導具墨水

決定製作墨水以後，斐迪南開始上起調合課。

「可以從魔樹與魔獸這些魔物取得的原料，都具有屬性。綠色代表具有水屬性，其他屬性也分別對應神的貴色，這些妳都知道了吧？」

「是的，這是一年級學科會學到的內容吧？」

綠色代表水屬性，藍色代表火屬性，黃色是風屬性，紅色是土屬性，白色是命屬性，黑色是暗屬性，金色是光屬性。在貴族院上一年級的課程時，必須連同神的名字背下代表屬性，但我早就透過聖典知道了。因為也與各個出生季節密切相關，應該大部分人都知道。

「沒錯。此外，原料本身的特性也與諸神相通。」

「這是二年級會學到的內容吧？我在做參考書時預習過，已經全部背下來了。」

水屬性具有治癒、洗淨與變化等效果；火屬性有攻擊、增幅與成長；風屬性有防禦、速度與知識；土屬性有包容、忍耐與擴散等等。每種屬性具有的效果，都與對應神祇的特性相通。參考書上還寫道，土屬性與所有屬性都能融合，所以要融合兩種相斥的屬性時，會先加入土屬性當作緩衝；而命屬性基本上與所有屬性相斥，融合不易。

除此之外，我還學到了好比人會擁有複數的屬性，有些原料也擁有好幾種屬性，所以容易相斥的屬性在還是原料的時候，若使用具有兩種屬性的原料，會比較容易調合。

「每種原料的魔力容量也都有差異，所以調合時能夠儲存的魔力量也不同。妳也知道若想獲得屬性數與魔力量多的高品質原料，就得從擁有高魔力的魔物身上取得吧？」

想起以前製作尤列汾藥水時曾與強大的魔獸戰鬥過，我點了點頭。我知道從弱小魔獸與從強大魔獸取得的魔石，兩者的品質有極大的差異。

「接下來要製作的墨水，所需原料必須具有能夠吸收妳魔力的屬性與容量，才能固定住妳的魔力。還有，墨水是與睿智女神有關的魔導具，所以風屬性必須最強。」

斐迪南一邊說著，一邊開始在木箱裡翻找。因為當初本來預計為線染上魔力，現在似乎需要改用其他材料進行調合。

「首先要有魔力容量高的黃色魔樹原料，然後加入能夠增強效果的藍色原料，再加上能提升耐性的紅色原料……」

斐迪南拿出了我不知道是什麼的乾癟樹根，還有粉末與裝著液體的瓶子，一一擺在桌上。但是，我完全看不出來桌上的這些東西擁有哪些屬性，又具有什麼功用。

「神官長，該怎麼做才能知道原料有什麼屬性呢？」

「用這個魔導具檢查就知道了。」

斐迪南拿來了類似圓盤的東西。圓盤呈放射狀劃分成七個色塊，中心放有直徑約五公分寬，還會發出七彩光芒的神奇金屬盤子。以盤子為中心，往外大約每隔三公分都有一個圓，所以乍看下有點像是飛鏢圓盤。

「把原料放在這裡即可，妳試試看。」

我依言從尾端切下一小塊乾癟樹根，放在魔導具中心的盤子上。才剛放上去，黃色區塊立即從底部亮起光芒並往外延伸；與此同時，藍色區塊也亮起了一小部分。

「哇?!發光了……唔，也就是說，這個原料是風屬性很強，但也擁有少許火屬性囉？」

「沒錯。另外只要觀察光芒延伸到了哪裡，也能測出原料每種屬性的魔力容量。」

如果光芒在最小的圓裡面就停下，代表該屬性的魔力容量小，越往外延伸則代表容量越大。放下樹根以後，黃色區塊的光芒幾乎快要觸及最外圍的圓，由此可知能夠儲存非常大量的風屬性魔力。

「好有趣喔。那接下來換這個……」

我伸長了手，正想接著檢查粉末的屬性，立刻被斐迪南抓住制止。

「慢著，羅潔梅茵。盤子必須先洗乾淨才能正確測量。妳這個人老是粗心大意，一定要非常小心。」

尤修塔斯變出思達普，馬上幫忙把盤子洗乾淨，然後把乾淨的盤子放回中心。

「神官長，我也想學會洗淨魔法。感覺很方便呢。」

「這種事交給侍從就好了。妳自己已經做了太多事情，別搶走身邊人們的工作。」

「……可是神官長待在工坊裡頭做實驗的時候，也是自己施展洗淨魔法吧？」

記得尤修塔斯說過，他無法進入神殿的工坊。我鼓起臉頰抗議後，斐迪南十分不耐煩地擺了擺手。

「騎士都知道這個魔法，之後再叫達穆爾教妳吧。現在沒時間。」

「請問……斐迪南大人，要由我教羅潔梅茵大人嗎？」

達穆爾顯得不知所措，斐迪南一臉理所當然地點頭。

「現在只有兩名護衛騎士在，再考慮到誰更擅長指導他人，答案很快便出來了吧？」

「是的，達穆爾非常厲害喔。之前他還指導了我學科內容。」

安潔莉卡的臉頰泛起紅暈，有些羞赧地稱讚達穆爾。雖然她的表情活像是因為對方教她功課，不由得動了心的戀愛中少女，但絕對不能被她騙了。安潔莉卡只是竭盡全力想推掉自己不擅長的工作。

在指導安潔莉卡的過程中，達穆爾早就不會再被她的表情騙了，只見他輕聲嘆氣說道：「安潔莉卡，我們不會交給妳，妳放心吧。」

「神官長，這邊的液體是什麼？是油嗎？」

我搖了搖瓶子後，發現裡頭的液體搖動得相當緩慢，忍不住脫口這麼問道。因為我想到如果是品質很好的油，說不定能把資訊分享給墨水工坊。

「嗯，那是從名為葵爾艾查的魔樹取得的油。」

「葵爾艾查……該不會是艾查的上位種吧？」

「沒錯，妳知道艾查嗎？妳才一年級，應該還沒在課堂上學過採集與調合吧？為何會知道我沒告訴過妳的魔樹？」

平民時期製作彩色墨水時，用的其中一種油就是艾查。如果葵爾艾查是上位種，代表魔力容量雖然不同，但特性應該差不多。

「艾查是風屬性比較強嗎？」

「……沒錯。」

「這麼說來，亞麻仁油是火屬性，蜜粟是水屬性，婆多是土屬性比較強囉？」

「我聽不懂妳現在突然說的這些。既然提出了問題，要說明得我也能明白。」

在斐迪南的瞪視下，我向他說明了古騰堡成員中，有間墨水工坊負責製作彩色墨水。以前曾經因為調不出我們預期中的顏色，遭受不少挫折，但也發現了一些規律。

「嗯，那的確是受到了屬性影響吧。魔力高而且能夠取得魔石的物種，我們都稱為魔物，但在盈滿魔力的土地上生長的動植物，自然也都含有魔力，差別只在於魔力量的多寡。這點連平民也不例外。正因如此，簽訂魔法契約時才必須使用魔力含量最多的鮮血。」

「原來是這樣啊。」

這麼說來，只要墨水工坊擁有這種檢測屬性用的魔導具，海蒂他們研究起墨水也會更順利吧？

「神官長，這個魔導具多少錢呢？」

「這是非賣品。想要的話自己做。」

「這也是你自己做的嗎?!……請幫我也做一個吧。」

「我拒絕。為了能夠感應到非常微量的魔力，我不知花了多久時間才蒐集到品質相當的魔石，還要從中取出單一屬性，備妥所有屬性的材料。做法我可以教妳，妳自己做吧。」

斐迪南都說他不知道花了多少時間，代表這個魔導具做起來真的非常困難吧。我在挑戰前就決定放棄。雖然有它會很方便，但沒有也還是可以研究墨水。

……海蒂，對不起喔。我實在沒有餘力製作難度這麼高的魔導具。

「話說回來，儘管都是品質不佳的原料，平民竟能蒐集到那麼多材料進行研究，還得出了有十成把握的結果。」

「唔呵呵，我的古騰堡夥伴們可是非常優秀喔。」

我炫耀起古騰堡夥伴後，尤修塔斯發出輕笑，補充說明。

「我聽說墨水之於古騰堡的墨水工匠海蒂，就如同書本之於羅潔梅茵大人。羅潔梅茵大人栽培的古騰堡們，每一個人都擁有其專精的技術。」

「嗯。所以相當於有好幾個羅潔梅茵，只是熱中的事物不一樣吧。我明白了。」

……居然說我明白了?!

「閒談就到此為止，開始製作墨水吧。接下來，我們要重新調配出賣給平民商人，讓他們用來簽訂魔法契約的墨水。」

聽說班諾持有的魔法契約用墨水，為了能感應到隱含在平民鮮血中的微量魔力，製作者必須先把魔力灌注進魔石裡，在移除了原有屬性與特性後再進行製作。

「想不到墨水製作起來這麼麻煩呢。」

接著又聽到貴族都是使用魔導具筆，用自己的魔力書寫，並不需要製作墨水時，我腦海中立即閃過一個想法。

「如果能用魔導具筆直接在布料上描繪魔法陣，那就不用製作墨水了吧？」

「不行。為了盡量加強效果，布料也必須含有妳的魔力。如果兩邊的魔力含量相當，屆時會混在一起，無法形成有效的魔法陣。」

雖然聽得一頭霧水，總之斐迪南說了，為了不讓兩邊的魔力混在一起，必須製作高黏度的墨水。還有，墨水的魔力濃度也必須比布料要高。

「雖然我聽不太懂，但就按神官長說的做吧。」

魔導具墨水的製作，與尤列汾藥水的製作基本相同。先依序放入原料，再用調合用的攪拌棒持續攪拌，這樣就好了。與上次不同的地方在於，這次不是使用調合用的魔導具，而是使用思達普變成的調合工具。

「先用小刀把這個切碎。妳還記得怎麼讓思達普變形吧？」

妳不會已經忘了在貴族院學到的事情吧？斐迪南這麼瞪著我說，我立即回答：「當然還記得啊。」同時變出思達普。

「密撒。」

我讓思達普變成小刀，依著指示把樹根切成小塊。本來還擔心小刀無法切開這種乾癟癟的樹根，但可能因為用的是魔力，幾乎沒出什麼力就切斷了。我開心得加快速度，切碎樹根。見狀，安潔莉卡突然對我說：「羅潔梅茵大人明明是初次調合，動作卻很熟練呢。」

「我、我並不是第一次喔。之前就幫過斐迪南大人的忙了。」

「不只文件，您還會協助斐迪南大人調合嗎？真是了不起。」

……之前的確是做過尤列汾藥水，但把材料切碎的技能，其實源自於麗乃那時候與平民時期的煮飯經驗啦。

我「唔呵呵」地笑著蒙混帶過。除了安潔莉卡以外，知道我來自平民區的其他人一致朝我看來，眼中帶有責難。我彷彿還聽見了斐迪南說：「妳這笨蛋。」

把原料切碎以後，我唸著「咯空」解除思達普的變形。接著把原料放到天秤上秤重，等所有材料準備就緒，就要開始調合。

「今天用這個調合鍋就夠了吧。」

斐迪南拿出了一個外觀很像單柄鍋的小型調合鍋。

「首先，要放進品質最高、當作基底的原料。」

「是。」

我先把切碎的樹根放進調合鍋裡，接著唸道「佰姆恩」，把思達普變作攪拌棒。看到我照著至今的習慣，變出了比自己還高的攪拌棒，斐迪南按住太陽穴。

「笨蛋，用那麼大的攪拌棒，要怎麼在這種小鍋子裡攪拌。要想成更短、更便於攪拌的大小。」

「是～」

我打起精神，再變一次。先唸「咯空」解除變形後，再配合鍋子的大小，變出了和研杵差不多的攪拌棒。

攪呀攪……攪呀攪……

「跟上次一樣只要開始融化，就可以放下一個材料了嗎？」

「嗯，記得按照這個順序。」

斐迪南依著放入的順序，把材料擺在作業檯上。他說當作基底的樹根碎片放進去以後，要加入葵爾艾查油融合；接著倒入藍色屬性的粉末，增加墨水中的魔力，再放入少許紅色屬性的溶液，有助於墨水固定在布料上。最後要加的，是往魔石灌注了過多魔力時會形成的金粉，可以提高魔力濃度。

攪呀攪……攪呀攪……

不知道是原料的關係，還是用思達普變成的攪拌棒提高了效率，樹根碎片很快地開始融化變形。我再把葵爾艾查油倒進鍋子裡，繼續攪拌。

攪呀攪……攪呀攪……

接著撒進藍色粉末後，再倒入溶液不斷攪拌。感覺魔力被吸走了不少。

攪呀攪……攪呀攪……

「神官長，就算強化了身體，我還是開始覺得累了……」

「就快好了。是妳說要製作墨水的，忍耐。」

斐迪南這麼回答時，恰巧黏稠的液體表面亮起一陣光芒。

「做好了嗎？」

「還沒，這是最後一步。這是從妳魔力變成的金粉，應該可以提升魔力濃度。」

我照著斐迪南說的，把金粉撒進鍋子裡，繼續來回攪拌。攪拌了一會兒後，表面再度發出一陣亮光。

「可以了。把墨水倒進這個瓶子裡，小心別灑出來。」

我依言把做好的墨水倒進瓶子裡。和在班諾那裡用過的魔法契約墨水一樣，我做好的墨水也是藍色的。看著自製墨水，我不由得興奮起來。

「神官長，我可以試寫看看嗎？」

「可以，我也想檢查墨水的暈染程度。」

我走出工坊，告訴法藍我想試寫墨水，問他有沒有用不到的布。但是，這裡基本上沒有用不到的布，所以我再表示只要是可以當抹布用的布就好，請給我一條。法藍聽了，立即為我拿來。

回到工坊，把布攤開放在作業檯上，我試著用剛做好的藍色墨水在布上畫了一條線。墨水很輕易就被吸收了，線條也乾淨得教人驚訝。我觀察了老半天，始終沒有暈開的跡象，墨水甚至微微往上隆起，很像是我在麗乃那時候用過的泡泡筆。

「這是怎麼回事？」

「……墨水完全沒有暈開呢。照這樣看來，不用防染劑好像也沒問題。」

為了進行蠟染，我本來還打算拜託路茲，準備偏軟而且不易脆裂的蠟，從蠟開始調配起，不然就是開發可以代替米糊的東西……然而，這些想法現在已經徹底被我拋開。

「現在安心還太早了。必須用含有妳魔力的布料試寫，才能確定是否真的不會暈開。」

斐迪南面色凝重，眉頭深鎖，瞪著微微隆起的那條直線。

「……神官長，你看起來怎麼那麼不高興呢？」

「我沒有不高興，只是做出來的東西不同我的預期，讓我感到困惑。」

我個人倒是覺得，只要做好的全新泡泡墨水沒有隨著時間經過而脫落，就可以說是大功告成了，但斐迪南似乎完全無法接受。

「羅潔梅茵，把這塊布染上妳的魔力吧。我想知道布料染上魔力後再用墨水寫字，是否仍是一樣的情況。」

「神官長，我已經在製作墨水時消耗不少魔力，現在很累了。」

就當作是成功不行嗎？多半是這樣的想法表現在了臉上，本來斐迪南還有些擔憂地觀察我的臉色，隨即輕挑起眉。

「那就喝藥吧。魔力馬上能恢復。」

「不必了，我們接著做吧！」

與其被逼著喝下超級難喝藥水，我寧願再硬撐一下。

攪呀攪……攪呀攪……

斐迪南接連把材料放進鍋子裡，我負責持續攪拌。

最終表面發出一陣亮光，完成了某種紅色液體。然後，我們裁下試寫了墨水的部分，把另外半邊的布丟進鍋子裡。僅一瞬間，鍋內的液體便被布料徹底吸收。

「呀啊?!」

但鍋裡的布料明明吸收了紅色液體，不僅沒有變成紅色，也沒有被浸濕，看起來就和作業檯上試寫過墨水的那半截布一模一樣。

「看起來一點變化也沒有，這真的染上了我的魔力嗎？」

「對，妳摸就知道了。」

我抓住了布把它拿出來，整塊布立即發出淡淡光芒。

「哇！」

「布料因為染上了妳的魔力，會對妳的魔力最先產生反應。但當然，對別人的魔力也會有反應。只要像這樣預先染上魔力，刺繡時灌注起魔力會更容易，也能加強效果。」

「噢噢……」

聽說讓布染上魔力的作業並不難。安潔莉卡與達穆爾也說，他們都讓披風染上了自己的魔力。

「現在試試看能否使用那個墨水吧。」

我再一次用泡泡墨水試寫。劃起線來，感覺就和在一般的布料上寫字一樣，而且隨著時間經過，墨水同樣再度微微隆起。

「……好像沒問題呢。」

「為何？」

斐迪南一臉無法理解地拿走我手上的筆，用自己的魔力劃線。他劃的線看似有些暈開，墨水也幾乎沒有向上隆起。

「神官長劃的線稍微暈開了呢……為什麼會這樣？」

「不知道。艾克哈特，你來寫寫看。」

「是！」艾克哈特應道，執筆劃線以後，線條卻明顯暈開，墨水也完全沒有隆起的跡象。發現尤修塔斯也好奇地想試寫看看後，便把筆交給他。尤修塔斯劃的線也暈開了，而且我覺得比艾克哈特的更明顯。斐迪南的臉色益發凝重。

「安潔莉卡、達穆爾，你們也試試看。」

「是。」

安潔莉卡與達穆爾劃了線以後，暈染情況卻是越來越嚴重。尤其達穆爾的最誇張。就好像一邊是用泡泡筆在布上寫字，一邊是滴到了墨汁。

「難道……差別在於書寫者的魔力量嗎？」

「也可能關係到了魔力屬性與品質……得詳細調查才知道。羅潔梅茵，這個墨水能先交給我保管嗎？」

斐迪南的瘋狂科學家開關似乎打開了。提供原料的人畢竟是他，在神殿這裡只要不對日常生活造成影響，他想在工坊裡窩多久都沒問題。

「只要神官長答應我，會吃過飯以後再進工坊，還有明天會在第三鐘之前出來，我不介意交給你保管喔。」

斐迪南瞪著我，像是在說「妳又找我麻煩」。但我可不希望到時候又要出動所有人，只為了把斐迪南從工坊裡挖出來。我絕對要保護我的閱讀時光。

「好吧。尤修塔斯，你去吩咐侍從們準備餐點，我也會趁著這段時間多做點工作……達穆爾，這裡交給你收拾了。」

「什麼?!」

冷不防被指名，達穆爾大吃一驚。然而斐迪南撇下他不管，拿起裝有墨水的瓶子，帶著尤修塔斯與艾克哈特迅速離開。

「……為什麼是交給我？」

「可能是因為神官長覺得，安潔莉卡收拾工具的時候會不夠小心吧。」

「我在貴族院時，確實赫思爾老師也經常斥責我笨手笨腳，但斐迪南大人怎麼會知道這件事呢？」

我勉勉強強把「只要觀察過安潔莉卡一陣子，誰都能得出這個結論吧？」這句話嚥回去，看向達穆爾。

「大概也是要達穆爾教我洗淨魔法吧。」

「這麼說來，斐迪南大人確實吩咐過這件事。」

隨後，達穆爾在工坊裡頭教我洗淨魔法。只要變出思達普，邊注入魔力邊唸咒語「瓦須恩」就好，並不會很困難。

「倘若自己不具有水屬性，施展時會很消耗魔力，但羅潔梅茵大人完全不必煩惱呢。」

達穆爾這麼說完，稍微甩了甩頭。他說自從用魔力壓縮法增加了魔力以後，現在已經好多了，但以前連要施展洗淨魔法也很吃力。

「那我一鼓作氣，把這邊的工具都洗乾淨吧。」

我看著作業檯，往思達普注入魔力。

「瓦須恩！」

下一秒，瀑布般的大水從天而降，眨眼間淹沒了整間工坊。我被捲進突然出現的水流裡頭，身體還往上浮起轉了一圈，整個人分不清楚東南西北。正當我張大眼睛，搞不清楚發生了什麼狀況，感覺就快要溺水的時候，大水倏地消失無蹤。

浮在半空中的我被重力拉著往下掉，湊巧摔在了達穆爾身上。他似乎也被水流沖得失去平衡，仰倒在地上。

「唔啊！」

腹部被我重重一壓的達穆爾發出痛苦呻吟。他一邊咳嗽，一邊居然還能問我：「您沒受傷吧？」簡直堪稱護衛騎士的楷模。

「咳咳！咳咳！」

遭受到了始料未及的大水攻擊，安潔莉卡也吃驚地不住咳嗽。雖然現在已經沒有水了，衣服與頭髮也都是乾的，但想必是差點溺水的感覺還在吧。我前陣子剛剛體會過。

「羅潔梅茵大人，您喚來的水量也太離譜了吧？」

達穆爾沒有馬上把我推開，無力地躺在地上，沒好氣地瞪我一眼。我默默別開視線。

「我現在才知道魔力量不同，喚出來的水量也有這麼大的差異呢。我以後會小心。」

……洗淨魔法真是太可怕了。

「羅潔梅茵，抱歉要打擾妳。如果妳下午沒有任何行程，方便我進入工坊嗎？」

「咦？」

隔天，我在第三鐘響後前往神官長室幫忙，斐迪南這麼問我。

聽說斐迪南昨夜在工坊裡待了一整晚，把墨水帶回去後打算好好研究一番，在各種紙張、布料和木板上試寫了墨水。然而，他小睡了一會兒醒來後，卻發現試寫下的墨水全部消失了。為了知道放在我工坊裡的布料現在怎麼樣了，他一直在等我過來。本來看到他

老實遵守約定，從工坊裡出來了，我還正感到佩服，但這種心情很快開始消散。

「墨水消失了嗎？要進入我的工坊是沒關係……可是，萬一墨水真的消失了，那就不能使用了吧？」

「如果這個墨水不能用，就代表妳只能乖乖刺繡，別再白費工夫，並無任何問題。」

……我就是不想刺繡才做墨水的啊！太過分了！

這天的閱讀時光依然慘遭剝奪，下午再度進入工坊。雖然不能看書讓我很哀傷，但我也非常好奇墨水的情況，所以一起走進工坊。

昨天已經打掃過的工坊內部十分乾淨，達穆爾從木箱裡拿出試寫過墨水的布條。拿出來一看，只見布條上一片空白。大家試寫過的、暈染開來的好幾條線全部消失無蹤。

「真的消失了呢。」

不——！這下子我無法逃離刺繡了！

一想到刺繡不知道要花多久時間，我就想抱頭哀嚎，伸長了手去拿布。但手指才剛碰到而已，整塊布立即淡淡發光，接著浮現出了墨水線條。昨天大家劃下的線條全部重新浮出，連暈染開來的程度也完整重現。

「這是怎麼回事？」

斐迪南無法理解地瞇起眼睛，打量布料。我向著他攤開那塊布，緩慢搖頭。

「神官長都不曉得是怎麼回事了，我又怎麼可能知道呢。」

周遭眾人也點頭同意。尤修塔斯和斐迪南一樣，一臉饒富興味，看著布料開口說了。

「連斐迪南大人碰了也沒有任何變化，看來墨水可能只對羅潔梅茵大人的魔力有反應，才會浮現出來。羅潔梅茵大人，能借我一會兒嗎？」

我把布交給尤修塔斯，上頭的線便消失了。再次回到我手中後，線條又浮出來。

「如果拿著帶有妳魔力的魔石，墨水也會有反應嗎？倘若真是如此，這個墨水還是可以使用。只不過能用這個墨水畫魔法陣的人，可以肯定就只有妳而已……不過，這到底是為什麼……」

「神官長，如果你還想進行更多觀察與實驗，要不要自己製作藥水再做測試呢？每次都要請我幫忙也很麻煩吧？」

準備調合用的原料、測量重量，這些事情都是斐迪南做的。他大可以自己也製作墨水，盡情進行研究。我只要這個墨水能讓魔法陣發揮作用，除此之外都無關緊要。

「也是，打攪了。」

……其實，真心話是我才沒辦法每次都配合這個瘋狂科學家。

後來，我照著原訂計畫看書。

既然想起了友禪染這項技術，我打算明天教授給奇爾博塔商會的人。雖然我自己大概用不到了，但母親是染色工匠，新的染色技術也許能對她有所幫助。

給奇爾博塔商會的委託

自從有了新的研究目標，斐迪南似乎除了我來幫忙時會離開工坊，其餘時間都待在裡頭。第四鐘一響，處理完工作的斐迪南便頭也不回地走進工坊。雖然艾克哈特十分擔心斐迪南，但他一天好像至少會進食一次，我想應該是死不了。

「但是，萬一這種情形再持續下去……」

「春季的洗禮儀式一結束，我們就要回城堡了，在那之前讓神官長盡情研究有什麼關係呢。神殿的工作又沒有因此停擺，他也不是完全不進食，既然沒有造成任何人的困擾，這一週的時間就試著別管他吧？」

我一邊說，一邊收拾石板與石筆。反正剛好我也希望有一週的時間可以看書。我正這麼心想時，艾克哈特略帶不滿地瞪著我瞧。

「羅潔梅茵，想不到妳對斐迪南大人這麼縱容。妳寧可看著我這個哥哥勞心傷神，也要讓斐迪南大人滿足他對研究的渴望嗎？」

「我對神官長並不是縱容，也是為了我自己喔。神官長若不好好研究，就無法完成休華德與懷斯的服裝嘛。」

我有我自己的行程，適時打斷艾克哈特以後，便撇下他返回神殿長室。奇爾博塔商會預計今日下午來訪，所以吃完午餐後必須前往孤兒院長室。

「吉魯、弗利茲，拜託你們的東西準備好了嗎？」

「是。依您的吩咐，黏性高且偏硬的蠟與黏性低且偏軟的蠟各一份，還有海蒂製作的彩色墨水、裝有熱水的鍋子、筆、刷子、筷子和加了固定劑的布，都已準備完畢。」

另外我也請吉魯和弗利茲作好準備，讓奇爾博塔商會的人稍後能進入工坊。因為光聽說明肯定很難理解，我打算實際示範什麼是蠟染。

「謝謝你們。等奇爾博塔商會過來，到時再麻煩你們了。」

「遵命。」

大致討論了等一下的行程後，吉魯前往大門去迎接奇爾博塔商會一行人，弗利茲返回工坊。我邊檢查從神殿長室帶來的東西有無遺漏，邊喝著法藍泡的茶。

不一會兒，吉魯領著奇爾博塔商會一行人走進來。走上三樓的有歐托、珂琳娜、提歐、萊昂與多莉共五人。

目光與多莉對上的瞬間，她立刻露出了燦爛的開心笑容。光是這樣，我在心裡就高興得不得了。多莉依然是我的天使。

「羅潔梅茵大人，奉您之命前來晉見。」

負責與我談正事的歐托、珂琳娜與多莉站在前排，幫忙輔佐的提歐與萊昂站在後排，五人動作一致地在我面前跪下。

提歐是歐托的得力助手。如同馬克會在班諾工作時幫忙輔佐一樣，他負責輔佐歐托。他曾和歐托一起跟在法藍身邊，學習進入城堡時該有的禮儀，雖然我幾乎沒見過他，但他已經對這裡很熟悉了。

萊昂則是我從青衣見習巫女時期便有往來的奇爾博塔商會的都帕里。他以前曾和路茲一起行動，但普朗坦商會與奇爾博塔商會分開經營以後，他就不再出入工坊，所以我很久沒見到他了。當時他的年紀大約是成年前後，臉龐還有些稚氣，現在已經完全是大人了。

結束了貴族特有的冗長寒暄後，我忽然想起一件事，在胸前把右拳貼在左手掌心上。這是班諾與馬克教過我的，商人們在春天互道寒暄時的動作。既然今天要談生意，想起了這個問候語後，我忍不住想說說看。

「為融雪獻上祝福。願春之女神偉大的恩澤照耀於你。」

歐托吃驚得睜大了雙眼，然後輕笑起來，同樣在胸前把右拳貼在左手掌心上。

「為融雪獻上祝福。願春之女神偉大的恩澤照耀於您。」

緊接在歐托之後，其他四人也說了同樣的問候語。看到多莉一派理所當然地說著商人的問候語，讓我感到非常不可思議。

「請坐，我有好幾項工作想委託你們呢。」

我招呼奇爾博塔商會一行人就坐，吩咐法藍泡茶。歐托三人坐下後，提歐與萊昂則是站到他們身後。屋內開始彌漫起茶香時，莫妮卡端著點心走了進來。我各吃了一口表示安全，然後請他們不必客氣。今天因為要談公事，所以準備的是可以簡單食用的餅乾。看見多莉吃到甜食後，露出了彷彿快要融化的笑容，我感到心滿意足。珂琳娜看著這樣的我，也揚起微笑。

「羅潔梅茵大人，您今日喚我們前來，請問有什麼委託呢？聽說除了髮飾以外，還有其他的吩咐……」

珂琳娜側著臉龐，面帶微笑說道。我表示想為艾拉訂購一個新髮飾。

「我的專屬廚師已經確定要參加今年夏季的星祭，想請你們為她製作一個在星祭上佩戴的髮飾。艾拉雖說是我的專屬，但她畢竟是平民，要是送太貴重的髮飾，她可能會不敢收下，而且也不適合她到時要穿的正裝吧？」

「您說得是呢。」

「此外，以前因為我曾請艾拉以專屬廚師的身分前往貴族區，所以當年她沒能出席成年禮。對她的父母來說，這會是第一次看見女兒盛裝打扮；再加上星祭那天，她應該也會見到丈夫的親人。多莉，艾拉的誕生季節是春天，能請妳製作一個適合她的髮飾嗎？」

多莉曾在孤兒院與艾拉一起開過料理教室，在孤兒院為了準備過冬而加工豬肉時也來幫過忙，所以認識艾拉。相信一定能做出適合她的髮飾。

「遵命。因為我也認識艾拉，請儘管交給我吧。」

多莉願意接下這份工作，那我就放心了。

「前幾日是冬季的成年禮，我站在祭壇上，發現現在髮飾的種類增加了不少，而且幾乎所有女性都戴著髮飾，真是教我佩服呢。奇爾博塔商會想必付出過一番努力，髮飾才在城裡流行開來吧。」

我說完，多莉露出了有些自豪的笑容。

「每次參觀神殿儀式的遊行，我也發現佩戴髮飾的女性變多了。我會仔細觀察哪種髮飾最受歡迎，再去考慮要製作什麼款式……不過，前幾天的成年禮因為要顧弟弟，沒能前來參觀……」

「令弟怎麼了嗎？」

沒在神殿的大門口見到多莉與加米爾，我一直很擔心他們會不會是生病了。

「不是的，其實是舍弟在今年春天滿四歲了。因為他已經不是父母還要一直抱在懷裡的小嬰兒，也不是走路還搖搖晃晃的幼童，這個年紀很有可能在父母不注意的時候就跑進神殿，所以必須待在家裡才行。畢竟尚未受洗的孩子不能進入神殿。」

……對喔，以前多莉洗禮儀式的時候，家人也不准我去呢。

在我的記憶當中，加米爾都是被家人抱在懷裡帶來門口，所以我從未深入多想，但經多莉這麼一說，受洗前的孩子確實不能進入神殿。這也就意味著，直到加米爾舉行洗禮儀式為止，我都沒有機會見到他。我感到灰心喪志。

「上次是因為家父家母堅持想來參觀冬季的成年禮，所以由我在家顧著弟弟。也幸好那天是不用工作的土之日，換作其他季節的成年禮就沒辦法了呢。」

多莉苦笑說道。一定是為了讓父親和母親能親眼看看我是否真的恢復健康，多莉才留在家裡負責顧加米爾吧。

……畢竟不能把三、四歲的小孩子一個人丟在家裡嘛。

今後他們若想再撇下加米爾跑來神殿，恐怕也不容易吧。往後舉行儀式的時候，能夠見到父親與母親的機會勢必會減少。

……都已經不能在秘密房間裡與路茲他們交談了，現在又不能偷瞄一眼加米爾長得多大，真教人有點難過呢。

多莉張合了幾次嘴巴後，臉上露出想安慰我的表情說了。

「那個，羅潔梅茵大人……家父說過，他接到了要去哈塞的護送任務。因為保護神殿長的工作在大門士兵間非常搶手，所以他很高興呢。我也在此向您道謝。」

聞言，我立即抬起頭來。今年因為要從哈塞帶灰衣神官回來，所以僱用了士兵。看樣子有機會在哈塞的小神殿見到父親了！我的心情稍微好轉。

「昆特帶領的士兵們，對我手下的灰衣神官與灰衣巫女都十分親切，所以交給他我很放心。請幫我轉告昆特，到時候再麻煩他了。」

「我會如實轉達。」多莉安心地微笑道。看著多莉的笑容，我只覺得心靈得到撫平，接著拿出畫有臂章的紙型放在桌上。

「另外，這是我想委託奇爾博塔商會製作的東西。」

眾人低頭看向臂章的紙型，不約而同一臉疑惑。

「羅潔梅茵大人，請問這是什麼呢？」

雖然遣詞用字拘謹有禮，但多莉朝我看來的藍色眼睛中充滿懷疑，明顯在說：「妳又想做什麼奇怪的事情了？」並不是奇怪的事情，但也不算猜錯啦。這可是成為圖書委員的必備物品。我用紙型圈起手臂，說明使用方式。

「請把臂章想像成是標誌，能夠用來表示你隸屬哪個單位。然後只要是『圖書委員』，都要佩戴這個臂章。」

「……這和喪禮時的布條好像呢。」

多莉神色有些為難地說。但雖然她這麼說，我也不明白是什麼意思。是這裡的習俗嗎？

「喪禮嗎？」

「是的。參加喪禮的人，都要在手臂上捲條黑布。這個臂章會讓人聯想到喪禮呢。」

……所以很像要參加喪禮的人嗎？感覺好像有點不吉利？可是，只要用黑色以外的布料，應該沒關係吧？

在我心裡，沒有放棄製作臂章這個選項。就算只是做做樣子也好，我想當圖書委員，想和休華茲、懷斯還有漢娜蘿蕾戴著一樣的臂章。

「反正布料不會用黑色的，還會繡上文字，應該不會給人要參加喪禮的感覺吧。就像這樣把臂章戴在手臂上，用別針別起來……啊，要請約翰製作『安全別針』才行呢。」

我放下紙型，拿出自己的寫字板，寫下「向約翰訂做安全別針」。出發去哈爾登查爾參加祈福儀式之前，也必須找來古騰堡夥伴們討論事情。

發現我的心思一下子跳到了別的事情上，多莉滿臉無奈地指著紙型上的漢字問：

「羅潔梅茵大人、羅潔梅茵大人，上面這奇妙的圖案是什麼呢？」

「咦？啊，那是我設計的『圖書委員』標誌。請照著原原本本的大小刺繡，絕不可以擅自增加或刪減圖案喔。」

接著在多莉的詢問下，我又決定了布料與用線的顏色，總共訂做了四個不同顏色的臂章。為了之後可以搭配休華茲與懷斯的服裝，也為了讓漢娜蘿蕾可以挑選自己喜歡的，我特意選了四種不同的顏色。

「還有，我想再向多莉訂做夏天要戴的新髮飾。髮飾在貴族院也備受好評喔。至於要做成什麼樣的款式，就交給妳決定了。」

「遵命，請交給我吧。」

多莉信心十足地接下委託。髮飾不管是款式還顏色，基本上我全權交由多莉決定。我相信多莉一定能夠做出適合我的髮飾。

訂完髮飾後，我慢慢環顧奇爾博塔商會一行人。還有什麼事情嗎？歐托與多莉的表情立刻變得有些警戒。畢竟認識我這麼久了，又知道我的真實身分，兩人都相當敏銳。

「最後，雖然我在信上也說過了，但還是想當面向各位道謝。先前冬天的時候願意接下那麼緊急的委託，實在非常感謝各位。王子收到髮飾以後，也表示他非常滿意。艾格蘭緹娜大人一戴上多莉做的髮飾，也美得令人屏息，在畢業生中成為眾所矚目的焦點。相信你們今後將接到大量的委託吧。」

「感謝羅潔梅茵大人。」

感覺得出他們在懷疑我是不是又想提出無理要求，其實也算猜對了一半。我微微一笑。

「為了感謝奇爾博塔商會為我這般盡心盡力，我想送給你們一樣新技術當作獎勵。」

「……咦？」

多莉與歐托一臉意外地看著我。珂琳娜則是優雅側頭，但眼神中透出了商人才有的銳利。

「這是為了感謝你們答應了那麼強人所難的要求，協助我完成王族的委託，還是奇爾博塔商會覺得沒有必要呢？倘若如此，我可以改為傳授給染織協會……」

「哪裡！我們萬分感謝羅潔梅茵大人的厚愛。」

雖然要把蠟染當作謝禮送給奇爾博塔商會並不是謊話，但是老實說，蠟染再不快點推廣開來就糟了。與其要和不認識的染織協會協調溝通，我更希望能盡快由奇爾博塔商會開始推廣。

「稍後我會把新的染色方式教給你們，請你們用新的染技製作布料，並且運用在今年冬季社交界要穿的衣服上。我希望這種染法做的布料，可以在不久後成為新流行。」

多莉聽了瞪大眼睛，像是在說：「妳果然又提出了無理要求嘛。」這時，直到剛剛都只是站在珂琳娜身後，負責輔佐的萊昂忽然雙眼發亮，請求發言。

「萊昂，請說。」

「多謝羅潔梅茵大人。請問新技術與髮飾無關，而是要製作新的布料嗎？」

「沒錯……但正確說來，也不是教你們怎麼製作新布料，而是怎麼染布料。」

聞言，萊昂高興得綻開笑容。不懂萊昂為什麼這麼高興，我納悶地歪過頭，歐托於是為我說明。原來萊昂的老家是批發布料給奇爾博塔商會的店舖，所以與城裡所有的染色工坊都有往來。如果新的染色技術能讓布料受到矚目，他的老家生意也會變好吧。

「那我們往工坊移動吧。我會在工坊一邊示範，一邊說明。法藍，請叫吉魯過來。」

在吉魯的帶領下，我們一行人來到工坊。工坊裡的所有人立即停下動作，走上來迎接。除了負責示範的吉魯與弗利茲外，我請其他人繼續工作。和好奇地來回察看工坊的歐托與珂琳娜不一樣，萊昂看著工坊一臉懷念，目光停留在抄紙工具上，應該是回憶起了從前。

「萊昂，你是不是感到很懷念呢？」

「是啊。因為以前有段時間經常出入這裡。」

「今天也很歡迎你一起幫忙喔。因為屆時在染色工坊，也需要有人能夠示範。」

我呵呵笑著，用眼神向吉魯示意。吉魯點點頭後，開口說了。

「接下來我們要示範的，是一種直接在布料上繪製圖案的技術。由於我們對布料也不是很了解，說不定這是奇爾博塔商會早就知道的技術。」

吉魯事先這樣聲明後，朝我看來請求確認。我對他點點頭，然後環顧奇爾博塔商會一行人。

「現在雖然可以在布料上見到美麗的刺繡與獨特的織布方式，但布料都只有一種顏色。不知道有沒有利用絲線在布料上綁出圖案，或是直接在布料上描繪圖案的技法呢？」

「……很久以前是有的。」

珂琳娜手托著腮回道。她說在奇爾博塔商會初任老闆留下來的衣服中，有一些是使用了絞染做成的布料。

「幾十年前，有位亞倫斯伯罕的女性領主候補生嫁來了艾倫菲斯特，也將許多新文化帶了進來。根據留下的記載，聽說那些新事物在艾倫菲斯特裡流行起來後，便要求布料的顏色必須一致，所以可以染出均勻單色的技法日益純熟，刺繡也跟著開始流行。與此同時，染色的技巧也就沒落了。」

會購買大量布料的都是貴族。既然在貴族社會，都認為均勻的單色才是上等布料，染色工坊自然是一窩蜂地把布料染成單色。所以聽說色彩會有漸層變化的絞染，轉眼間就沒落了。單看近幾年的流行，也能理解為何有這樣的演變。

「原來背後有這樣的原因啊。那麼，如果我想再次讓染色技法流行起來，應該還有工匠記得怎麼做吧？」

「不，我想都已經不在了。」

工匠的識字率等同於零。想當然耳很多事情都不會記錄下來，技術自然容易失傳，而且聽說當時的工匠因為年邁，也幾乎都不在人世了。

「絞染其實不難，只要委託工坊製作，應該很快就可以重現吧？至於要怎麼運用，就交給工坊去研究吧。只不過，我希望這次能寫成紀錄保存下來，才不會因為新流行的興起，又導致舊的技法沒落……這件事是不是該交由染織協會處理呢？」

「協會那裡或許留有一些紀錄，我會再找他們商議。」

珂琳娜表示道，萊昂點了點頭，在寫字板上作筆記。

「除了絞染，這次我想教給各位的技法是蠟染。這項染技說不定以前也存在過，如果只是失傳了，請讓它復活吧。」

我指向作業檯上的兩塊布料，上頭已經請葳瑪用煙灰鉛筆畫了花當草圖。在眾人興致勃勃的觀看下，吉魯與弗利茲照著之前說好的步驟，用筆塗上融化的蠟。

「進行蠟染時，要用蠟像這樣塗在不想染色的地方，也就是想留白的部分。」

「這樣一來，染料就不會滲進塗有蠟的地方嗎？」

萊昂問，我點了點頭。弗利茲在塗的那種蠟偏硬，凝固後會有些許裂痕；吉魯在塗的那種軟蠟則是一點裂痕也沒有。

「使用的蠟不同，呈現出來的效果也會不一樣。如果真的想要進行蠟染，請記得也要找蠟工坊一起合作，做出符合自己需求的蠟。」

因為經歷過梅茵工坊凡事都得反覆測試的那段時光，萊昂聽到我這麼說，瞬間苦下了臉。想要活用一門新技術，並不是容易的事情。我只負責提供做法，至於如何追求最好，只能現場的人自己想辦法。

「弗利茲，麻煩你讓蠟再多點裂痕。」

弗利茲遵照我的吩咐，對著布料敲了幾下，讓蠟產生更多裂痕。接著，往布料塗上海蒂發明的彩色墨水。拿出謄寫版印刷時也會用到的滾筒滾上墨水後，有蠟的地方便不會染上顏色，手帕大小的布料很快變得通紅。

「染色以後要脫蠟。蠟遇熱就會融化吧？所以染好顏色以後，要把布放進熱水裡。」

吉魯用筷子夾起兩塊布料，放進鍋子裡，靈活地攪拌幾下後再拿出來。製紙時會在處理木頭與樹皮的過程中用到筷子，所以羅潔梅茵工坊的灰衣神官們都會用筷子。

從熱水裡拿出布料以後，弗利茲負責用冷水沖洗，擰乾後展開放在作業檯上。其中一塊布上的白花線條清晰分明，另一塊布上的白花則因為裂開的蠟，點綴著美麗的裂紋。

「我覺得這兩種表現手法都可以使用，端看客人的喜好。也能夠同時進行絞染與蠟染，而且只要反覆染色，顏色會越變越深吧？所以也能再次把蠟塗在花瓣上，去改變背景、葉子與花朵的顏色。當然，也可以在布料上刺繡。」

「原來如此……」

歐托點了點頭，只見提歐在他身後拚命作筆記。負責輔佐的人真辛苦。

「用比較軟的蠟小心描繪，就能畫出細膩的圖案；比較硬的蠟則可以用來覆蓋大範圍，然後敲出裂痕，享受裂紋帶來的樂趣。我認為研究起來應該很有成就感喔。」

「羅潔梅茵大人，那您希望新的布料是用何種方式染色呢？」

被珂琳娜這麼一問，我想了半晌。絞染不錯，但蠟染也讓人難以割捨。

「我希望大家可以盡量多採用新技術呢。不如讓艾倫菲斯特的所有染色工坊，以冬季貴色的紅色為主，各準備一塊同時進行了絞染與蠟染的布料吧？我再從中選出自己要使用的布料。」

「這樣一來，想必所有染色工坊都會摩拳擦掌吧。」

歐托佩服說道，我對他露齒一笑。

「很高興能讓大家那麼開心。除了絞染與蠟染以外，我還知道其他種染色技法，可以接著討論這件事情喔。」

古騰堡夥伴的集結

我接著談起生意，詢問歐托有無意願購買新的染色技法。他交抱手臂開始沉思，露出了商人的眼神，明顯正在思考這項新技法會有多少價值。我仰望歐托，等待回覆。就在這時候，珂琳娜忽然往前一站。

「羅潔梅茵大人，關於新的染色技法，我建議可以等到您現在想推廣的技法傳開以後，再直接與染織協會進行交涉。」

珂琳娜面帶沉穩的笑容，直視著我說。

「奇爾博塔商會即便買下了新的染色技術，我們底下的專屬工坊也無法獨占。因為羅潔梅茵大人的影響力太龐大了。」

珂琳娜說了，每當我想引發新流行，都會很快在貴族女性間傳開，所以光靠奇爾博塔商會少少的幾間專屬工坊，不可能應付得來。

奇爾博塔商會買下權利後，還得負擔研究費用，培育出水準合乎貴族要求的工坊，不僅需要錢也需要時間。可是，一旦我想推廣為新流行，貴族的委託勢必如同雪片般飛來，甚至得公開技術與情報，以最快速度栽培工匠。自然也可以想見，屆時的情況根本無力承接訂單。

「要是有客人想追隨新流行卻買不到布料，想委託其他商家或是工坊，店家卻表示他們沒有技術與相關知識，屆時不只貴族，同業也會對奇爾博塔商會心生反感。」

珂琳娜似乎認為，就算購買了新的染色技法，也對奇爾博塔商會沒有益處。

儘管是兄妹，班諾與珂琳娜的反應卻大不相同。每當我提出了什麼新點子，班諾都會趕在被別人搶走前買下來，然後設法獲利；珂琳娜則是審慎評估，思考新點子能否在她擅長的裁縫領域裡獲利。不過，絕不錯過屬於自己利益時的眼神，倒是非常相似。

……珂琳娜夫人雖然看起來溫婉柔弱，但果然是班諾先生的妹妹呢。

城市裡的商人們有哪些關聯、談生意時又是如何交涉，這些事我都不清楚，所以如果會對奇爾博塔商會造成困擾，這次或許也不該胡亂提供技術給他們。

「那麼剛才示範的蠟染，是不是也直接與染織協會交涉比較好呢？」

「不。這項技法是羅潔梅茵大人給我們的賞賜，我們自當心懷感激收下。」

珂琳娜緩緩搖頭。

「之後我會向染織協會說明原委，並以較低廉的價格，提供給協會您賞賜的染色技法。然後以羅潔梅茵大人向染織協會提出了委託為由，要求各工坊製作您剛才說的布料。」

萊昂曾經說過，他的老家是批發布料給奇爾博塔商會的大店，聽見珂琳娜這麼說，他的臉龐亮起了前所未見的光采。

「既然要讓所有染色工坊都製作布料，不如也告訴眾人，這次還有機會能成為羅潔梅茵大人的專屬，相信所有工坊都會使出渾身解數吧。」

「也是。如今古騰堡的名聲在艾倫菲斯特內越來越響亮，到了其他城市也有出色的表現，有許多工匠都想得到古騰堡的稱號。」

歐托喃喃說完，轉頭看向我。

「羅潔梅茵大人，就和鍛造工坊一樣，不如選擇兩間染色工坊成為您的專屬吧？也把古騰堡的稱號賜給染色工坊如何？」

「此外，或許也可以根據工匠們提交的布料排出名次，之後他們要向染織協會購買您提供的新技術時，再依照排名收取費用。」

嗯……本來我只想趕在尤修塔斯跑來打探消息之前，盡快讓蠟染在平民區流傳開來，但事情的規模怎麼好像越來越大。

事態發展完全出乎我的預料。我正苦惱著不曉得該怎麼辦時，正好對上多莉的目光。她看著我的臉上也寫著：「怎麼辦？我可不知道喔。」

「話說回來，羅潔梅茵大人究竟是從什麼地方，得知這些古老的技法呢？」

萊昂滿臉納悶地問道，我微微一笑。

「當然是透過書籍。」

「原來如此。紀錄的有無還真是重要。」

……幸好萊昂接受了我的說法。雖然我也在書上看過相關知識，但會這麼了解做法，其實是因為家政課上曾做過。

麗乃那時候，我在國中的家政課上用橡皮筋與線縫做過絞染，也體驗過蠟染。當時我有個朋友是宅女，她用蠟染在手帕上維妙維肖地染出了自己喜歡的角色，讓大家嘖嘖稱奇。但我驚訝的是，她明明到處聲稱自己有多愛那個角色，居然連角色的名字也拼錯。

最終，決定了在夏季尾聲由奇爾博塔商會主辦，舉辦「重現過往技法，贏得古騰堡稱號」的比賽。他們說如果我想使用成為新專屬的染色工匠做的布料，並在冬季的社交界上亮相，比賽一定得訂在夏季尾聲舉辦才來得及。只見萊昂整個人精神抖擻，對於要決定新的專屬萬般期待。相信他的老家在接到奇爾博塔商會的委託後，肯定會大顯身手吧。

……事情的規模突然演變得超出我的預期。不過，算啦。

結束了與奇爾博塔商會的會面，回到神殿長室後，我看起寫字板與法藍幫忙做的會議紀錄，在整年行程中加入染布比賽這一項。

「星結儀式結束之後，在收穫祭之前都沒有什麼安排吧？」

「神殿這裡確實沒有，但是城堡那邊沒問題嗎？」

「嗯……要看領主會議有什麼結果呢。到時候說不定會有大量商人湧入艾倫菲斯特，得趕緊想些對策。」

目前從夏季尾聲到秋天為止，都沒有已經排定的行程。我把寫字板上的蠟抹平，削除文字。這時，吉魯帶著信函衝進來。

「羅潔梅茵大人，普朗坦商會寄來了信給您。」

時機抓得真好。我正好想訂做安全別針，也打算在前往哈爾登查爾之前，先和古騰堡夥伴們見一面，了解以前拜託的事情現在進展如何了。

「吉魯，謝謝你。我馬上寫回信，你先休息一下，在這裡等我吧。我麻煩了你們在工坊準備示範用的工具，又要收拾整理，一定很辛苦吧？」

我慰勞了吉魯以後，展信閱讀。很快看完一遍後，整封信雖然是用貴族特有的措辭寫成，乍看下也只是封普通的會面邀請函，但若仔細去感受隱藏在文字裡的訊息，我總覺得好像看見了這行字：「妳又幹了什麼好事？蠢ㄚ頭，快點說明！」

……居然感受到了連貴族特有表達方式也掩藏不住的怒火，是我的錯覺嗎？嗯……應該不是錯覺吧？

我在字裡行間察覺到了難以形容的憤怒後，回信寫道：「前往哈爾登查爾之前，我想見見古騰堡們，了解大家兩年來的工作成果。」有其他人在，一定可以稍微減緩班諾的怒火吧。

……雖然也有那麼一點點可能，反而惹得班諾先生更加生氣，覺得我都在想些要讓自己逃過一劫的歪主意，但可以保護自己的對策多多益善。

大概是因為我還在回信的最後補充道：「春季的洗禮儀式結束後，我就要返回城堡，所以時間所剩不多，還請盡快安排。」會面日期很快就敲定了。

洗禮儀式前一天，古騰堡夥伴們將集結來到孤兒院長室。除了普朗坦商會的班諾、馬克與路茲，還有鍛造工匠約翰與薩克、木匠英格、墨水工匠海蒂與約瑟夫，羅潔梅茵工坊則派了吉魯代表出席。出席會議的人數還不少。

「仔細回想一下，在這裡召開古騰堡會議還是第一次呢。」

以前訂做印刷機的時候，約翰、薩克與英格就曾經來過這裡，但我想海蒂與約瑟夫應該是第一次。

「法藍、達穆爾、安潔莉卡，今天會有很多平民區的工匠出席，有些人的言行可能不夠拘謹有禮，但請你們睜一隻眼閉一隻眼吧。」

「遵命。」

由於出席會議的人數眾多，今天直接在一樓的客廳談話。侍從們努力從二樓搬了與人數相符的椅子到一樓，還準備桌子，布置好了場地。

我一邊在二樓下達指示，一邊偷瞄了秘密房間的房門一眼。一想到再也不會打開那扇門，空虛與寂寞的心情就襲上心頭。但是，我很快大吸口氣，甩掉這些情緒，用雙手拍了一下自己的臉頰。我已經和路茲約好了，要朝著目標前進，不可以愁眉苦臉。

「羅潔梅茵大人，古騰堡的各位到了。」

在吉魯的帶領下，大家依序走了進來。代表普朗坦商會的班諾三人早已經習慣來孤兒院長室，一派從容自若。我對著三人露出微笑，說道：「歡迎。」三人也對我回以微笑。班諾與達穆爾對此都沒有什麼反應。看來面對專屬商人，這樣的互動還在許可範圍內，我暗暗鬆一口氣。

緊接著，大概是隔了好段時間沒來，看似有些戰戰兢兢的約翰與薩克走了進來。然後是似乎有人在後面催促，邊回頭邊進來的英格。最後是推著英格的海蒂，與阻止著她喝斥道「不要這樣」的約瑟夫。

「小姐，妳看起來精神不錯嘛。太好了！聽說妳睡了整整兩年，擔心死我了！」

海蒂從英格背後探出頭來，一看見我，立即咧開燦爛無比的笑容，對我大力揮手。

自從成了會出入城堡的專屬商人以後，班諾與路茲除了在秘密房間裡，再也不曾像這樣表現出平民的熱情，所以我不由得懷念得揚起微笑。

但是，海蒂的熱情在這裡並不被接受。只見護衛騎士達穆爾臉龐僵硬，法藍則彷彿斐迪南的化身般按住太陽穴，從海蒂身上別開視線，好像在提醒自己：「別生氣、別生氣。」看見達穆爾與法藍的反應，約瑟夫臉色刷地發白，揪起海蒂的衣領往自己拉過去。

「海蒂，妳這個笨蛋！現在眼前的人可是能夠給予真正祝福的神殿長，妳不能再用以前的方式叫人家！」

「話是沒錯啦，但她也是朝著做書之路不斷邁進，協助我研究墨水的資助者耶？」

「她是資助者沒錯，但妳太無禮了！妳都已經當母親了，個性應該穩重一點！」

約瑟夫這句話讓我腦內一片空白。因為初次見到海蒂的時候她就已經成年了，現在看來也沒什麼變，所以我沒想到她竟然已經當母親了。

……沃克都在這兩年內結婚生子了，早已結婚的海蒂就算有孩子也不奇怪。雖然不奇怪，但感覺還是很奇妙。

「約瑟夫說得沒錯，妳的言行實在教人坐立不安。以後開會，貴族文官都會出席。除非妳能收斂一點，否則我看妳最好別出席了。」

不知道是被海蒂的態度影響，還是因為今天出席的全是平民工匠，說話委婉也沒人聽得懂，班諾扶著額直接給予忠告。「這真是好主意。」約瑟夫聽了雙眼發亮，拍向掌心應道。看來他已經決定今後有文官出席的時候，海蒂就留在家裡看家。

「從今往後，每次開會多半都會有文官在場。看來以後會變成只有約瑟夫一個人，要代表墨水工坊出席會議了呢。」

「與其要帶著海蒂出席，我自己一個人輕鬆多了。」

看著疲憊嘆氣的約瑟夫，我吃吃笑了起來。聞言，達穆爾與法藍也重重點頭。

「要不是因為關係到墨水，海蒂可能也會冷靜一點，但今天又能見到多年不見的資助者，她才這麼興奮吧。」

「沒錯！我實在太期待了，恨不得早點向小姐報告！經過數不清多少次的研究，我們終於可以做出品質穩定的彩色墨水了。具體來說就是……」

我都還沒開口問，海蒂便自行發表起她的研究成果。我一邊苦笑，一邊簡單地把她報告的成果記錄在手邊的紙張上。聽說他們還成功開發出了一種新型固定劑，說是藥劑也可以，類似於絕緣漆，塗在墨水上可以起到保護作用，不使墨水變色。

我讚許了這兩年來努力工作的墨水工坊，也承諾今後會繼續資助他們。接著我也告訴他們斐迪南先前稱讚了海蒂的彩色墨水研究，也說了有關原料屬性的事情。

「……所以就是這樣，根據原料含有的魔力屬性，混在一起後顏色就會改變。」

聽完我的說明，海蒂緊握起顫抖的拳頭，目光炯炯地看著我說：

「居然有這麼方便的魔導具可以調查屬性……小姐，我也想要！請用研究資金買一個給我吧！」

「我明白妳的心情。為了研究墨水，我也曾經想過要買一個，但這個魔導具並無法輕易獲得。再加上這是魔導具，我也不曉得平民能否使用。」

「嗚啊啊……貴族大人太奸詐了……」

海蒂動作誇張地抱頭哀號，這副模樣讓我感到似曾相識。當初記憶剛恢復的時候，發現只有貴族才有書、才能成為圖書管理員，我就是這樣的反應。

「其實我也很想檢測製紙的原料，了解魔樹做成的紙張有哪些屬性。但是，得不到檢測用的魔導具也無可奈何。」

「小姐，不可以輕易放棄！我們一定要想辦法得到！」

「……前提是有時間與原料的話。現在的我實在沒有餘裕。」

我表示不可能後，海蒂的雙眼閃著淚光，沮喪地垮下頭低喃：「連小姐也得不到，那真的沒有任何辦法了呢。」

「接下來……是約翰與薩克。這兩年來在鍛造工坊有什麼成果嗎？」

我點到兩人的名字後，約翰與薩克對看一眼，靠眼神與點頭的動作決定報告順序。如今兩人的臉上，早已沒了我記憶中剛成年的少年氣息，看來已是可以獨當一面的工匠。

「我先說吧。兩年前您交給我的任務，是要求我設計可以減緩搖晃的馬車，以及利用彈簧設計床鋪。設計圖在這裡，您看如何？」

「我也看過了薩克的設計圖，我認為這款馬車的搖晃程度可以降到最低，但如果想要量產，則是這款設計比較好。因為零件做起來比較不那麼困難。」

我聽著兩人發表的意見，看起三張設計圖。上頭的設計都是懸架式馬車。

「這邊則是您要求的床鋪。這張是遵照了您以前的說明所畫的設計圖。雖然我也思考過有沒有更好的設計，但實在想不出來。只不過如果真要製作，得花很多時間才能完成，價格也會非常高昂。」

「這款商品一定可以獲利，所以價格高昂也沒關係，請做出品質優良的彈簧床吧……但是，你居然真的在可行範圍內畫出了設計圖，太教人驚訝了。」

關於獨立筒彈簧與連結式彈簧，我只提供給了薩克非常籠統的說明，而他基於便於想像這個理由，選擇了用獨立筒彈簧設計床鋪。假如真的做出了彈簧床，往後就寢的時光將會彷彿置身天堂吧。

「那麼，床鋪請從大人尺寸的開始製作。馬車則是採用能夠量產的那款設計，由我向薩克買下設計圖吧。然後和之前的幫浦一樣，設計圖也交由鍛造協會管理好嗎？」

「馬車的製作少不了要與木工協會合作，還請與他們一同協商。至於收費方式，和之前的幫浦一樣沒問題。」

也就是每做一輛馬車，都要支付著作權費給提出這款設計圖的人。

「那麼與鍛造協會還有木工協會的協商，就交給班諾了。雖然英格也不錯，但班諾是與兩邊皆無關係的第三者，應該更加適合吧？」

「……遵命。」

我拿出以羅潔梅茵工坊長身分持有的公會證，向薩克支付了購買設計圖的費用，然後轉向約翰。

「約翰，那你呢？當初我拜託了你增加金屬活字的數量，還有讓手壓式幫浦普及……」

「金屬活字的量產十分順利，而且每次都是一做好就賣掉。哈爾登查爾因為還沒有工匠能夠做出完美的金屬活字，把剛做好的都買走了。」

因為要趁著過冬期間印製書籍，金屬活字若有缺損就做不了工作。我聽說當地的工匠還沒能達到約翰的標準，做出一百分的成品，想必需要大量的備用金屬活字吧。

「希望哈爾登查爾可以盡快自己做出金屬活字，否則要跑這麼多趟太累人了。」

「我已經與基貝．哈爾登查爾說好，如果今年春天造訪了以後還是不及格，請他們自己派工匠來艾倫菲斯特。這是約翰最後一次去哈爾登查爾了。」

約翰如釋重負地抬起頭來，但聽見我接著說：「因為接下來還要請你去其他地方。」他立刻露出了無比厭煩的表情，無力垮下肩膀。看見他前後反應相差這麼多，我不由得偏頭納悶。古騰堡夥伴們則用複雜的眼神看著約翰。

「有什麼問題嗎？」我問道。

大家面面相覷之後，路茲開口幫忙解釋。

「其實算是約翰個人的問題。因為約翰要求金屬活字一定要做得非常完美，又不擅長與人相處，容易招來反感。每到新的土地要教導別人，總是感到心力交瘁。」

「嗯，我也聽說哈爾登查爾的居民生性對外人比較冷漠，個性也內向被動，相處起來一定很辛苦吧。可是，基貝也跟我說，居民對約翰的評價很高喔。聽說鍛造工匠們都鬥志高昂，說今年春天一定要通過約翰的檢驗。」

大概完全沒想到自己得到了很高的評價吧，約翰一臉意外地看著我。薩克彎起嘴角，戳了戳約翰。

「看，我就說吧？他們只是因為贏不了你，才一直跟你唱反調……反正不管怎麼說，在那傢伙能獨當一面之前，我看你也只能忍著點了。認命一點出遠門吧。」

「薩克，你說的那傢伙是指誰呢？」

「就是約翰的徒弟，丹尼諾。他的鬥志旺盛得不得了，說自己一定要成為古騰堡，相信不久以後就會自己跑來參加會議了。」

當初就是自己跑來成了古騰堡一員的薩克哈哈大笑說。約翰沒好氣地撇下嘴角。

「至於手壓式幫浦，目前正順利普及開來。最早是從工匠大道與城北開始裝設，到了最近終於可以開始處理城東的訂單。」

通常接到訂單以後，都會優先處理自己工作的地方、與自己有往來的人家，以及有錢人居住的城北，因此手壓式幫浦似乎是最近才開始往其他區域普及。

「聽來很順利呢，請繼續保持。啊，我差點忘了。約翰，我想向你訂做一樣東西。」

我遞出了安全別針的設計圖，向他提出新委託。約翰看完設計圖後，面露難色。

「……一般的別針不行嗎？看起來好像沒什麼差別。」

「針頭這裡若是露出來，那不是很危險嗎？我怕痛，所以重點在於針頭一定要好好藏起來。」我用指尖敲了敲設計圖上針頭被蓋住的地方。

「您還是老樣子，總是注意到其他人完全不在意的地方。」約翰輕笑起來，接著問：「羅潔梅茵大人，我可以把這份委託交給我的徒弟去處理嗎？」

「只要他能照著設計圖做出成品，當然沒問題。況且要是完成不了我的委託，也無法成為古騰堡嘛。」

「看來可以當作很好的課題。」約翰輕笑著表示同意，小心地收起設計圖。我接著把目光投向英格。接下來是我最重視的委託。

「英格，你的進展如何？成功做出書架了嗎？」

倘若成功做出了活動書櫃，接下來我打算再訂做密集書架。我滿心期待地仰頭看向英格，他的表情卻有些沉重。

「照著羅潔梅茵大人的設計圖，雖然確實做出了成品……」

「有什麼問題嗎？」

「依照您原原本本的設計，若再把書擺上去，櫃子多半會重得無法移動。試做的書架在空無一物的情況下是推得動，但放了東西後就動彈不得。目前的情況還無法交貨。」

英格過意不去地望著瞪大雙眼的我，搔搔臉頰。

「雖然我也想進行改良，但是，金屬滑軌與滑輪的設計及改良並不是我的專長，所以我完全不知道該怎麼下手。我認為最好在設計圖的階段就進行修改。」

倘若書架全是木製，英格還能與工坊的人一起研考修改，但能讓書櫃動起來的滑軌是金屬製品，木工工坊也無能為力。

「約翰……」

「設計方面請交給薩克。」

約翰立刻把這個工作推給薩克，似乎是不想再接下更多工作了。我轉頭看向薩克。他雖然說著：「其實我不太擅長細膩的修改……」但還是一臉無奈地接了下來。

……太好了，密集書架的美夢沒有破碎。

我正鬆了口氣時，班諾臉上的笑意忽然加深，開口喚道：「對了，羅潔梅茵大人。」那雙赤褐色的眼睛裡跳動著難以言表的怒火，我嚇得一縮。

「前些天珂琳娜告訴了我一項非常有趣的消息。聽說您這次甚至跨足了染布領域，要讓古老的染色技法重新復活……真是太有意思了。」

班諾臉上明白寫著：「妳這蠢丫頭，現在居然還插手染織業！」分不清他究竟是生氣還是傻眼，我輕輕用手托住臉頰。

「可以引領新流行的事物本來就是越多越好，而且這次只是復活以往的技術，我並沒有什麼貢獻。功勞屬於讓古老技法復活，並且重新加以運用的工匠。機會難得，我也打算今後要慢慢栽培染色工匠喔。」

「嗯……看來貴族大人與我們，對於『慢慢』兩字有著完全不同的見解。」

班諾這次在臉上清清楚楚地表現出了無奈。其他古騰堡夥伴們也嘀咕說著：「是嗎？原來對貴族來說這樣算慢慢了啊。」

什麼！古騰堡夥伴們似乎都誤會我是斯巴達教育型的人，總是接連不斷地出難題給大家。但那明明是斐迪南，我才不是。太意外了。每次我在指派工作的時候，都是心想著「如果能達到就好了」，並不是認為「非得達到不可」。我說出自己的想法後，薩克抱住了頭。

「您的常識與我們截然不同。工匠如果無法達到客人提出的要求，別人只會認為是我們能力不足。」

……啊，說得也是呢。對不起喔。不過，我雖然會反省，但不會自制喔。

「可是新的染色技法傳開以後，墨水說不定會賣得很好，我不認為以往的努力毫無意義喔。與普朗坦商會有關的染法我還沒有告訴任何人，而且珂琳娜也說了，到時候最好直接與染織協會交涉。」

「與普朗坦商會有關的染法嗎？」

……啊，糟糕。不小心說溜嘴了。關於「型染」，我本來打算再保密一陣子。

「我還知道其他種染色技法喔。等選出了我的專屬染色工坊，我會把普朗坦商會也有關聯的染色技術賣給染織協會，然後請他們優先提供給我的專屬。」

我說得越多，看得出來班諾的心情也越惡劣。那雙赤褐色的眼睛益發冷冽，明顯在威脅我說：普朗坦商會究竟是在哪個環節、有怎樣的關聯，快點講清楚說明白！

「嗚、嗚……是因為新的染色技法會用到特殊的紙張和墨水，我才說與普朗坦商會有關，但其實只是所需工具的銷量會增加而已。想、想知道更多的資訊得先付錢！」

「……我明白了。」

班諾似乎勉強接受了我的說明。

聽完所有人的報告後，接著討論有關前往哈爾登查爾一事。我告訴大家祈福儀式結束之後，就會騎著騎獸一路直接前往哈爾登查爾。由於魔法契約更改了不少內容，為了辦理相關手續，我會帶著普朗坦商會的班諾與達米安同行，另外還有鍛造工匠約翰與薩克。

由於黑色墨水的做法已經教給當地居民，彩色墨水也只要由普朗坦商會帶去販售即可，海蒂他們不必再跑一趟。英格也已經指導過了最重要的印刷機該怎麼做，也判定那裡的木匠能力沒有問題。印刷流程也已經教完了，哈爾登查爾又捎來聯絡說，會暫緩投入製紙業，所以羅潔梅茵工坊不需要再派人前往。

「班諾，手續部分大約要花多久時間才能處理完呢？」

「有羅潔梅茵大人一同前往，應該三天就夠了。」

班諾說面對貴族，即使只是小事也得談上良久，但這次有我同行，對方就不會嘮叨半天，應該可以進行得很順利。照班諾這樣說，我想應該可以迅速搞定，迅速回來。

「為了讓印刷業可以更快擴展，我也會竭盡全力與文官們交涉。」

「我倒認為您若能稍加節制，會比較恰到好處。」

路茲臉頰一陣抽搐地說。但我已經打定主意，要卯足全力去實現自己的夢想，所以完全沒有節制的打算。

「這次也決定了今後要開始實施呈繳制度。我已經向城堡報告過這件事，也得到了許可。請印刷協會務必通知各個工坊。」

我說明了何謂呈繳制度，並指示所有工坊每做好一本新書，都要各呈繳一本書給我和艾倫菲斯特的圖書室。

「我明白您的用意了，這也和我們至今的做法相同，所以並無問題。但是，為何要呈繳兩本呢？羅潔梅茵大人會一直待在城堡吧？」

班諾委婉表示，我又不可能嫁往他領，不需要呈繳兩本書吧。我朝他豎起食指，左右搖動。我的野心才不只侷限在城堡的圖書室，而是更加遠大。

「因為不只艾倫菲斯特，我打算有朝一日，要蒐集到尤根施密特的所有書籍，成立一間大型圖書館。為此，我當然得從現在就開始蒐集書籍啊。」

我「唔呵呵」地挺起胸膛，宣告自己的野心。只見古騰堡夥伴們都抱住了頭哀號：

「我們得跟上您的腳步才行嗎？」

隱形墨水與返回城堡

這天是春天的洗禮儀式。我一邊斜眼看著身高和自己差不了多少的孩子們，一邊走上祭壇。一如往常，所有人都看著我悄聲交頭接耳。但今天因為是洗禮儀式，出席的都是小孩子，他們講話遠比成年禮的年輕男女還要直接。

……就是你，不准說「嗚哇，她好小隻喔！」我都聽到了！也不准像是看到了什麼珍禽異獸，指著我喊說「你們快看！」護衛騎士要是在這裡，你們會被拎起來喔！

我繼續邁步，覺得自己好像成了動物園裡的動物。走上祭壇後，斐迪南開始講述神話，最後給予孩子們祝福，洗禮儀式就結束了。大概是因為距離不久前的成年禮才過一週，這天家人沒有出現在大門旁邊。

……畢竟多莉也要工作，這也沒辦法呢。

「終於結束了嗎？」

「神官長，你接下來又要進工坊裡待著嗎？艾克哈特哥哥大人告訴過我，直到萊瑟岡古伯爵離開城堡為止，我和神官長都得待在神殿吧？」

聽說曾祖父與萊瑟岡古伯爵，本打算讓斐迪南與設定上流有萊瑟岡古血脈的我結婚，然後擁戴他成為下任領主，藉此把亞倫斯伯罕的血緣排除在外。他們似乎是因為被納入庇護下的我成了領主養女，斐迪南又在薇羅妮卡失勢後還俗，正式成了我的監護人，以為他也有意要競爭下任領主之位。

萊瑟岡古伯爵曾向斐迪南探過口風，詢問他有無意願與我成婚，所以斐迪南才讓我與韋菲利特訂下婚約，打壞曾祖父他們的如意算盤。發生了這些事情以後，我們還一直待在神殿拒絕會面，這樣真的沒關係嗎？我內心十分疑惑。但是，該如何擺平在暗地裡展開行動、擁戴對自己有利的下任領主的貴族，是領主齊爾維斯特與預計成為下任領主的韋菲利特的工作。

先前艾克哈特一邊看著斐迪南遲遲不肯出來的工坊，一邊告訴了我這些事情。

「倘若斐迪南大人真有野心，他就不會返回神殿，直接留在城堡了。只要接受萊瑟岡古的提議，然後保持沉默，自然而然就能擁有後盾，靜待事成定局。但是，現在斐迪南大人是藉由不與對方接觸，並把所有情報提供給領主，交由領主裁決評斷，以實際行動來昭告自己對領主的忠誠，以及毫無競爭之意。想表明自己絕不插手政治的時候，沒有比待在神殿更好的選擇了。」

所以如果我想表明自己的立場，告訴大家「我會遵從奧伯．艾倫菲斯特的一切指示」，最好也是別與對方接觸，待在神殿裡頭。

「正如艾克哈特所言，我並不想與齊爾維斯特對立。這點妳也是吧？況且，我看妳在神殿也過得比較逍遙自在，待在這裡並不覺得痛苦吧？」

「是啊。我對下任領主的寶座又沒興趣，就算要我待在神殿也一點都不覺得痛苦。不過，神官長也一樣吧？你在這裡才能輕鬆自在地研究吧？」

現在青衣神官們都會認真幫忙做事，前任神殿長累積至今的工作也解決了大半，斐迪南反而是在神殿可以有更多的自由時間。想必是因為身為貴族，總不能真的開口說出「我覺得待在神殿更自在」。斐迪南雖然沒有明言，但微微勾起了嘴角表示同意。

「至少在神殿的時候，神官長可以多花點時間在研究上喔。」

我告訴斐迪南，自由時間可以窩在工坊裡沒關係，他卻輕挑起眉。

「倘若沒有人老是叫我用餐或做事，我會更愜意吧……不說這個了，關於那個墨水，我有話要跟妳說。吃完午餐，我會去妳的工坊一趟，記得作好準備。」

斐迪南的表情變得有些嚴肅。難不成是研究過泡泡墨水以後，發現了什麼不好的結果嗎？我向法藍問過今天的行程，然後當場答應。

午餐時間過後，斐迪南帶著裝有墨水的好幾個小瓶子來到神殿長室。我打開工坊的門，請斐迪南與艾克哈特進來。尤修塔斯因為要回城堡察看貴族們的動靜，所以不在。而我的護衛騎士安潔莉卡與達穆爾，也一同進入了工坊。斐迪南吩咐護衛騎士們退到門口後，朝我遞來防止竊聽用的魔導具。

「我也試做了和妳一模一樣的墨水，進行了各種研究……」

斐迪南「叩咚叩咚」地把瓶子擺在桌上。每個瓶子上頭都用繩索繫有標籤，看見標籤上寫著「羅潔梅茵」、「斐迪南」、「減一」、「減二」，我眨眨眼睛。

「名字我看得懂，但這邊的是什麼意思呢？」

「代表那兩瓶墨水抽取掉了幾種屬性。我已經查清楚了，之所以會做出預料之外的墨水，原因就是最後加的魔力粉。因為除此之外，沒有任何不同。」

斐迪南居然從自己的魔力中分別抽取出了一種和兩種屬性，做成對照用的墨水進行檢測。

抽取屬性是什麼？感覺是非常精細的技巧……

「根據我調查的結果，墨水只有在遇到全屬性的魔力時才會隆起和消失。羅潔梅茵，妳也用我的墨水試寫看看吧。」

我接過他遞來的布和筆，試寫墨水。不同於我自己做的墨水，劃下的線條有些暈開，一會兒過後開始膨脹。

「果然屬性與魔力的顏色及含量若是相近，墨水暈染的程度也比較輕微。現在也證明了只要書寫者擁有全屬性的魔力，即便使用他人的墨水，字跡也會隆起。」

斐迪南饒富興味地端詳我劃的線。自己的假設得到了證實，他顯得心滿意足。但是，我看著自己劃下的線，卻是偏頭不解。因為用斐迪南的墨水劃線後，線條並不乾淨清晰。

「現在我劃的線，好像比神官長用我的墨水劃的線還要模糊……」

「是魔力的差異吧。因為妳的魔力比我低。在染有自己魔力的布料上，使用以自己魔力做成的墨水書寫，寫起來自然最清晰。」

只是用的墨水不一樣，竟然有這麼大的差異。考慮到使用魔力時的效率，可以理解用自己魔力做成的自製魔導具有多麼重要。

……難怪神官長什麼都要自己做。

「這次是因為妳不想刺繡，希望能做出可以染布的高濃度魔力墨水，才偶然誕生了這樣的產物。」
「是啊。」
「因此這個墨水只能使用在這次的服裝製作上，做法必須保密。儘管一夜過後文字便會悉數消失，但墨水中的魔力依然存在，還是能讓魔法陣發揮作用，所以很有可能遭人不當利用，太危險了。」
斐迪南說話的同時，那雙淡金色的眼眸靜靜看著我。我緩慢點頭同意。
「畢竟只要使用這種墨水，很輕易就能竄改魔法契約，還能神不知鬼不覺地設置攻擊用的魔法陣，簡直危險到了極點呢。」
「……馬上就能想到這些歹毒用途的妳還真可怕。」
「可是，神官長也是因為和我有一樣的想法，才禁止公開做法吧？」
斐迪南沉著臉點頭。
「沒錯。只有擁有全屬性魔力的人，才做得出這種隱形墨水；也只有魔力為全屬性的人才能使用。換言之，只有王族、中央的上級貴族和各地領主一族中的少部分人。萬一身處高位的人意圖不當使用，將為國家與領地帶來翻天覆地的結果。」
這麼危險的東西沒必要公諸於世。斐迪南說得沒錯。我討厭危險，也討厭紛爭，所以對於要把明顯有可能被不當使用的物品隱藏起來，我完全沒有異議。
「我舉雙手贊成喔。只要可以不用刺繡，我沒有任何意見。」
「妳能明白這樣東西有多危險，也同意將其封印，這讓我很欣慰。但是，已經訂下婚約的女性還是需要學習刺繡，不應該逃避。妳實在是……」

斐迪南頭痛似地按著太陽穴，然後搖了搖頭。

「總之圖書館魔導具的服裝，還是要和以往一樣繡上魔法陣。畢竟日後仍有可能再次發生沒有做好交接的情況，妳只要先用墨水畫上魔法陣，之後再請人用染有妳魔力的線，繡上魔法陣即可。」

斐迪南說了，雖然由別人來刺繡會讓效果大打折扣，但只要先用墨水寫過一遍，倒是不會有問題。

「但是，妳一定要自己繡完其中一個魔法陣，好好磨練新娘技藝，順便學習魔法陣……回答呢？」

斐迪南兇惡地朝我瞪來。被迫接下了刺繡作業的我，有氣無力地垂下腦袋。

「……結果我還是逃離不了刺繡嗎？那麼努力調合墨水有什麼意義嘛。」

「妳自己該繡完的魔法陣如今只剩下一個，意義已經夠充分了吧？」

斐迪南拿來裝有已完成魔導具的木箱，把墨水放進去，接著轉過身來，要我歸還防止竊聽用的魔導具。看來悄悄話到此結束。

「艾克哈特、達穆爾、安潔莉卡，羅潔梅茵那個墨水的做法已經決定保密。與墨水有關的事絕對不能洩露半個字，明白了嗎？」

斐迪南向曾在一旁目睹過調合過程的護衛騎士們下令說道。雖然他們三人都不是全屬性，就算做了墨水也不會有危險，但萬一做法傳出去就糟了。「是！」三人簡短應聲後，安潔莉卡更是挺起胸膛補充說：「反正我原本就沒記下來，完全沒問題！」大概是沒想到會有貴族明明能在近距離下觀看調合過程，卻從一開始就沒打算記下來，斐迪南瞬間陷入沉默。我時常看見這種表情，所以我知道，這是斐迪南在面對無法理解的事物時出現的當機反應。只不過，可能是至今就經常因為我的奇言怪行而當機，斐迪南也習慣了，回復速度很快。他顯然決定不要深入思考，只是瞥了安潔莉卡一眼，說著「是嘛」簡單帶過，很快改變話題。

「對了，羅潔梅茵。根據法藍的報告，聽說妳又和平民區的商人們開始做些奇怪的事情，這次還與染布有關。」

這件事情我已經交由法藍報告了，還有什麼問題嗎？不太明白斐迪南想表達的意思，我歪頭表示納悶，他的表情旋即變得無奈。

「倘若與新流行有關，妳一定要事先告知芙蘿洛翠亞大人與艾薇拉，否則之後會造成混亂。」

「是。」

其實這次只是要復活古老技法，還不曉得有沒有足夠的吸金潛力能夠成為新流行，但我還是決定報告一聲。

後來又過了兩天，尤修塔斯總算帶著消息回來。這段期間我利用午後的自由時間，盡情徜徉在書海當中。感覺大腦裡頭塞滿了文字，整顆頭輕飄飄的，有種置身夢境的感覺。直到斐迪南叫我過去找他為止，我度過了一段幸福至極的時光。

「萊瑟岡古伯爵終於出城了。」

據說萊瑟岡古伯爵一直等著我們返回城堡，設法安排會面，等到了不能再等為止，最終只好踏上歸途。帶了消息回來的尤修塔斯向我們轉述城堡裡的情況。

「由於羅潔梅茵大小姐曾在貴族院向孩子們宣告，自己無意成為下任領主；也因為擔任過護衛騎士的布麗姬娣努力向眾人宣揚，大小姐對權力完全沒有留戀，除了萊瑟岡古以外，其他貴族好像都暫且放棄了擁戴大小姐為下任領主。」

他說現在貴族間逐漸形成了一定的共識，也就是只要我別嫁往他領，能以下任領主的第一夫人之身分留在艾倫菲斯特就好。似乎也是齊爾維斯特的遊說與努力有了成效。

「那我們回城堡吧。還要討論有關領主會議的事情，奧伯也召見了我們，說是整頓平民區一事有話想問。」

「知道了。羅潔梅茵，那我們明日就回去。」

「好的……啊。」

我輕叫一聲，斐迪南立即警戒皺眉：「怎麼了嗎？」

「我的專屬廚師該怎麼辦呢？我現在正讓雨果放假，讓他可以籌備婚事，所以會變成只帶艾拉一個人回城堡。可是，我實在不放心讓知道我所有食譜，而且還未婚的女性獨自進入城堡的廚房。可以的話，我不想帶她回去……」

我說出自己的擔憂，斐迪南沉思了片刻後點點頭。

「她要是落單，肯定會被人盯上。說不定還有可能發生害她無法結婚的狀況，我看最好讓她留在神殿。妳可以拿一、兩樣新食譜與齊爾維斯特交涉，請他借一名城堡的廚師給妳，讓對方擔任妳暫時的專屬。」

「還可以這麼做嗎？」

「反正時間不長，只到祈福儀式為止。況且可以拿到新食譜，他也求之不得吧。」

我決定遵照斐迪南的建議，把艾拉留在神殿。任何危險都是能免則免。我吩咐艾拉留在神殿，然後請法藍他們收拾行李。

「羅潔梅茵大人，一路小心，期盼您及早歸來。」

「祈福儀式的準備再麻煩你們了。」

我載著羅吉娜與行李，操控著小熊貓巴士躍進空中，往城堡移動。

「大小姐，歡迎您的歸來。」

黎希達與所有近侍全員到齊，來到門口迎接我。護衛騎士交接完後，達穆爾與安潔莉卡便下去休息了。

「大家蒐集到了哪些情報呢？請告訴我城堡裡頭發生的事情。」

柯尼留斯、萊歐諾蕾與布倫希爾德因為和萊瑟岡古伯爵有親戚關係，聽說接連被父母和親戚找去，問了不少問題。但是，由於我從一開始就宣稱自己「無意成為下任領主」，也不是被強迫訂下婚約，所以三人轉達了這兩件事情後，先前急著展開行動的貴族們也都變得比較收斂。

「蘭普雷特哥哥大人說了，韋菲利特大人因為受到眾人非議，說他明明犯了罪，竟然在與聖女訂婚後就變回下任領主，為此十分消沉。」

柯尼留斯報告了此事後，黎希達難過得垮下了臉。

「大小姐，請您要好好安慰沮喪的小少爺，在身邊支持他。因為您現在已經是他的未婚妻了。」

「這有什麼好消沉的？韋菲利特大人曾經犯下難以抹除的過錯，這本來就是事實。再說了，萊瑟岡古派的貴族們本來想擁戴羅潔梅茵大人成為下任領主，他正是因為與羅潔梅茵大人訂了婚，才重新回到下任領主的位置上。早在同意訂婚之前，就應該要料到會有這些閒言閒語。要是完全沒有預想過，只代表他太天真了。」

黎希達以前一直在齊爾維斯特身邊擔任侍從，所以從小看著韋菲利特長大。相較之下，恐怕一般的貴族……例如哈特姆特站在萊瑟岡古貴族的立場，他對韋菲利特的評價就相當嚴苛。

前任萊瑟岡古伯爵是因為當時被視為下任領主的領主候補生求親，將愛女嫁給了他，怎料愛女卻遭到了難以置信的過分對待。明明是以第一夫人的身分嫁過去，卻因為後來迎娶了亞倫斯伯罕的女性領主候補生，被降為第二夫人。不僅如此，愛女的丈夫還因為可能在領內造成動盪，從下任領主的候補人選中遭到剔除，成了葛雷修伯爵。

與此同時，為了維持領內的勢力平衡，當時的領主又要他把么女嫁給波尼法狄斯。然而，波尼法狄斯卻毫不在乎領主之位，拱手讓給了弟弟。那弟弟的第一夫人又是亞倫斯伯罕的女性領主候補生所生的薇羅妮卡，導致自己愛女的孩子乃至孫子，全遭到了薇羅妮卡的惡意欺凌。身為收穫量在領內居冠的土地的基貝，他卻逐漸被排除在了權力中心之外。聽說他就這樣忍氣吞聲了不知多長的歲月，大半輩子都活在懊悔當中，深感對不起祖先。哈特姆特說了，這樣的他們，絕不可能接納由薇羅妮卡撫養長大的韋菲利特。

「如果無法承受那些非議，努力精進自己，讓貴族們刮目相看，這樣的人也無法勝任下任領主。既然要迎娶羅潔梅茵大人，就得付出相對的努力才能站在您身邊。他明顯比不上羅潔梅茵大人。」

「哈特姆特，你別再說了。有時候就算已經預想過了，但真的聽到別人這麼說，還是會很傷心吧。重點在於，韋菲利特哥哥大人今後的表現……不說這個了，萊瑟岡古伯爵真的放棄了嗎？聽說他一直等到不能再等了才離開城堡，感覺還沒有死心呢……」

我請大家接著報告蒐集來的消息。既是萊瑟岡古伯爵的親戚，也在曾祖父的要求下前去探望的布倫希爾德，告訴了我當時的情況。

「當時我與萊歐諾蕾一起被叫了過去。不過，好一陣子都只是閒話家常，像是了解羅潔梅茵大人有什麼喜好。後來，他很擔心您是否也和當年遭到薇羅妮卡大人迫害的斐迪南大人一樣，是領主夫婦脅迫您，不讓您成為下任領主。」

布倫希爾德說她當場鄭重否認，還幫忙解釋說我和領主夫婦的感情很好。身為萊瑟岡古伯爵外甥女的萊歐諾蕾說她也在旁邊強調，我沒有成為下任領主的意願。

「我表示羅潔梅茵大人因為在神殿長大，無法融入貴族社會，所以也完全沒想過要成為下任領主後，他聽完非常感動。」

「感動……嗎？」

依我至今對貴族的了解，實在是不明白怎麼會聽到我在神殿長大還很感動。見我為此感到困惑，哈特姆特露出苦笑。

「父親大人告訴過我，前任萊瑟岡古伯爵曾說您不僅擁有強大的魔力，還締造了那般輝煌的功績，血統也無庸置疑，在在讓人對您景仰。還說沒有人比您更適合擔起聖女這個頭銜了……在他的推波助瀾下，您的聖女傳說好像更是加速傳開。」

聽見哈特姆特這麼說，萊歐諾蕾露出了所有努力都是徒勞的疲倦笑容。

「他還說了要傾盡全力支持您，讓您可以不用擔心自己的出身。儘管我們一再幫您推辭，說您沒有這個意願，但外曾祖父大人實在太過擅長假裝耳背，真不知道他到底哪些聽進去了，哪些沒聽進去……」

……噫噫，曾祖父大人?!

聽完曾祖父很可能在私底下繼續活躍的報告後，我覺得頭好痛。

針對蒐集來的情報討論完後，哈特姆特拿著資料上前。

「這份資料是關於貴族院宿舍的改造，這份是城堡與貴族區，都根據當時留下的資料整理好了。」

為了之後要整頓平民區，聽說艾薇拉在接到我的請求後，領著哈特姆特與菲里妮，還有韋菲利特及夏綠蒂的文官一起分工合作，尋找過去留下的資料，加以統整歸納。

「太感謝你們了。我這邊也有資料要給你們。這裡有兩份會議紀錄，一份是我與奇爾博塔商會的，另一份是與古騰堡成員的。印刷與街道整頓的部分就交給哈特姆特，染布的部分交給菲里妮，請你們在整理好內容後交給艾薇拉。」

由於事後要向斐迪南報告，這是法藍順著開會流程整理出的會議紀錄。我把會議紀錄交給兩人，請他們從中節錄重點。哈特姆特很快地看過資料，微微皺眉。

「整理出這份資料的人，是神殿的文官嗎？」

「沒錯，是在神殿擔任我侍從的法藍。在神殿，侍從也能處理文官的工作喔。法藍與薩姆在侍奉我之前，曾經都是斐迪南大人的侍從，在他那裡接受過訓練，所以資料整理得有條不紊吧？」

哈特姆特的眼神變得認真，重新看起資料。

「……是啊。沒想到神殿的灰衣神官竟有整理資料的能力。」

聽到「神殿的灰衣神官」，只見菲里妮朝我看來。從她擔心的表情，想也知道是想詢問康拉德的近況。我對菲里妮投以微笑，要她安心。

「菲里妮，康拉德他過得很好喔。聽說現在比較愛笑了，飯也吃了不少。我去孤兒院巡視時，他還和同年的男孩子成了好朋友，會教他寫字和計算。」

菲里妮放下心頭大石似地按著胸口，但緊接著眨了幾下眼睛。

「咦？……羅潔梅茵大人，您說康拉德在學習文字與計算，這是什麼意思呢？」

「在我管理下的孤兒院裡，有齊全的歌牌、撲克牌和繪本，即使是還未受洗的孩子們，都會讀寫和計算喔。康拉德因為都還不會，其他孤兒正幫忙指導他。」

菲里妮瞪大了眼睛啞然失聲。哈特姆特也驚訝地往我轉過頭來。

「不僅羅潔梅茵大人的學習用玩具一應俱全，甚至還沒受洗就已經懂得讀寫和計算，神殿孤兒接受到的教育，根本比下級貴族還好嘛？」

當初剛受洗完，連抄寫也寫得毫無自信的菲里妮點頭如搗蒜。我回想了孤兒院裡孩子們的情形，再回想城堡兒童室裡的景象。

「我不清楚一般貴族都接受哪些教育，但如果拿剛受洗的孩子來作比較，除了魔力以外，孤兒們的教育程度應該是相當於中級貴族的孩子。只不過，受洗後的學習時間與將來所需的知識並不一樣，所以我不認為可以單純作比較……」

原本歌牌和撲克牌就是我為了孤兒們做的。是齊爾維斯特來參觀以後，認同了學習成果，進而在城堡的兒童室裡推廣。比較早接觸到的孤兒院孩子們會懂得讀寫和計算，也是很正常的事情。但儘管我這麼認為，從貴族的角度來看，對於孤兒院裡竟有齊全的歌牌等玩具，孤兒們還會接受教育，大家似乎都很意外。

「如果對神殿不感到排斥，其實是可以考慮推出低廉的價格，讓下級貴族把小孩送到孤兒院接受教育，但現在恐怕還很難實現吧。神殿教室將是往後的課題。」

「神殿教室嗎？」

「我打算總有天也要教導平民識字與計算，雖然得以十年、二十年為單位去規劃……」

我訴說了自己將來的期望後，結束這個話題，低頭看起手上的資料。資料最後，列出了改造平民區所需的魔力與時間。

嗯……雖然未來幾年魔力會有些不夠用，但應該還是可以進行改造吧。

「羅潔梅茵大人，請問這份染布資料在說什麼呢？」

菲里妮問道，我抬起頭來。

「是從前艾倫菲斯特既有的染色方式喔。之後因為要製作休華茲與懷斯的服裝，我希望布料不只有一種顏色，可以有更多選擇，所以找了奇爾博塔商會商量，發現原來以前有其他染色技法。於是我向染色工坊提出了委託，希望他們能夠重現舊有的技術。」

大概歸納以後就是這麼一回事。我也說明了何謂絞染與蠟染，但從未親眼看過實物的菲里妮仍是一頭霧水，反倒是黎希達開口說話了。

「絞染與蠟染嗎？好懷念呀。」

「黎希達，妳聽過這兩種技法嗎？」

「從前我們還未成年的時候，大家都是穿這種染法製成的布料呢。等我回家以後找找衣物間，說不定還能找到以前留下來的一些布料。」

她說以往主人賞賜給自己的，以及留有重要回憶的布料她都捨不得丟，小心地收藏起來。想不到竟會在這種地方獲得舊有染布的線索。

「我想知道從前流行過的染法是什麼模樣，下次請帶來讓我看看吧。」

「好的，沒問題。」

我與黎希達就這麼說定，布倫希爾德卻顯得有些不滿。

「回頭再看以前的東西有什麼意義呢？舊有的東西不重要，請您創造新流行吧。」

「我的目的是利用舊有技術，激發出新的染色方式。至於能否善加運用，不只要仰賴工匠的技藝，也取決於我們的眼光。布倫希爾德，這次妳別再只是推廣既有的流行，要不要與我一起創造新流行呢？」

「與您一起創造新流行嗎？」

布倫希爾德吃驚得睜圓雙眼。布倫希爾德擅長發掘好東西，總在思考該如何由艾倫菲斯特引領風潮，但似乎是因為年紀的關係，與派系內還有芙蘿洛翠亞和艾薇拉在前，她至今從未有過要由自己創造新流行的想法。

「我很相信布倫希爾德的眼光喔。先前不只磅蛋糕和茶水，妳還為艾格蘭緹娜大人挑選了絲髮精的香氣，都完全符合她的喜好吧？我相信妳在看過用新染法做成的布料後，一定也能挑選出貴族女性們可以接受的款式。」

聞言，布倫希爾德露出了自豪的笑容，點一點頭。有了要創造新流行的目標後，她那蜜糖色的雙眸亮起燦爛光芒。

「我一定會為羅潔梅茵大人選出最適合您的布料。還有，我想與羅潔梅茵大人一起創造新流行。」

領主會議之前

我建議了布倫希爾德要先了解舊有技術，再去挑選新事物後，她立即針對從前的服裝，開始向黎希達提出各種問題。由於兩人都對服裝與飾品有著超乎常人的熱情，非常熱絡地討論起了染布，莉瑟蕾塔與菲里妮也在旁邊興致勃勃地聽著黎希達說明。我面帶微笑看著這一幕，就在這時，奧黛麗拿著邀請函走來。

「羅潔梅茵大人，奧伯・艾倫菲斯特請您第五鐘過去一趟。」

在神殿的時候，我早就知道斐迪南與齊爾維斯特已經透過奧多南茲決定好了時間，但看來仍會收到正式的邀請函。配合我和斐迪南返回城堡的日子，領主一族將全員到齊舉辦茶會，討論有關領主會議的事情。因為還要商討關於印刷業與整頓平民區的事情，聽說艾薇拉也受邀參加。

「已經在就讀貴族院的韋菲利特大人與羅潔梅茵大人自然是要出席，但連夏綠蒂大人也會出席呢。」

因為原本都要等到進入貴族院以後，才能以見習生的身分開始工作。貴族的孩子受洗完後，會先幫忙父母的工作，或者透過親朋好友了解工作內容，在思考自己未來的同時，決定要在貴族院修習哪種課程。但夏綠蒂的身分是領主候補生，她本人也希望可以一起工作，所以這次也參與了印刷業務。

「夏綠蒂她很認真工作，當然得出席會議才行啊。要是只有她一個人不了解詳細情況，近侍也會很頭痛吧？」

「比起刺繡一類的新娘技藝，羅潔梅茵大人與夏綠蒂大人都更重視印刷業務等工作，這點真教人有些憂心呢。」

奧黛麗手托著腮，低聲說著真傷腦筋。聽說夏綠蒂身為領主候補生，一心努力著不被我與韋菲利特拋在後頭。但是，如今我和韋菲利特已經訂下婚約了，等於下任領主的人選已經內定。據說夏綠蒂的侍從與奧黛麗曾聚在一起說過：「真希望主人們可以多把心思放在修習新娘技藝上呢。」

……奧黛麗，對不起喔。與其要修習新娘技藝，我還寧願工作忙得不得了。

雖然對侍從們很過意不去，但我最重視的事情其實是看書。為了能夠毫無顧忌地享受閱讀樂趣，我會極盡能事推廣印刷業，可是面對新娘技藝，實在一點也認真不起來。

「羅潔梅茵大人，是時候前往會議室了吧？」

作完了同行準備的莉瑟蕾塔開口提醒道。聞言，哈特姆特與菲里妮也拿起文具和資料，眨眼間完成準備。這天陪同我前往的侍從有黎希達與莉瑟蕾塔，護衛騎士有柯尼留斯、萊歐諾蕾與優蒂特。我坐上小熊貓巴士，朝著本館二樓的會議室出發。

「嗚唔，不過是下級貴族的我，居然能參加領主一族全員出席的會議，我好緊張。」

「上級貴族也一樣緊張喔。因為我也是首次參加領主一族全員到齊的會議。」

菲里妮抱著文具的手不停顫抖，哈特姆特的表情也有些僵硬。容貌與安潔莉卡神似的莉瑟蕾塔只是微微一笑。

「我也很緊張喔，但只要確實做好自己的工作就沒問題了。因為我們還是見習生，目標就是好好完成工作。」

……我本來還以為莉瑟蕾塔與安潔莉卡只是五官長得像而已，但面對工作的態度或許也很相似。

侍從與護衛騎士的工作內容雖然不同，但兩人同樣都有很強的責任心，力求一絲不苟地完成自己的工作。安潔莉卡儘管認為用腦不是自己的工作，徹底閃得遠遠的，但在執行護衛任務時卻比別人認真又充滿熱忱。至於黎希達寄予厚望、精心栽培的莉瑟蕾塔，照顧起人簡直是無微不至。雖然乍看下樸素又不起眼，但感覺她就是會把需要的東西都擺在該擺的位置上。

會議室只准一名護衛騎士入內，這次是柯尼留斯隨我進來，萊歐諾蕾與優蒂特在其他房間待命。一進會議室，屋內早已坐滿了人。領主夫婦坐在上座，接著是波尼法狄斯，再來是斐迪南，然後依序是韋菲利特、我、夏綠蒂。大家各自還帶著文官與護衛騎士，負責準備茶水的侍從也不斷進出，所以光是領主一族及其帶來的人，人數就已相當眾多。除此之外，艾薇拉、文官高層與騎士團的高層人員也都在場，準備今天一同商議。

「啊，羅潔梅茵，神殿的儀式順利結束了吧。」

齊爾維斯特招手要我過去，我便帶著柯尼留斯一同上前。因為文官與侍從還有各自的工作要做。

「養父大人，您看起來非常疲累呢……」

好久沒有這麼近距離見到齊爾維斯特，他看起來疲乏困倦。眼睛底下有濃濃的黑眼圈，笑容也有些無力。不對，或許該說看起來變穩重了。本來還像是小學男生的齊爾維斯特，如今散發出了勞碌中階主管的氣息，當著夾心餅乾到處奔波周旋。

「早在決定要讓妳與韋菲利特訂下婚約的時候，我就預料到這種情況了。妳在神殿過得怎麼樣？」

「除了舉行儀式之外，就和往常一樣喔。我練習了飛蘇平琴與奉獻舞，也幫忙斐迪南大人處理公務。除此之外，還問了侍從們我不在時發生過哪些事情，也和商人們開了會，巡視了孤兒院。為了製作要給王族魔導具的服裝，也已經做好了需要的魔導具，我還抽了空看書。其實這次我有多達兩天的自由時間呢。」

我報告自己這次過得比較悠閒後，齊爾維斯特卻沉下臉低語：「妳根本沒有休息到嘛，未免做太多事情了。」芙蘿洛翠亞則是微笑說道：「羅潔梅茵都這麼努力了，相信齊爾維斯特大人也能再努力一陣子吧。」

「多虧有妳幫忙蒐集平民區的情報，領主會議結束後，艾倫菲斯特想必不會顏面掃地吧。羅潔梅茵，謝謝妳了。」

齊爾維斯特輕摸了摸我的頭表示嘉許，然後要我回座。原來他把我留在神殿，不只是為了隔離，也是想讓我好好休息。以前齊爾維斯特曾好幾次把我的頭髮揉亂，這還是第一次輕輕摸，總讓我覺得有點奇怪。

「那麼，為了艾倫菲斯特的未來，接下來召開緊急會議。」

齊爾維斯特如此宣告後，會議開始了。

艾倫菲斯特雖是中領地，從前排名還在底部徘徊，但是近年來影響力慢慢開始上升。齊爾維斯特先是告訴眾人，這幾年冬季兒童室的教學有了成果，學生們的學科成績都提升了，我們還在貴族院帶動了他領貴族也十分喜愛的新流行，領地對抗戰時更吸引來了中央及大領地的注目，往後孩子們那一代的魔力，也將藉由羅潔梅茵式魔力壓縮法而有大幅提升。最後他說道，艾倫菲斯特集他領矚目於一身的時刻終於來臨了。

「領地對抗戰那天，各領都試探性地表示過想與我們進行貿易，我也已經與中央及庫拉森博克說好，會在領主會議上正式簽訂髮飾與絲髮精的貿易契約。與其他領地的大規模交易，已是勢在必行。只不過，艾倫菲斯特因為很少有外地人走動，並未作好迎接他領商人來訪的準備……艾薇拉，接下來由妳說明。」

「遵命。」

艾薇拉喀噠一聲起身，單手拿著資料，開始說明與他領比較之後，發現艾倫菲斯特在平民區的整頓上落後了他領好幾十年。雖然大家都已經知道這件事了，但是再次確認、形成共識，是非常重要的步驟。

「羅潔梅茵大人提供了來自平民區的情報後，我與韋菲利特大人還有夏綠蒂大人在調查過資料以後，發現過往是因為魔力不足，所以遲遲未對平民區進行整頓。一旦在領主會議上簽了貿易契約，我們必須趕在商人相繼來到艾倫菲斯特之前整頓平民區。」

艾薇拉說明完，換作齊爾維斯特點著頭站起來。

「只要有方法可以改善平民區現在不忍卒睹的模樣，我們定要傾盡所能。我也曾經親自前往平民區巡視過，但以往我們總認為，那裡是平民居住的地方，會那麼髒亂也屬正常。使用不了魔導具的平民，當然無法維持環境整潔。然而，他領卻不是如此。據說即使是在平民居住的區域，也能看見如同貴族區一般的乾淨街道。」

在貴族區生活的貴族，大多數人都沒有踏進過平民區。因為他們都是把商人叫來宅邸，出遠門時也是使用騎獸，直接越過平民區上空。不得不坐馬車經過的時候，也只是一邊說著：「髒死了。」一邊等著馬車穿越平民區。

但如果聽到這樣的平民區在他領，卻是和貴族區一樣潔白，大家就能意識到艾倫菲斯特的落後程度有多嚴重。雖然根據我的記憶，公會長從未在信上寫過「和貴族區一樣」，但多半是齊爾維斯特評估過後，覺得如果要說服頑固的文官們，最好稍微誇大其辭。

「我們必須把落後幾十年的進度補回來。」

齊爾維斯特用銳利的深綠色雙眼環顧眾人，鏗鏘有力說道。

「因此，我們預計使用累積至今的魔力，等祈福儀式結束，在領主會議開始之前，施展因特維庫侖來整頓平民區。這件事已是定案。」

……因特維庫侖是什麼？

腦海中迸出了這個問句，但我馬上反應過來，這是大改造的正式名稱！

「為了整頓平民區，要施展因特維庫侖嗎？」

「魔力足夠嗎？」

在場眾人吃驚得喧譁起來，領主夫婦很快地對看一眼，點了點頭。看來他們早已達成共識，打定主意要進行大改造。

「我身為奧伯・艾倫菲斯特，在此向領主一族下令。為了艾倫菲斯特，獻上諸位的魔力吧！」

齊爾維斯特說完，斐迪南最先作出反應。他在胸前交叉手臂，表示順從之意。波尼法狄斯緊接著照做，我也同樣交叉手臂。韋菲利特與夏綠蒂慢了一拍之後也照做。得到領主一族所有人的同意後，齊爾維斯特不疾不徐點頭。既然已決定要施展因特維庫命，接著要討論細節。

「現在必須盡快決定何時進行，也要通知平民區的居民。」

「首先得把所有居民都趕出平民區吧。」

文官們開始討論起該優先做哪些事情，但是要把所有居民都趕出平民區，這簡直是難以想像的浩大工程。大家有辦法帶著所有家當和糧食離開嗎？聽見文官們討論的內容，我想像了自己的家人帶著大包小包被趕到城外的模樣，忍不住皺眉。

「以前改造貴族區的時候，也是把所有貴族都趕出去嗎？有沒有資料提到過家具是如何處置的呢？……波尼法狄斯大人，如果您知道當時的情形，可以告訴我們嗎？」

我提出問題後，波尼法狄斯很高興地告訴了我們當時的情形。聽說那時候因為要在屋子裡設置廁所與浴室，所以是要求每戶人家先提出設計圖，再依此繪製貴族區的改造設計圖，然後施展因特維庫命。至於家具只能先搬到屋外的庭院，相當大費周章。

「平民區不只是白色建築物，還有擅自往上增建的部分。這部分也教人傷腦筋呢。」

「……我們可沒有那個餘力，能把擴建的部分也變成白色建築物。我們算出來的數字，只考量到了對白色建築物的改造而已。」

聽見文官這麼說，齊爾維斯特盤起手臂。也就是說，目前只能對二樓以下的石造部分進行改建，但一旦碰了下面，上面的樓層就會倒塌。到那時候，原本住在樓上的居民將會無家可歸。

「增建部分要是倒塌，會有大量居民無法生活度日。因為白色的建築物通常是店面和工坊，多數居民都是住在木造的部分。而且現在為了迎接他領商人的到來，很多工坊都在趕工、製作商品。萬一演變成長時間都無法使用工坊，就做不出我們要賣給他領商人的商品，因此造成的損失恐將難以估計。」

如今他領商人即將湧入艾倫菲斯特，要是城裡出現大量難民，商品還供不應求，只怕我們的對外形象會一落千丈。聽完我發表的意見，斐迪南輕撫下巴。

「雖說已確定要施展因特維庫侖，但也不需要把平民區改造得和貴族區一模一樣吧。用不著在所有的建築物內部都設置廁所和浴室，倒不如採用神殿的做法，設置多個可以丟棄穢物的地點，就不用動到建築物本身了吧？」

噢噢……原來神殿是這樣的設計啊。我現在才知道。

因為在神殿生活的時候，所有瑣事我都交給侍從處理，從來沒去想過他們是如何清理穢物。原來有地方可以倒這些垃圾，而且還設置了和貴族區一樣的黏糊糊物體去處理。

我開口贊成斐迪南的意見。

「如果有方法能夠不影響到建築物本身，那就再好不過了呢。而且這樣一來，也可以省下不少魔力吧？」

「我想只要沿著道路設置下水道，便不需要去改造建築物。然後再設置供人丟棄穢物的場所，並且規定平民必須帶到定點丟棄，不能丟往窗外，這樣就能在架設下水道的同時，也讓建築物保持原樣。只不過若想維持環境整潔，就必須教導平民，讓他們能把街道打掃得如同神殿那般一塵不染，還有不能亂丟垃圾。」

斐迪南始終面色凝重，觀察齊爾維斯特的反應。

「既然神殿那麼整潔，那也要求平民打掃乾淨就好了吧？」

「孤兒都辦得到了，只要加以指導，平民也辦得到吧。」

「……指導過後或許沒問題，但問題在於該怎麼指導呢。」

在整頓平民區一事上也擔任負責人的艾薇拉，傷腦筋地嘆了口氣。施展因特維庫命美化平民區固然容易，但美化過後該如何讓平民知道使用方式，繼續保持整潔，卻不是容易的事情。

「拜託谷斯塔夫就行了吧。他在平民區不是很有影響力嗎？」

齊爾維斯特朝我看來。在場最了解平民區情況的人是我，要是隨便對待平民區，會氣得失去理智的人也是我。看出了他的意思，是要我提出有利於平民區的解決方案，我「嗯……」地沉吟思索。

「富豪與大店都集中在平民區北邊，西邊是市場，東邊則有許多旅人進出，所以這幾個地方只要公會長谷斯塔夫下達通知，應該是沒有問題。」

只要訂下罰則，像是違規者就不能再辦理登記做生意、拿不到許可證在市集擺攤，或是被人舉報就要支付罰款等等，大家應該都會乖乖遵守規定。

「問題在於南邊呢。同樣是平民區，但有錢人幾乎不會到那裡去，居民又以工匠居多，不知道商業公會長在這裡有多少影響力。如果只有通知，也不曉得居民會不會認真執行。」

究竟該怎麼做，才能讓通知傳遍工匠大道與貧民所在區域的每個角落，也讓大家都知道使用方式，還能取締違規者呢？

……爸爸，快幫幫我──！

「啊，利用士兵怎麼樣？」

我拍向掌心說，眾人的目光全部集中到我身上。齊爾維斯特瞇起雙眼，用試探性的眼神盯著我瞧。

「妳說的士兵，是指守門的平民嗎？」

「是的，沒錯。我去哈塞小神殿的時候，都會委託士兵擔任護衛。我曾聽他們說過，大門的士兵除了守門以外，也要在城裡巡邏、維護治安。而且士兵大多住在平民區南邊，只要由騎士團下令，讓士兵去教導居民怎麼使用與維持環境整潔，並且負責取締，我想他們應該很樂意幫忙。」

只講一次，無法讓大家養成習慣；必須有人在旁邊再三耳提面命，嚇唬大家說這是貴族的命令。況且與其由沒什麼往來的商業公會長出面，不如交給他們身邊的人來執行，應該會更有效果吧。

「騎士團也會與士兵開會吧？之後可以在開會的時候，向士兵告知因特維庫命的施展日期。再請他們幫忙轉告居民，那天要待在屋子裡頭，才不會受到波及。」

「……嗯，這方法不錯。」

齊爾維斯特看向騎士團的方向，騎士們點了點頭表示明白。於是，就這麼敲定了由文官通知商業公會，騎士團通知士兵，雙管齊下讓居民了解計畫的詳細內容。

「對了，奧伯．艾倫菲斯特。既然現在可以省下不少魔力，除了丟棄穢物的管道以外，能不能再多設一種管道，從河川引水進來，而且能把河水過濾乾淨呢？」

製紙與染布都需要大量清水，如果想在未來持續發展這兩項事業，今後勢必需要更多的水。幸好城市西邊就有一條大河，所以我希望能從那裡引水進來。

「斐迪南，你覺得呢？淨化河水用的魔導具能用在這件事上嗎？」

「……長期使用下會消耗過多魔力，除非改良魔導具，否則並不可行。只不過，如果往後需要用到河水，確實可以考慮先架設好管道。」

只是先設管道，不會造成太大的負擔吧，斐迪南說。齊爾維斯特點了點頭，命令文官們重新計算總共需要多少魔力，並繪製大改造要用的設計圖。

「此外，我還收到了來自商業公會的問題與請求。他們想知道他領商人造訪的時候，該如何辨別對方的所屬領地，確實在領主會議上得到了許可。據說他領會提供連平民也能使用的大型魔導具。但是，現在我們不可能趕在他領商人來訪之前，也做出一樣的魔導具。不曉得各位是否有更簡單又有效的方法？」

依我這顆貧瘠的腦袋，只能想到利用像朱印船貿易的方式，來辨別商人的身分。於是，我提議可以發行朱印狀。

「……這主意不錯，但我希望能做成艾倫菲斯特獨有的，或是他領難以模仿的東西。」

「那麼，不如使用南娑扶紙，來製作羅潔梅茵所說的『朱印狀』吧？」

斐迪南緩緩抬起頭來，向在場眾人說明，伊庫那開發出了一種新紙張叫作南娑扶紙。南娑扶紙是以魔樹製成的植物紙，具有撕開後會往最大碎片聚集的特性。文官們雖然知道植物紙，但好像從不知道還會以魔樹製紙，全都驚訝得瞪大眼睛。

「我們可以先把南娑扶紙染成各個領地的顏色，然後一半交給商業公會，另一半交給將有貿易往來的領地，屆時一眼就能看出商人來自哪個領地。然後再向貿易對象說明，紙張在交給商人前，必須先裝進能隔絕魔力的皮袋裡，裡頭的紙張才不會自行移動。」

假如想把南娑扶紙分給好幾名商人，勢必要將紙張裁開，所以到時候一定會變得比商業公會持有的半張紙更小。只要再規定商人持有的紙張必須多大，前來艾倫菲斯特的商人也就不會一口氣增加太多吧，斐迪南如是說。

……這樣子根本不是朱印狀，比較像是雙方各執一半的勘合符呢。不過，算啦。

「正好植物紙也是艾倫菲斯特今後想推出的商品，這種辨別方式很有我們自己的風格呢。他領商人也很難偽造，我覺得這個做法不錯。」

芙蘿洛翠亞盈盈一笑說道，齊爾維斯特也決定了使用南娑扶紙。

「好，那就向伊庫那購買南娑扶紙，為領主會議作好準備。」

「父親大人——不，奧伯．艾倫菲斯特。我認為不只南娑扶紙，也應該購買植物紙，讓文官們在領主會議上使用。」

韋菲利特環顧會議室內的眾人，開口發言。他的聲音比平常要尖了一點，表情僵硬，看得出來他對於開口說話感到十分緊張。

「先前羅潔梅茵在貴族院，在抄書和作筆記時使用了大量的植物紙。聽說有其他領地的人就是因此產生了興趣。領主會議時要不要也考慮使用植物紙呢？」

多半沒料到韋菲利特會開口發言，眾人一致沉默下來，表情有些驚訝。韋菲利特在大家的注視下吸了口氣，抿緊嘴唇。幾秒過後，悄然無聲的會議室裡有人「嗯」地悶哼一聲。眾人立刻把目光投向聲音傳來的方向。

「若要讓所有文官都帶著紙張參加領主會議，得再多撥一些經費。但是比起木板，紙張的體積輕便，也便於書寫，還能順便向他領宣傳植物紙吧。確實值得考慮。」

對於韋菲利特提出的意見，斐迪南表達了贊同。本來表情還十分僵硬，不知道自己的意見是否會被採納的韋菲利特，總算安心地稍微放鬆下來。

「說得也是。既然艾倫菲斯特要推廣植物紙，自己也該率先使用。我會考慮。」

「除此之外，就像羅潔梅茵在貴族院做過的那樣，麻煩參加領主會議的人都要使用絲髮精，女性也請佩戴髮飾。一定會很引人注目。」

「韋菲利特在貴族院學到了不少事情呢。」

芙蘿洛翠亞笑著採納了兒子的建議。韋菲利特於是露出開心的笑容。

緊接著，我們又決定了哪幾樣餐點可以在領主會議的聚餐時推廣；面對還無法有貿易往來的領地，今年先把磅蛋糕的做法賣給他們；也討論了明年可以增加多少貿易對象等其他細項。最後，結束了今天這場會議。

會議結束以後，直到祈福儀式的前一週，我都要待在城堡度過。我把祈福儀式要前往的地點與順序，告訴了韋菲利特與夏綠蒂，請兩人各自作好準備。還有這次神殿派出的近侍，都是斐迪南身邊的侍從。

「關於我們各自要前往的地點，就和之前討論過的結果一樣。」

「……只有姊姊大人一個人的天數特別短呢。」

「因為我會使用騎獸。」

我去直轄地舉行祈福儀式的天數，只有大家的一半而已。並不是去的地方比較少，而是因為我會利用騎獸一天去好幾個地方，天數才這麼短。

「那我應該也有辦法縮短天數吧？」

「韋菲利特哥哥大人是不可能的唷。」

「唔？」

「因為我的騎獸是乘坐型，可以讓擔任我侍從的灰衣神官和灰衣巫女一起乘坐，由他們管理聖杯。可是，韋菲利特哥哥大人的騎獸是一般的單人座，你的近侍也不想載灰衣神官他們吧？因為聽到我要用騎獸載著古騰堡成員移動時，他們還發出了驚訝叫聲。」

沒有聖杯，就無法舉行祈福儀式，所以除非願意載著管理聖杯的灰衣神官移動，否則不可能縮短天數。和經常出入神殿、至今都毫無所謂地看著我載運侍從的達穆爾不同，韋菲利特的近侍多半不肯載原為孤兒的灰衣神官。

「不光是騎獸的問題而已，韋菲利特哥哥大人與夏綠蒂現在的魔力量，都還無法在一天之內給予好幾次祝福吧？」

「唔……這倒也是。」

兩人目前都是使用裝有我魔力的魔石，給予祝福。雖然我沒有經歷過，所以不太清楚，但聽說操控他人的魔力，遠比使用自己的魔力還辛苦。

「我反而是因為沒有體力，才要盡快結束祈福儀式。祈福儀式結束後，我預計會在神殿昏睡幾天，所以花在祈福儀式上的天數，算起來還是和你們差不多喔。」

泡過尤列汾藥水的我，雖然身體稍微變得健康一點了，但是祈福儀式結束後，八成還是會臥病在床。聽到我甚至把昏睡也排進了祈福儀式的行程裡頭，韋菲利特與夏綠蒂同時皺起臉龐，感覺欲言又止。

……可是，事先排好用來恢復體力的日子，可是非常重要的喔。

討論完祈福儀式事宜的隔天，我與艾薇拉、芙蘿洛翠亞以及夏綠蒂一起舉辦了茶會。我乖乖聽了斐迪南的話，要向身為派系領袖的芙蘿洛翠亞與艾薇拉報告染布一事。

……要讓大家看看，我都沒有忘記別人吩咐的事情，確實做到了！

我向兩人報告，之後將在奇爾博塔商會與染織協會的主導下，重現舊有的染色技法，還因此要在夏季尾聲舉行染布比賽。

……這次沒有忘記報告、聯絡與商量，我也稍微成長了呢。

我沾沾自喜地挺起胸膛。芙蘿洛翠亞卻是瞪大眼睛看著我，無法理解似地優雅側頭。

「為什麼結果會演變成要舉辦比賽呢？我絲毫看不出其中的關聯。」

「我也是糊裡糊塗呢。不知不覺間就發展成這樣的結果了。」

「羅潔梅茵大人，請您再詳細而且正確地報告一次。」

艾薇拉瞪著我看的笑臉氣勢驚人，我嚇得一縮。

「羅潔梅茵大人，請。」

在我身後待命的菲里妮，立即遞來她在看完法藍的報告後，所節錄出的染布相關資料。菲里妮真是優秀的文官！我把那份資料交給芙蘿洛翠亞，她與艾薇拉立刻開始翻看。

「平民區的工匠似乎都很羨慕古騰堡們在成為我的專屬以後，業績有了顯著的成長。所以奇爾博塔商會建議，這次既然要復活古老的技法，希望我能趁這機會選出染色工坊納為專屬，並賜給他們稱號。」

「貴族選擇自己的專屬本是稀鬆平常的事情，但每次到了姊姊大人這裡，總會演變成大規模的活動，真是教人吃驚呢。」

夏綠蒂說了，一般貴族都是在父母與親戚的介紹下，或是看見友人使用的東西，請對方介紹以後才決定專屬；不會像我這樣向所有工坊提出同樣的要求，屆時再挑選自己中意的工坊。

艾薇拉看完資料後還給菲里妮，一雙漆黑眼眸閃爍著雀躍光彩。

「既然都要舉辦比賽了，我也想親眼看看染好的布料呢。等時間快到了，我們再叫來奇爾博塔商會，一同討論比賽的地點與流程吧。」

……連母親大人都加入，規模只會變得更大吧？這樣沒問題嗎？

不過，這次我沒有不經大腦就脫口說出內心的疑惑，只是保持沉默。

……我真的成長了呢。

讓我深深體會到自己有所成長的茶會結束後，隔天則是與近侍們一起討論，要如何設計休華茲與懷斯的服裝。必須盡快決定好樣式，向奇爾博塔商會購買布料。

在服裝製作上，莉瑟蕾塔與布倫希爾德都有著常人難以比擬的熱情，所以主要是由兩人來決定款式。我也邀請了曾表示過興趣的夏綠蒂一同加入。先前在貴族院的宿舍裡，夏綠蒂的近侍們就已經與莉瑟蕾塔她們一起熱烈討論過，現在女孩子們湊在一起再次討論得不亦樂乎，只見柯尼留斯與哈特姆特有些不自在地移動到房間角落。

「羅潔梅茵大人，我不想讓休華茲與懷斯穿一樣的衣服，而是一個穿男裝，一個穿女裝。到時候站在一起一定很可愛吧？」

莉瑟蕾塔深綠色的雙眼中閃著強烈光芒，握起拳頭向我極力主張。平常優雅又內斂的模樣不知道消失到了哪裡去，拚命向我訴說蘇彌魯有多麼可愛、她又有多麼期待為休華茲與懷斯製作衣裳。有人這麼開心地願意幫忙刺繡，我自然非常歡迎，但看著與平時判若兩人的莉瑟蕾塔，我還是有些呆若木雞。

「要讓休華茲與懷斯分別穿上男裝和女裝是沒關係，但關於要把魔法陣繡在衣服的哪個地方上，也必須費心思考兩次，這樣會很辛苦喔？」

「沒關係的，我會全力以赴。」

……莉瑟蕾塔果真是安潔莉卡的妹妹呢。她現在的表情，和準備要壓縮魔力時的安潔莉卡簡直一模一樣。

儘管兩人平常表現出來的樣子截然不同，這種時候卻能感受到難以切割的血緣。我在一旁忍著笑時，女孩子們繼續針對服裝的款式，互相提出自己的意見。

「聽說休華茲與懷斯的衣服只能是短袖，否則會妨礙到工作，這點真是有些可惜呢。我們至少加點蕾絲當裝飾吧。」

「也得好好想想要把魔法陣繡在哪裡。」

由於我預計讓休華茲與懷斯戴上圖書委員的臂章，所以我提議了可以把服裝設計成水手服與立領制服。讓大家看了我畫的設計圖後，安潔莉卡再幫我加上大量圖案說：「然後再像這樣加上魔法陣的刺繡。」

……嗚，立領制服現在看來只像是暴走族穿的特攻服，一點也不可愛。

「加上魔法陣以後，想不到整體感覺會變這麼多，和我想像中的樣子完全不一樣。」

「還是讓休華茲與懷斯穿上可愛一點的服裝吧。」

布倫希爾德否決了水手服與立領制服的提議，莉瑟蕾塔她們也用力點頭。

我接著提出自己的第二個建議，這次是女僕裝搭配管家制服。這組設計的搭配十分簡單，一個是連身裙加圍裙，另一個是襯衫、長褲加背心，所以沒有立即遭到反對。

「基本的設計輪廓可以參考這組搭配呢。」

「因為要做短袖，袖子像這樣蓬起來也很可愛，我覺得不錯呢。」

「休華茲兩人的服裝，能不能使用以新染法製成的布料呢？」

「可是，新的布料要到夏季尾聲才會做好，等到那時候再刺繡會來不及吧？」

「做配件的時候再用新布料就好了吧？」

我悄悄又迅速地脫離討論的小圈圈，在一段距離外一邊看書，一邊聽著女孩子們開心的討論聲。大家有這麼強大的熱忱，想必會做出非常可愛的服裝吧。

「不如我們先用代表中央的黑色製作衣裳，再把魔法陣都繡在圍裙和背心上，襯衫和連身裙就能做成替換式的了吧？」

「這真是好主意。我們再用新染法做成的布料製作絲巾，固定絲巾用的扣環就用艾倫菲斯特獨有的花飾吧。」

「女裝用的髮箍我們別用布料，這次改用花飾製作吧。看起來就會像花冠一樣，一定很漂亮。男裝就用別針把花飾別在胸口，各位覺得如何呢？」

廣納眾人的意見後，最終完成的設計，看來就只是普通的可愛民族服裝，半點也沒有我一開始提議的女僕裝和管家制服的影子。

……但反正很可愛，也沒關係啦。

「羅潔梅茵大人，請您及早準備好刺繡要用的線，還有圍裙與背心要用的布料，染上自己的魔力吧。我們想盡快開始刺繡。」

「如果不在祈福儀式之前選好布料，之後再刺繡會很倉促吧？」

女孩子們七嘴八舌地發表意見，莉瑟蕾塔幫忙統整好後，對我說道：

「羅潔梅茵大人，我希望能在明天或後天傳喚奇爾博塔商會前來，大家一起挑選布料，不知您意下如何呢？」

「就交給莉瑟蕾塔決定吧。」

莉瑟蕾塔不愧是優秀的見習侍從，馬上發揮自己出色的本領，隔天下午便傳喚奇爾博塔商前來，挑選布料。這次我一樣只是在旁邊看書，最後再下達許可。

「今天選好的線與布料請送到神殿去。因為我的工坊在神殿那邊。」

「遵命。」

接下訂單，珂琳娜說完寒暄就回去了。

這下子關於休華茲與懷斯的服裝製作，總算也有點進展了。我看著開心地嚷嚷說「好期待喔」的女孩子們，不由得鬆了口氣。這時，奧黛麗在一旁露出溫柔微笑。

「羅潔梅茵大人、夏綠蒂大人，請趁著這難得的機會，好好練習刺繡吧。」

我與夏綠蒂對看一眼後，輕輕聳了聳肩。

直轄地的祈福儀式

眼看再一週就是祈福儀式，必須返回神殿作準備。不過，幾乎所有準備工作都由法藍他們處理好了，我只負責最終確認。像是同行者的挑選、食材的準備、馬車與護衛的安排、外出期間孤兒院的管理……這些事情大家已經十分熟悉，所以早已準備就緒。而普朗坦商會這次雖然幫忙準備了馬車，但不會派人同行。

普朗坦商會除了要集結預計前往哈爾登查爾的古騰堡成員，也得為回來後的因特維庫侖計畫作好準備。文官似乎已經下達了通知，吉魯在向我報告時說過，這件事在平民區引發了極大的騷動。

我也寫了信要給奇爾博塔商會、普朗坦商會與商業公會，把領主一族在會議上決定好的事情告訴他們，例如因特維庫侖計畫的詳細內容、之後將利用勘合符辨別商人的身分等等；也順便告知，艾薇拉她們將在染布比賽上擔任評審。雖然這些事情應該已經從文官那裡聽說了，但因為班諾說過，他覺得蒐集情報時最好能有各種不同的管道。

「羅潔梅茵大人，奇爾博塔商會送來了線與布料，請問該如何處置呢？」

薩姆指著送來神殿長室的線與布料問道。由於得染上魔力，所以我請商會把線和布料送到神殿來，但就算要在工坊裡染上魔力，也需要有斐迪南的幫忙。因為我沒有能夠盡情使用的原料。

「薩姆，請幫我向神官長預約會面時間，告訴他我想為原料染上魔力。可以的話，我也想在祈福儀式開始前把線與布料處理好。」

斐迪南也判定刺繡很花時間，最好盡快處理，所以馬上答應提供協助，我很快就為所有材料染好了魔力。順便說，這次我也在清潔時施展了瓦須恩，但有記得調整魔力量，因此沒有再次發生差點溺水的慘案。

「安潔莉卡，請把這些東西送去給莉瑟蕾塔她們。」

我把染好魔力的線與布料，以及畫有魔法陣的整疊紙張整理好包起來，請安潔莉卡送回城堡。

「祈福儀式期間，安潔莉卡得一直跟在我身邊，沒有辦法休息，所以接下來直到出發為止放妳幾天假，妳也可以作點準備。」

「感謝羅潔梅茵大人。我回去以後也會畫好魔法陣，先把線準備好，就能趁著祈福儀式的空檔為披風刺繡了。」

……居然打算用刺繡來消磨時間，聽起來很有氣質吧？但其實她只是想強化防具。

看著安潔莉卡喜孜孜地衝出神殿後，達穆爾表情略帶不滿地低頭看我。

「羅潔梅茵大人，您對女孩子也太好了。」

「咦？可是，是達穆爾自己說，你祈福儀式過後再放假也沒關係的吧？我確實聽取過了你的意見喔……」

我皺起眉說，但達穆爾語氣強硬地反駁。

「不是的，我指的不是休假這件事。而是您優先實現了安潔莉卡想為披風刺繡的心願，我的結婚對象卻直到現在都還沒有著落吧？羅潔梅茵大人真的幫我拜託過艾薇拉大人了嗎？星結儀式的時候，會介紹對象給我嗎？」

「我忘得一乾二淨了。」

「我就知道！」

達穆爾一臉絕望地當場蹲下來。我真是沒想到，達穆爾居然這麼渴望找到結婚對象。

「對不起喔，下次我一定請母親大人幫忙。」

「您一定又會忘記吧？」

看來星結儀式快到的時候，整個社會的氛圍對單身人士不是很友善。

……下次一定要記得才行！

我趁著還沒忘記，用奧多南茲向艾薇拉送去了達穆爾的哀怨，幾天後便要出發前往祈福儀式。

「羅潔梅茵大人，能夠見到您這麼有精神，我總算放心了。」

父親一早就來神殿報到，準備要護送坐著馬車前往哈塞的一行人。他的眼尾多了幾條皺紋，看得出來上了點年紀。但是從他瞇起的雙眼中，還是流露出了從以前到現在完全沒變過的父愛，讓我感到非常開心。並排站在父親身後的士兵們，也都高興地注視著我。

「讓各位擔心了，我現在已經沒事了喔。這次的護衛也一樣要拜託昆特，還請各位多幫忙了。」

「是！請交給我們吧。」

由於這次要從哈塞帶三名灰衣神官回來，與其交接的灰衣神官和見習生們坐上馬車。吉魯和雨果應該也已經上車了。「路上小心喔。」目送大家離開後，我也要為了下午的祈福儀式作好出發準備。

吃完午餐，換上儀式用服，我、法藍與莫妮卡如同往常坐進騎獸。帶著護衛騎士達穆爾與安潔莉卡，準備出發。

「這次妳要去的地方不多，結束後也不會對身體造成太大的負擔吧。」

在斐迪南的目送下，我操控著騎獸飛上天空。今天是由安潔莉卡坐在副駕駛座。在半空中奔馳，離開艾倫菲斯特的街道以後，安潔莉卡笑得非常開心。

「這還是我第一次離開艾倫菲斯特去執行護衛任務，對手會是很強大的魔獸嗎？」

「接下來的祈福儀式，我們都要前往平民生活的冬之館，並不會靠近有強大魔獸出沒的地方喔。」

「……咦？那原料的採集該怎麼辦？」

雖然對似乎很想採集原料的安潔莉卡過意不去，但我要是沒跟斐迪南商量一聲就亂跑，他肯定會讓我吃不完兜著走。

「妳為什麼會覺得我們要去採集原料呢？」

「因為達穆爾之前想送給布麗姬娣的那顆魔石，在城堡的森林裡頭採不到，我在猜應該是執行護衛任務之際，與您一同外出舉行儀式時採到的。我一直以為神殿的祭祀儀式，就是要外出旅行，消滅魔獸、採集原料……」

前半段她猜對了，但後半段完全猜錯。神殿的儀式並不是出城去旅行，採集原料。

「祈福儀式的目的，是要讓土地盈滿魔力喔。」

「原來是這樣啊。」

看著情緒有些低落下來的安潔莉卡，坐在後座的法藍與莫妮卡都發出了輕笑聲。

……聽到居然有人以為祭祀儀式就是要採集材料，在神殿長大的法藍與莫妮卡肯定很吃驚吧。我能明白他們想笑的心情。

「安潔莉卡，那裡就是哈塞喔。這邊的白色建築物是小神殿，今晚我們會住在這裡。」

不出多久，我們就抵達了哈塞。從上空往下俯瞰，只見成千上百的人們都聚集在了冬之館的大廣場上。人群開始後退，騰出偌大的空間，好讓我們的騎獸降落。

「羅潔梅茵大人！」

「神殿長來了！」

抵達哈塞的我們受到了盛大歡迎。我一走出小熊貓巴士，鎮長利希特與周邊村落的村長旋即迎上前來。大家的模樣都與我記憶中的有些不同，當中有一名村長還是新面孔。

「聽小神殿的人說，神殿長終於醒來了，我們一直由衷期盼著您的到來。」

我對利希特的問候點了點頭，接著由法藍把我抱起來，往舞臺移動。因為通往舞臺的路面泥濘不堪，這麼做才能避免我的衣服被汙泥弄髒。而且萬一踩到衣襬跌倒，只怕到時候的畫面會更慘不忍睹。

法藍把我放在舞臺上，接著準備聖杯。期間，我向聚集來到舞臺前方的哈塞居民們道謝。

「聽說在我沉睡的這兩年期間，哈塞居民幫了小神殿的人們不少忙，真的很謝謝大家。在此向哈塞送上我的感謝。」

居民「噢噢噢」地發出歡呼聲。我向大家輕輕揮手後，請法藍把我抱到平臺上。緊接著，等五名村長都拿著約莫十公升裝的有蓋大木桶上臺後，我伸手觸摸聖杯。

「帶來治癒與變化的水之女神芙琉朵蕾妮，侍其左右的十二眷屬女神啊。請為不再受生命之神埃維里貝之禁錮，令姊妹神土之女神蓋朵莉希，賜予祂孕育新生命的力量。讚頌生命的歡喜之歌奉獻予祢，祈禱與感謝奉獻予祢，請賜予祢清澄明淨的守護。願祢之貴色，滿布瀚瀚大地之萬事萬物。」

我往聖杯注入魔力，唸誦祈禱文，隨即有發光的綠色液體從聖杯中湧出。法藍傾倒聖杯，等著排隊的村長們依序上前，往木桶倒入液體。

儀式結束後，我與利希特聊了這兩年來發生的事情，中途還提到夏綠蒂，我立刻趁機誇獎了自己的妹妹一番。雖然有很多話想說，但我大概了解狀況以後便起身。

「看來哈塞已經從打擊中振作起來，那我就安心了。時隔兩年，我也必須去小神殿露面才行。今天先就此失陪了。」

「小神殿的人們肯定也正期盼著您的到來。請讓他們也安下心來吧。」

在哈塞居民的目送下，我操縱著騎獸飛往小神殿。法藍與莫妮卡打開大門後，灰衣神官與灰衣巫女們立即出來迎接。

「羅潔梅茵大人！」

「大家，好久不見了。」

原是哈塞孤兒的諾拉他們都長大了許多。看起來已經徹底適應了神殿的生活，不再有從前那種畏畏縮縮的樣子。

「聽說莉莉那時候，是諾拉帶領大家接生的吧？孤兒院裡的人完全沒有生產方面的相關知識，諾拉妳們能夠幫忙下達指示，大家都很感激呢。」

「當然我也沒有過生產的經驗，是哈塞的婦女幫了我們很多忙。看到孩子平安生下來的時候，我真是如釋重負。」

「……那孩子現在還好嗎？應該已經長大了吧？」

瑪塔怯生生地向我問起莉莉的孩子。我笑著點點頭。去孤兒院巡視時，那孩子正在食堂裡頭高速爬行。

「最近開始會爬行了，好像得一直看著他才行呢。之前還想往我這邊爬過來，被莉莉急忙擋下來了。小神殿這邊有沒有什麼變化呢？」

「其實我們開始種田了。」

他們說雖然只是家庭菜園的大小，但開始種起作物。小神殿周圍因為魔力豐富，結出的果實都很豐碩。而且帶頭指導大家耕種田地的，還是托爾與瑞克。

「能做的事情變多是好事呢。不過，要小心別太熱中農務，疏忽了製紙與印刷工作喔。」

「那是當然。」

為禮拜堂的魔石供給了魔力後，我回到房間換下衣服，接著要吃晚餐。在小神殿，儘管是坐不同的桌子，但貴族、灰衣神官和士兵們都是在同個空間裡吃飯。

「安潔莉卡因為是貴族，士兵的吃相可能會讓妳感到不太愉快，但就只有今晚而已，還請包涵一下吧。」

「遵命。」

在法藍與莫妮卡的服侍下吃完晚餐，我走向吃完飯後，開始放鬆休息的士兵們。今天我有事情要告訴大家。父親最先發現我的到來，馬上挺直了背。法藍迅速準備好椅子，讓我能夠坐下。

「羅潔梅茵大人。」

士兵們急忙當場跪下致意，我要大家回座後，自己也坐往法藍準備好的椅子。

「我有話想告訴你們，也想拜託你們一件事情。」

「請說。」

父親他們全部往前傾身，專心聆聽。「我想之前開會的時候，騎士應該已經向你們說明過了……」先說完這句開場白，我接著說明今後要進行的因特維庫倫計畫。

「所以就是這樣，領地將在春季尾聲的領主會議上與他領簽約，他領的商人也將來到艾倫菲斯特。在那之前，要進行改造來美化平民區。」

「我們還心想怎麼這麼突然，原來有這樣的理由啊。」

我說明了原委後，父親點頭應道：「原來如此。」看來騎士雖然通知了士兵們，不久後將施展因特維庫倫，也請他們告知所有居民，卻沒有仔細說明為什麼要這麼做，又將進行怎樣的改造。

「這次改造過後，如果無法成功美化平民區，讓艾倫菲斯特在他領的商人眼中留下好印象，下次將會進行全面的大改造。」

「您說的全面是……？」

我先環顧一臉狐疑的士兵們，接著筆直注視父親。

「也就是用大規模的魔法，重建整個平民區。到那時候，平民區只有用領主魔力建造的白色石造部分會留下來，多數居民居住的木造部分將會徹底消失。」

「什麼?!」

士兵們不約而同倒吸口氣，瞪大了眼睛。木造部分就是自己的住處，聽到自己的家將徹底消失，沒有人會不吃驚吧。

「其實從設計層面來看，比起只改造道路，直接重建整個平民區會更簡單。是我提出請求，希望能在不影響平民住家的前提下進行改造，這次才採用了我的提議。但是，原本的計畫是重新建造平民區。」

平民不可能推翻貴族的決定。有時候甚至是在毫無所覺的情況下，一切就結束了。非常清楚貴族有多麼蠻不講理的父親，用力吞了吞口水。

「這次要改造的地方，只有街道與地下而已。但是，為了守住現在的住家，還需要居民的努力。所以我想請各位幫忙宣傳，也要讓居民知道不守規定的嚴重性。」

我把自己想到的注意事項通通說出來：改造當天除非是到城外，否則絕對不能離開住家；門窗務必關緊，在接到改造已經結束的通知前不能隨意打開；放在街道上的東西要作好會不見的心理準備；改造結束之後，為了維持整潔，一定要把穢物與垃圾丟到規定的地方去；街坊鄰居記得互相呼籲、提醒。

父親與士兵們的眼神都非常認真，全神貫注地傾聽。看見他們的眼神，我相信只要交給父親他們一定沒問題。

「平民區的居民能否守住現在的生活，全靠各位了。請你們攜手合作，保護家園。」

「萬分感謝羅潔梅茵大人對我們這般費心。我一定會守住大家現在的生活。」

父親說完，舉起右拳往左胸口敲兩下。士兵們也同樣抬起右拳，敲了兩下左胸口。我也回以士兵特有的敬禮，咧嘴一笑。

隔天早上，將以古騰堡身分展開活動的灰衣神官們坐上馬車，與父親他們一同返回艾倫菲斯特。

「昆特、各位，一切就麻煩你們了。」

「羅潔梅茵大人的忠告我一定會傳達給所有人，請您放心。」

如同往常給了每個士兵出差津貼以後，目送馬車離開。緊接著，我們也必須出發前往下個直轄地的冬之館。

「吉魯、雨果，請你們直接前往今晚的留宿地點吧。」

「是，羅潔梅茵大人。」

載有我行李的馬車出發後，我看向出來送行的小神殿的神官及巫女。

「在我沉睡的這兩年期間，小神殿的人們與哈塞居民同心協力，建立起了良好的互動關係。連艾倫菲斯特的神殿都還沒能做到這一點，你們真是了不起呢。往後也請繼續加油……托爾，等美味的蔬菜可以採收了，請通知我一聲吧。我會過來享用。」

我看向田地的方向這麼說完，托爾露出驕傲的笑容，向我保證說道：「我會挑出最好吃的留給您。」真是期待採收的時期呢。

在大家的跪地目送下，我坐進小熊貓巴士，往下一個目的地前進。

後來，我們在各地的冬之館都受到了熱烈歡迎，祈福儀式也平安順利地結束了。先前我都是和斐迪南一起前往所有直轄地，今年只要去其中的四分之一，實在輕鬆許多。現在就只剩下返回神殿了，我伸了一個大懶腰。一整趟旅程也只喝過兩次斐迪南調配的好心藥水，所以身體並沒有太過操勞的感覺。

「範圍縮小以後好輕鬆喔。必須感謝夏綠蒂與韋菲利特哥哥大人呢。」

「羅潔梅茵大人，您忘了也該感謝神官長。」

法藍輕睨我一眼，我朝他投以微笑。我沒有忘記，只是晚一點才說而已。

「因為神官長幫忙調配了藥水，我內心特別感謝他，所以要分開來說呀。」

「原來如此。」

利用騎獸移動的我和法藍，會帶著聖杯先一步返回神殿；坐馬車移動的雨果和吉魯則要花上一整天的時間，今天先到哈塞的小神殿留宿一晚，隔天再繼續移動。所以預計要到明天的中午左右，馬車組才會回到神殿吧。

「奧多南茲。」

我拿出斐迪南借給我的奧多南茲，告訴他我預計的抵達時間。

「神官長，我是羅潔梅茵。我預計在第四鐘返回神殿，還請幫忙聯絡夏綠蒂。」

由於同時也是神具的聖杯只有一個，去直轄地舉行祈福儀式時，我們四個人是輪流前往各自分配到的地方。我因為需要休息的時間，所以是第一個出發，之後依序是夏綠蒂、韋菲利特、斐迪南。

照著預定時間返回神殿後，只見正門玄關前方已經停著整排的馬車，夏綠蒂也換上了藍色的儀式服等著我回來。斐迪南站在她旁邊。

「我回來了。」

「姊姊大人，歡迎回來。您的身體還好嗎？」

「幸虧有夏綠蒂與韋菲利特哥哥大人幫忙分擔，這次我幾乎不感到疲累，就舉行完祈福儀式了呢。這一路想必不輕鬆，但就麻煩夏綠蒂了。」

這次要與夏綠蒂一同前往祈福儀式的斐迪南的侍從接過聖杯。看著他捧著重要的神具，坐上馬車以後，夏綠蒂也準備出發。聽說她今天要先去南邊距離最近的冬之館舉行儀式，然後留宿一晚。

「時間不能拖得太晚，那我出發了喔。」

「好的，路上小心。大家要好好照顧夏綠蒂唷。」

眼看著夏綠蒂乘坐的馬車逐漸遠去，我正要返回自己的房間，斐迪南突然抓住我的手臂，抬起我的臉龐轉向他。

「哇?!怎麼了嗎？」

「……妳剛從祈福儀式回來，氣色倒是比我預期的還不錯。」

「因為這次範圍縮小了，我也幾乎不需要喝回復藥水。大家一起分擔的話，各自都能減輕不少負擔，真是不錯呢。」

「嗯，是啊。不過，妳下午還是要躺在床上休息。」

於是我乖乖聽斐迪南的話，下午一邊看書，一邊愜意地躺在床上滾來滾去。

隔天開始，又回到了平常的生活。上午練習飛蘇平琴與奉獻舞，還有幫忙斐迪南處理公務，下午沒有巡視孤兒院和工坊這類行程的日子，就要參加斐迪南老師的調合特訓。首先，從騎士們經常會用到的基本藥水開始學習。這也是斐迪南身為監護人，令人感激的一番好意，希望我最終可以自己製作自己要喝的藥水。

啊啊，我寶貴的自由時間……嗚嗚嗚，好想看書喔。

我一邊偶爾脫口這麼嘀咕，一邊努力調配藥水，現在已經會做最簡單的基本回復藥水了。聽說貴族院也會教學生怎麼做這款藥水。藥水並不難喝，喝起來也沒什麼問題，只不過完全沒效。對於早已喝慣了斐迪南特製藥水的我來說，這款藥水一點效果也沒有。說得再正確一點，其實是效果太過薄弱，再加上要經過很長一段時間才會生效，感覺起來就像是完全沒效果。

「妳因為過度壓縮魔力，魔力量大得驚人，別以為身邊的同年級生都和妳一樣。這種程度的回復藥水，對一般的見習生來說很夠用了。正在接受波尼法狄斯大人訓練的見習騎士們，肯定會爭相購買。因為他們現在恐怕沒有餘力採集和調合藥水。」

斐迪南的嘴角往上勾起。聽說這在貴族院是很有效的賺錢方式。

「可是，比起這麼簡單的回復藥水，神官長做的藥水能賣更多錢吧？」

「不，我做的藥水反而因為價格太高昂，無人要買。畢竟原料本身就很貴重，採集難度高，調合的難易度也截然不同。不是見習生買得起的金額。」

聽到斐迪南說他做的回復藥水，一般人絕不可能平常買來喝，我的後背淌下冷汗。

「咦？但我三不五時就在喝吧？可是，我記得自己從來沒付過錢……」

「放心，已經用妳平常幫忙處理的公務抵銷了。況且我也會請妳提供魔力。」

原來每天從第三鐘開始幫忙斐迪南處理公務這件事，其實是有報酬的。事實上，青衣神官們開始幫忙以後，都能領到報酬。然而，我從來沒領到過。再加上我一直都覺得自己只是去幫忙的，所以對於沒有報酬也從未產生過疑問。

……原來這些事情都被換算成了藥水費用嗎！

居然一邊理所當然地給我回復藥水，一邊也盡情使喚我來抵銷藥水費用。對於斐迪南的鐵面無私，我只能無力垂首。

哈爾登查爾的工匠們

夏綠蒂從祈福儀式回來後，接著換作韋菲利特出發。我身為神殿長，斐迪南身為神官長，必須親眼看著聖杯確實交接。聖杯交接完後，再親眼看著韋菲利特出發，夏綠蒂返回城堡，然後我們返回各自的房間。

「對了，神官長也是自己騎著騎獸，與馬車分開行動吧？既然如此，為什麼天數還是和韋菲利特哥哥大人他們差不多呢？完全沒有縮短一點。」

「我和妳不一樣，不需要優先保存體力，自然無須刻意縮短天數。」

原來斐迪南不會騎著騎獸，一天就去好幾處冬之館，而是上午舉行完祈福儀式後，預計在冬之館附近採集原料。今年因為我醒來了，又有韋菲利特與夏綠蒂幫忙分擔，斐迪南似乎在各方面都多了不少餘裕。

「難得出遠門，自然要有效利用。」

「神官長，請你別在安潔莉卡面前說這些話。」

安潔莉卡露出了羡慕無比的眼神，緊盯著斐迪南與艾克哈特瞧，喃喃地說：「採集原料……」但被兩人徹底無視。

「在我從祈福儀式回來之前，妳就會出發去哈爾登查爾了吧？艾薇拉寄了信給我，妳之後再看吧。」

「是……呵呵，信上寫著要去哈爾登查爾的有哪些人，還有注意事項呢。」

「……我不是說了，之後再看嗎？」

從斐迪南手中接過艾薇拉的信以後，我馬上看起來。斐迪南立刻不以為然地板起臉孔，但我左耳進右耳出，繼續看信。

要去哈爾登查爾的有我和古騰堡夥伴們，還有身為負責人的艾薇拉，以及要去參觀印刷業的韋菲利特與夏綠蒂，這些是非去不可的人員。除此之外，在騎士團長卡斯泰德的率領下，還會從騎士團中挑出十餘名騎士一同前往，擔任領主一族的護衛。

「名單裡頭沒有神官長呢。我還以為你是監護人，會跟我一起去。」

「妳的父母卡斯泰德與艾薇拉都要一同前往了，我沒有必要再同行吧？」

「啊，說得也是呢……信上還寫說，因為人數太過眾多，要我侍從、文官與專屬的護衛騎士各帶一名就好，而且必須是同性，才能睡同一間房間。可是，我的侍從和文官裡頭都沒有已經成年的單身女性，這該怎麼辦呢？」

未成年的女性與有家庭的婦女，都不方便長期外出。天氣嚴寒，我也不好意思帶著黎希達出遠門。雖然陪同我前往貴族院的人選是由斐迪南決定，但總不能因為年紀的關係，每次都讓黎希達奔波勞累。

「總不可能讓妳只為了這次前往哈爾登查爾，再選一名新近侍，更何況也沒有時間。妳先和艾薇拉商量看看吧。」

向艾薇拉確認過見習生也能同行以後，我決定帶著莉瑟蕾塔與菲里妮一同前往哈爾登查爾。安潔莉卡因為是唯一的女騎士，早就確定必須同行。

斐迪南出發去舉行祈福儀式後，過了幾天便是我要前往哈爾登查爾的日子。小聖杯放在鋪了布的箱子裡，由法藍幫我搬進小熊貓巴士。

「羅潔梅茵大人，這是要交給哈爾登查爾的小聖杯。這邊為您整理好了遞交小聖杯時的常用句子，供您參考。」

「法藍，謝謝你。真是幫了我大忙呢。」

由於把小聖杯送去給哈爾登查爾是神殿的工作，所以出發時我穿著神殿長的儀式服。青衣巫女時期，我曾經和斐迪南一起去送過小聖杯，但這還是第一次自己一個人要送小聖杯給基貝。我內心有些不安，其實很想帶著神殿的侍從比如法藍或莫妮卡一同前往，但要他們待在都是貴族的一整群人當中，恐怕會是種折磨，所以我只能放棄。

「羅潔梅茵大人，早安。」

這天我想趕在第三鐘前抵達城堡，所以吩咐了普朗坦商會早點來神殿，班諾與達米安也已經坐著馬車來到正門玄關了。約翰與薩克似乎是用走的，兩人在灰衣神官的帶領下從後門的方向走來。

「羅潔梅茵大人，請問能把行李搬進您的騎獸裡頭了嗎？」

「哎呀，路茲。你被叫來這裡幫忙的嗎？」

「是的。而且我也得把馬車帶回去。」

看來路茲明明不會一起去哈爾登查爾，卻還是被叫來幫忙做事。路茲的回答讓我輕笑出聲，接著打開小熊貓巴士的後車門。

「嗚哇?!這是什麼?!」

見到出入口突然自己變大變寬，約翰發出驚恐大叫。

「這是羅潔梅茵大人的騎獸。各位將乘坐這個騎獸移動，請把行李搬進來吧。」

其他人都坐過小熊貓巴士，所以一派從容鎮定地搬著行李。包括要賣給哈爾登查爾的植物紙、彩色墨水，還有魔法契約在更改過內容後，因此得重新簽約的各種所需用具，這些都一一被放進小熊貓巴士裡頭。薩克也把大家的工作用具和換洗衣物等行李都搬進來。約翰依然一臉發毛地盯著小熊貓巴士瞧，直到薩克對他怒吼：「你動作快點，別耽誤到時間！」他才戰戰兢兢地把自己的行李放進去。

「喂，約翰。這騎獸坐起來比馬車還舒適，快點進去吧。你站在這裡很礙事。」

薩克的動作有些粗暴，把因為是第一次坐小熊貓巴士而畏畏縮縮的約翰推進去，我們總算可以出發。雖然起飛時，約翰再次嚇得哇哇大叫，但大家因為自己也經歷過，只是面帶苦笑看著他，那幅畫面讓我感到有些好笑。

接下來先去城堡，與也要前往哈爾登查爾的艾薇拉他們會合。由達穆爾帶頭，領著我返回城堡。安潔莉卡坐在副駕駛座。因為載著平民的時候，必須有護衛跟在身邊。

第三鐘都還未響起，大家就已經作好準備，在城堡大門前方等著了。可以看見有二十幾人集結在城堡外頭。我們與大家會合後，達穆爾離開護衛的行列，莉瑟蕾塔抱著安潔莉卡的行李衝過來。

「那麼出發吧。」

一行人中身為最高負責人的艾薇拉一聲令下，成群騎獸唰地飛上天空。我看見夏綠蒂坐在自己侍從的騎獸上，韋菲利特則是騎著自己的騎獸。一行人在騎士團的環繞下，往哈爾登查爾出發。和來城堡的一路上正好相反，巴士內部瞬間變得極度靜悄悄。

「從這裡開始就進入哈爾登查爾了吧？」

「這裡就是艾倫菲斯特最北的土地。」

班諾回道。

聽說去年古騰堡夥伴們搭乘馬車移動時，還順便沿路賣書，花了好幾天的時間才抵達，然而現在坐著騎獸，卻不到半天的光景就到了。飛越過針葉樹木繁茂的森林，就是哈爾登查爾。南邊雖有森林，但北邊還覆著厚厚積雪，岩表上的植物看來多是灌木。

在這樣的景色中，偌大的白色石造城堡矗立在一處格外開闊的平地上。那裡就是基貝·哈爾登查爾的夏之館，也是居民們過冬的冬之館。

「歡迎各位來到哈爾登查爾。」

基貝·哈爾登查爾帶著居民們出來迎接。他與作為代表的艾薇拉說完了冗長的寒暄後，我以神殿長的身分拿著小聖杯，走上前去。

「帶來治癒與變化的水之女神芙琉朵蕾妮，與侍其左右的十二眷屬女神，已賜予土之女神蓋朵莉希孕育新生命的力量。由衷希望水之女神芙琉朵蕾妮的貴色，能夠滿布瀚瀚大地之萬事萬物。」

「能夠感受到土之女神蓋朵莉希，確實盈滿了水之女神芙琉朵蕾妮的魔力。為融雪獻上祈禱，為春之降臨獻上祝福。」

把小聖杯交給基貝以後，我身為神殿長就完成了自己的工作。這還是我第一次親手把小聖杯交給貴族，所以有點緊張，幸好沒出任何差錯。基貝・哈爾登查爾的侍從隨即接過小聖杯，不知道拿到了哪裡去。我猜應該是慎重保管小聖杯的某個地方。

「請先喝口茶，歇息一會兒，我們再告訴各位接下來的行程。」

基貝帶著我們走進寬敞的餐廳，招待了熱茶。是一種我從來沒喝過，帶了點甜味的茶，讓人身心都暖和起來。

「稍後，馬上帶各位前往印刷室與鍛造場。工匠們都在那裡工作，韋菲利特大人們可以好好參觀印刷流程。之後，會帶各位去找處理印刷協會事宜的文官，與普朗坦商會重新簽約。」

哈爾登查爾的文官說明完行程，韋菲利特與夏綠蒂的表情都變得認真。兩人這次來訪並不是為了觀光，而是為了親自了解印刷業究竟在做什麼。兩人的近侍與艾薇拉，也是首次親臨現場參觀印刷流程，臉上都有著對未知事物的期待。

「還請各位移步。」

聽說哈爾登查爾的城堡，地下是居民生活的地方，地面上則是工作場所與基貝他們的住處，宛如一座小型城鎮。

「鄂妮思塔是在這裡長大的嗎？」

「是的。不過，因為哈爾登查爾是這幾年才開始發展印刷業，這段期間我又在夏綠蒂大人身邊侍候，所以詳細情況並不清楚。」

夏綠蒂的護衛騎士鄂妮思塔，原來是哈爾登查爾出身的中級貴族。我們邊聽著鄂妮思塔對哈爾登查爾的說明，邊在迴廊上前進。不久，昏暗迴廊的盡頭逐漸傳來「咚！」「砰！」巨響。

「好大的聲音，那是什麼啊？」

越往前走，間隔十分規律的「咚咚」聲越是響亮，韋菲利特還摀起了一邊的耳朵。

聽著在迴廊上迴盪的巨響，看得出來周遭的騎士們都十分警戒。

「這是印刷機在運作的聲音。目前只有一臺在運作，要是三臺印刷機同時運作起來，造成的聲響會更驚人。」

基貝・哈爾登查爾輕聲一笑，打開印刷室的大門。門一打開，印刷機的運作聲更是震耳欲聾。只見體格魁梧的男人們抓住一根長長棍棒，使力一拉，接著就是「咚！」的巨響。感覺夏季期間都在打獵的大塊頭男人們，此刻卻是被黑色墨水染得髒兮兮的在工作。在貴族區長大的人們見到這幅景象，全部吃驚得張大雙眼，無法移開目光。

與此同時，負責印刷業務的文官開始說明印刷機。現在哈爾登查爾的印刷室裡共有三臺印刷機；一臺是英格帶著材料來這裡後組裝好的，一臺是在英格的指導下他們在這裡做出來的，最後一臺是他們自己的試作品。現在是其中一臺在運作。

「這是放置金屬活字用的活字架。由於平民還不識字，目前排字與校對的工作都由文官負責。聽說在羅潔梅茵大人的工坊，這些工作是灰衣神官在做，實在教人吃驚。」

「我孤兒院裡的人都很優秀唷。」

工匠們拿出印好的紙，塗上墨水，擺放新的紙張。我記得這些作業他們才接觸兩年而已，動作卻已經相當熟練。

「在哈爾登查爾，印刷是我們冬天的工作。夏季主要的工作，南邊是耕田，北邊是狩獵，由於居民都離開了，所以得等到進入漫長的冬季，才會重新開始印刷。」

大家聽著文官講解的印刷流程，隨侍在旁的文官們則負責作紀錄。這些事因為我都已經知道了，所以比起印刷流程，哈爾登查爾的生活方式更讓我好奇。

「哈爾登查爾的居民還要打獵嗎？」

我提問後，基貝．哈爾登查爾緩緩點頭，充滿男子氣概的臉龐有著對工作的自豪。

「儘可能多討伐一些魔獸，可說是我等的重要職責。」

「因為若能在北邊的嚴寒地區多討伐些魔物，有助於削弱冬之主的力量。」

騎士團長卡斯泰德在旁補充說明。他們說北邊的魔獸會互食以增強力量，最終最強的魔獸就會成為冬之主。為了儘可能削弱冬之主的力量，哈爾登查爾的居民會在夏天狩獵魔獸。由於在這樣的環境下長大，哈爾登查爾自古以來騎士的人數在領內都是最多的，平民也因為多少得有能力能夠打倒魔獸，所以多數人都有著孔武有力的身材。

「我們之所以討伐魔獸，不光基於卡斯泰德大人說的原因，也是為了守住我們自己的糧食。」

他說要是珍貴的食物才剛冒出芽來就慘遭魔獸破壞，居民便會挨餓。儘管這裡南邊居民的生活與艾倫菲斯特周邊的農民差不多，但北邊的居民會分成好幾個狩獵部族，夏季期間在哈爾登查爾內到處移動，冬季則待在城堡裡生活。

「現在幾個部族都已作好了出發準備，等今夜舉行完祈福儀式，馬上就要啟程。」

「這是我第一次來貴族治理的土地參加祈福儀式，非常期待呢。」

在印刷室聽完講解後，接著前往鍛造場。工匠們正一臉緊張地捧著木盒，等著約翰的到來。看見神情充滿殺氣的工匠們，連我也聽見了約翰吞嚥口水的聲音。雙方都臉部僵硬地看著對方。

「那麼，請艾倫菲斯特的工匠看看我們冬天的工作成果吧。」

基貝．哈爾登查爾說完，鍛造工匠捧著木盒上前。約翰接過裝滿金屬活字的木盒後，開始在桌面上頭的金屬平臺上進行檢驗。

屋內一片悄然無聲，瀰漫著讓人神經緊繃的緊張感。幾名鍛造工匠死死盯著約翰的雙手不放，表情嚴肅到了可怕的地步。真不知約翰是否注意到了周遭人們的模樣，只見他認真專注地檢查著一顆顆金屬活字。剛才那個還會害怕小熊貓巴士，被貴族包圍以後便噤不作聲、提心吊膽地環顧四周的約翰，此刻已經全然不見蹤影。

這時，文官也在一旁向韋菲利特與夏綠蒂說明，金屬活字是如何製造、一臺印刷機又需要製作哪些零件。其間，約翰始終一言不發地檢查金屬活字。他一一將檢視過的金屬活字分類，「鏘啷、鏘啷」聲未曾間斷。

「這邊的合格了。這邊的不行，沒有照著設計圖去做，所以不及格。」

想必是全神貫注在做檢查的工作，分好金屬活字後，約翰用袖口抹了抹額頭的汗水，吐出如釋重負的一口大氣。然而，聽到他說不及格的工匠們，全都憤怒得瞪大了眼。

「我們已經照著設計圖去做了吧?!到底哪裡不及格了!你少瞧不起人!」

「到底是哪裡做得不好了!」

年輕的工匠心有不甘地開口反駁，其他工匠也對約翰表現出了反感。約翰一臉為難地左右搖頭。

「就算這麼問我……總之，你們就是沒有照著設計圖去做啊。這樣子不能用。」

「你說什麼?!」

哈爾登查爾的工匠們忽然間抬高音量，氣氛變得劍拔弩張，貴族們都驚訝地回過頭來。

……這下糟了。

哈爾登查爾的工匠們恐怕是趁著冬季期間拚命做了這些金屬活字，卻只憑一句「沒有照著設計圖去做」就被宣判不及格，因而情緒激動；約翰又偏偏選在這種時候冒出了工匠特有的倔脾氣，只是與對方互瞪，堅持說道：「不管你們說什麼，不及格就是不及格。」雙方的主張其實都沒有錯，但眼下有這麼多貴族正在參觀，演變成一觸即發的情況實在很不妙。在這麼緊張的氣氛下，我忍不住走到雙方之間幫忙調停。

「約翰，讓我也看看金屬活字吧。畢竟當初是我最先訂做的。」

「羅潔梅茵大人……」

既是領主的養女，現在的身分又是客人，看到我插手干涉工匠的事情，包括工匠與貴族在內的所有人一陣譁然。但是，我無視大家的議論聲，從及格與不及格的金屬活字中各拿了四個出來，堆在約翰剛才檢查用的金屬平臺上，然後從各個角度開始察看。

「……啊，這樣子確實不能用呢。你是指這個部分吧？」

約翰看著我指的地方，點頭附和說：「是的。」把及格與不及格的金屬活字放在一起比較後，就能看出高度與傾斜程度上的細微差異。雖然差異極其細微，但這對金屬活字來說卻是非常嚴重的問題。與他人比較之後，再回想約翰從一開始帶來的金屬活字，連這麼點微小的瑕疵也沒有，我再次為約翰的技術之高超感到驚訝。

「只要有這麼一點傾斜，印刷時文字就會暈開，所以這顆活字不能用。這顆則是這裡處理得太粗糙了，印刷時會磨損到紙張。」

我指著小小的金屬活字，向哈爾登查爾的工匠們一一說明是哪裡不及格。工匠們心裡的想法都表現在了臉上：「這也太仔細了吧！」但因為我是貴族，他們才勉強沒說出口。

「各位可能會覺得這樣的要求太過精細，但我一直是向約翰訂做這麼精密的物件。金屬活字在製作上絕對不能有半點懈怠，覺得做到差不多就可以了。」

「哦……」工匠們有氣無力地應道，我再看向約翰。

「……約翰，雖然工匠普遍都是這樣，但你的說明太不充分了。在艾倫菲斯特的工坊，你或許可以僅憑沒有照著設計圖完成就宣判不及格，身邊的人也都知道你不擅言辭。可是，這裡是哈爾登查爾。他們都是第一次製作金屬活字，如果不仔細說明是哪個地方為什麼做得不好，他們恐怕很難明白。」

「可是，設計圖上……」

「設計圖未必所有人都看得懂喔。他們雖然和你一樣看得懂數字，但有可能看不懂旁邊的詳細說明。最重要的是，很少有客人會像我一樣這麼要求精確吧？他們會不會根本不知道該做到多麼精確才行呢？」

約翰如夢初醒似地抬起頭來。大概是因為約翰經常接到要求精確性的工作，他才會認為本來就該原原本本地照著設計圖，沒有絲毫差異地做出成品吧。但其實連在艾倫菲斯特，約翰接到的委託也相當特殊。

「……羅潔梅茵，在我看來都一樣啊，有什麼差別嗎？」

韋菲利特不知何時來到我身後，看著平臺上的金屬活字。

「有喔，韋菲利特哥哥大人。像這樣擺在一起觀看，應該就很清楚吧。」

我把及格與不及格的四顆金屬活字拿過來，一會兒排成一排，一會兒疊在一起。韋菲利特瞇起眼睛，仔細觀察。

「這邊的這顆金屬活字，看起來是稍微矮了一點。」

「哥哥大人，請讓我也看看吧。」

韋菲利特讓出位置，換作夏綠蒂充滿好奇地觀察起金屬活字。

我向兩人仔細講解印刷機的構造，並且說明為什麼極其微小的瑕疵也會造成問題。哈爾登查爾的工匠們也在旁邊認真傾聽。由於約翰的成品每次都非常完美，所以我也從來不需要詳細說明。說不定早在一開始，說明不夠充分的人是我才對。

「所以就是這樣，金屬活字的高度必須完全一致才能進行印刷，如果有傾斜的金屬活字摻在其中，也會造成問題。約翰做的金屬活字即使像這樣排在一起，也看不出絲毫的差異，做得既完美又精妙吧？」

只看一個看不出來，但把十顆、二十顆金屬活字排在一起觀察後，就能看出微小的差異。有的無法自行立著，有的會微微搖晃，有的儘管不到一公釐但高度仍有落差……自己也親眼確認過後，哈爾登查爾的鍛造工匠們用力挺直腰桿站起來。

「……我們願意重做。」

「這次有一半都合格了，只要再加把勁就可以了喔。就連在艾倫菲斯特，也幾乎沒有鍛造工匠做的金屬活字，能夠通過約翰的檢驗呢。約翰，你說對吧？」

「沒錯。連我的徒弟丹尼諾做起金屬活字也不斷出錯，還無法算他及格。」

「所以，我非常期待哈爾登查爾的表現喔。請各位再多多留意細節，通過約翰的檢驗吧。」

我這麼鼓勵後，劍拔弩張的氣氛瞬時消散，工匠們的表情變得無比認真。眼看工匠們繼續做起金屬活字，我們留下約翰與薩克，走出鍛造場。

「接下來，帶各位前往哈爾登查爾的印刷協會。其實負責印刷業務的文官只有我一人，並未再特別劃分出一個部門。」

負責印刷業務的文官一邊說著，一邊為我們帶路。普朗坦商會的人跟在隊伍最後方，等一下就輪到他們上場工作了。我們來到文官辦公區的一隅，聆聽有關印刷協會的說明，也瀏覽了與平民進行交易時會用到的各種文件。

「這是商業公會發行的許可證。根據這份證件的有無，就能知道對方在當地是否成立了印刷協會。這邊是奧伯．艾倫菲斯特頒發的許可證，這是基貝發布的命令。一個新地方要發展印刷業時，請一定要先確認這些文件。」

負責文官再為我們說明了印刷業的發展流程，首先從得到許可開始，然後是籌備印刷工坊、印製書籍，最後是販售。想必非常認真參與其中，字裡行間可以感受到他在現場付出過的努力與用心。

之後要作最後確認的韋菲利特聽得非常認真，他的文官也拚命作筆記。事前已經知道明年換自己負責確認的夏綠蒂她們，以及身為我的文官，已被哈特姆特叮囑過要認真學習的菲里妮，也都聽得十分專注。

「那麼，接下來我得與普朗坦商會討論事情，請各位稍事休息。」

文官說明完後，向班諾與達米安招手。為了讓明天之後的工作能順利進行，三人馬上開始商議。我們則轉身背對三人，返回領主的居住區域。

哈爾登查爾的祈福儀式

「各位想必累了吧。今夜便是祈福儀式，儀式開始前請先在房裡好好歇息。」

剛才參觀的時候，哈爾登查爾伯爵夫人並未與我們同行，這時則由她負責分配，帶著大家前往各自的房間。聽說我們各自的侍從正在整理房間和行囊。

我、菲里妮和安潔莉卡一同走進被分配到的房間時，只見莉瑟蕾塔已經整整齊齊地整理好了所有人的行李，還作好了沐浴準備。她一邊協助我沐浴，一邊問道：「請問參加祈福儀式時，一樣是換上神殿長的儀式服嗎？」其實現在已經提交了小聖杯，神殿長的工作也算是告一段落，但畢竟要參加祈福儀式，還是穿神殿長服比較好吧。

「好啊。既然我是以神殿長的身分，帶著小聖杯來參加哈爾登查爾的祈福儀式，還是穿上儀式用服吧。」

莉瑟蕾塔說伯爵夫人向她說明過，祈福儀式將在第六鐘開始，所以請我們提早到餐廳集合，以便在第六鐘前抵達廣場。

換上儀式服，戴上象徵春季的髮飾，我坐上小熊貓巴士。今天因為參觀過後相當勞累，我已經向基貝．哈爾登查爾徵得許可，停留期間可以坐著騎獸在城堡裡移動。

「啊，羅潔梅茵大人，這下子全員到齊了呢。我們往廣場移動吧。」

看來我是最後一個到餐廳的人。基貝・哈爾登查爾站起來，護送著夫人開始移動。

「其實本該由韋菲利特大人護送羅潔梅茵大人……」

但因為我坐著騎獸，艾薇拉便讓韋菲利特走在我旁邊。我們兩人身後是夏綠蒂，再後面是由卡斯泰德護送著的艾薇拉。文官及侍從們依照身分排在後面，護衛騎士再圍繞在我們四周。例如我的右手邊是韋菲利特，左手邊則是安潔莉卡。

基貝・哈爾登查爾夫婦緩緩走下階梯。先前聽到舉行祈福儀式的地點不在大禮堂，而在廣場上時，我還十分驚訝。但是仔細回想起來，伊庫那的收穫祭也不是在貴族的宅邸裡，而是在廣場上基貝與平民一同慶祝，所以哈爾登查爾也是和平民一起舉辦慶春宴吧。

曾聽說地下是平民生活的地方，如同轉述可以看見雪白的走廊與間隔相等的一扇扇門扉，很像是貴族院的宿舍。除了雪白的牆壁看似在微微發光，基本上地下十分昏暗。

地下中心有面遼闊的廣場，平民們早已在此聚集。但除了聚集於此的平民以外，我找不出與至今在祈福儀式時去過的冬之館有任何共通點。廣場中央有個呈圓柱形高起的寬敞平臺，祭壇就設置在平臺中心，供奉著小聖杯與獻給神的祭品。

哈塞與伊庫那的收穫祭，都是在舞臺上擺設桌椅，能夠從臺上看著底下平民；但在哈爾登查爾，則是在可以清楚看見舞臺的前方擺設圓桌，並且圍成一個圓，哈爾登查爾的貴族們皆已就座。

在看似是舞臺正前方的位置上，有幾張桌子還沒有任何人入座。基貝・哈爾登查爾夫婦的座位沒有對著正面，而是往旁邊偏了一點，代表正面那邊是領主一族的位置吧。

「羅潔梅茵大人，請。」

基貝．哈爾登查爾為我拉開椅子的瞬間，我看見周遭人們臉上都閃過了難以掩飾的動搖。我不確定能不能直接坐下，先是看向卡斯泰德與艾薇拉，只見兩人輕輕搖頭。應該是叫我不要坐。

「基貝．哈爾登查爾，真是不好意思，能請您先為韋菲利特哥哥大人帶位嗎？我還要收拾騎獸。」

我委婉拒絕後，慢吞吞地走下小熊貓巴士。基貝．哈爾登查爾臉上的笑意稍微加深，隨即幫韋菲利特帶位，接著也請夏綠蒂入座。周遭的緊張氣氛倏地緩和下來。

「羅潔梅茵大人，這邊請。」

我收好騎獸後，基貝．哈爾登查爾再次為我拉開椅子。這次似乎沒有問題，我坐了下來。是專門為我準備、用坐墊調整過高度的座位。

坐好後，韋菲利特在我左手邊，再過去是夏綠蒂；右手邊則是基貝．哈爾登查爾，再過去是他的夫人。卡斯泰德與艾薇拉幾乎是坐在我的正對面。

其餘眾人的位置似乎也早就決定好了，文官與侍從們陸續就座；只有護衛騎士是站在主人身後待命。祈福儀式開始後，侍從也會開始工作。

嚙啷、嚙啷……第六鐘的鐘聲響起，宣告祈福儀式正式開始。本來還一直吵吵鬧鬧的平民們霎時安靜下來。

「神殿長，請您也上臺。」

說完，基貝．哈爾登查爾夫婦站起來，走向祭壇。我慌忙起身，跟在兩人身後。突然被叫上臺，我的大腦一片混亂。

……等一下，這我根本沒聽說喔。除了提交小聖杯以外，我沒聽說自己還得做什麼事情啊?!神官長，救命啊！法藍，快給我小抄！不——！

「這位便是艾倫菲斯特的聖女，無人不知、無人不曉的神殿長。她也是我妹妹艾薇拉的女兒，更是返回此地的我等同胞，歡迎她的到來！」

聽到基貝介紹我是哈爾登查爾出身的艾薇拉的女兒，又是開發了印刷業、為哈爾登查爾帶來商機的艾倫菲斯特聖女，居民無比熱情地表達了歡迎之意。看來即便是初次見面，只因為我是艾薇拉的女兒，哈爾登查爾的居民仍把我當作自己人看待。

基貝．哈爾登查爾接著抬起右手，往肩膀上方舉高。僅此而已，現場就靜默下來。他低沉又穩重的嗓音在安靜的廣場上迴盪。

「今日，貴為艾倫菲斯特聖女的神殿長，為哈爾登查爾帶來了春天。今年依舊幸得水之女神芙琉朵蕾妮的清澄水流庇佑，生命之神埃維里貝已然遠離，土之女神蓋朵莉希終將破縛而出。」

基貝．哈爾登查爾說話時，也轉動手臂示意祭壇上的小聖杯。他接著停頓了一會兒，緩慢環顧四周後，朗聲宣告：

「歌唱吧，向神傳達祈禱之聲！跳舞吧，向神傳達感謝之意！為融雪獻上祝福！」

廣場上的居民歡聲雷動。大概是一直等著漫長的冬季結束，歡呼聲中滿載著居民的喜悅，彷彿要迎面撲來，讓人深感震撼。就這樣，哈爾登查爾的祈福儀式開始了。

接下來聽說會獻上歌舞。由於小聖杯已經送到了，從明天開始，南邊的居民會回去

耕種田地，負責狩獵魔物的部族也要返回北方。對居民來說，祈福儀式既是慶賀春天到來的祭典，也是與暫時見不到的人們互相餞別的場合。

基貝只是把我介紹給居民，並沒有要我做什麼，我很快回到自己的位置上。隨後餐點端了上來，貴族們開始用餐。與此同時，平民吹笛打鼓、跳舞唱歌。

「等平民表演完，便換貴族獻上劍舞與歌曲。」

坐在旁邊的基貝．哈爾登查爾這麼為我說明。韋菲利特與夏綠蒂也說：「為了祈福儀式去各地的冬之館時，我們已經聽過類似的歌了。」

……咦？但我從來沒在祈福儀式上聽過什麼歌啊？

一開始我還感到納悶，但是認真回想以後才發現，我每次都是急著趕往下一個地方給予祝福，從來沒有從頭到尾參加過祈福儀式。原來我至今去過了那麼多地方，卻從來沒有真正地參加過祈福儀式。這個新事實讓我大受衝擊。

「韋菲利特大人與夏綠蒂大人，也會參加祈福儀式嗎？」

基貝．哈爾登查爾訝異地睜大雙眼。擁有土地的貴族在慶春宴結束後，馬上就會返回所屬土地，所以不太清楚韋菲利特與夏綠蒂後來的行蹤吧。韋菲利特用力點頭，一臉理所當然地開口說了：

「嗯，因為兄妹之間必須互相幫忙。只把事情都丟給羅潔梅茵一個人做，這樣子不應該吧？我們同樣都是領主的孩子。」

「是呀……唔，雖然要是沒有姊姊大人的魔力，我們現在都還幫不上什麼忙，但重點在於在自己的能力範圍內盡一份力。希望往後幫得上忙的事情越來越多。」

我的目標是不再借助姊姊大人的魔力，能夠靠自己給予祝福──夏綠蒂這麼說時，一雙藍眼晶晶發亮。

……怎麼辦？我的哥哥和妹妹太耀眼了。我卻滿腦子只想著看書，真的很對不起！但是，我八成無法克制自己，所以先在這裡向你們道歉了，原諒我吧！

「對羅潔梅茵大人來說，兩位是可敬的兄長與妹妹嗎？」

「那是當然，基貝．哈爾登查爾。在我沉睡的兩年期間，他們兩人都非常努力幫忙，成長也非常顯著，反而更能看出我的不足吧？」

聞言，基貝．哈爾登查爾往後靠在椅背上，環抱手臂陷入了沉思。

「創世諸神，吾等在此敬獻祈禱與感謝。」

熟悉的祈禱文傳入耳中，我於是看向舞臺上方。接下來要帶領部族前往北邊狩獵的哈爾登查爾騎士們，在舞臺上成排站開。

「請為這蒼茫的白色世界帶來終結。粉碎隔絕所有的堅實寒冰，讓吾等的土之女神重獲自由……」

……啊，我知道這首歌。

正確來說，是知道歌詞。這是曾為土之女神眷屬的女神們遭到生命之神放逐後，前去找水之女神求助時所詠唱的詩。眷屬女神把她們的力量獻給了光之女神與水之女神，祈求兩人能夠救出土之女神。

曲子本身雖是第一次聽到，但因為只是同樣的旋律不斷反覆，所以並不難。我差點不自覺跟著唱，但立即反應過來，想起自己不能唱聖典上的祝禱歌。因為有可能演變成莫名其妙的祝福。我按捺了下來，改為哼歌。基貝．哈爾登查爾注意到後，愉快地朝我傾身。

「這首是在哈爾登查爾流傳的歌曲，意思是喜迎春天的到來，狩獵即將開始。唱完這首歌後，男人們便會外出狩獵。」

「……哎呀？這不是祈求積雪融化，呼喚水之女神前來的歌曲嗎？」

我不由得歪過頭，基貝．哈爾登查爾一臉詫異地望著我。

「這首歌我從未在艾倫菲斯特的慶春宴上聽過，連在貴族院也一樣。我一直以為只有哈爾登查爾會唱這首歌……您竟然耳聞過嗎？」

「曲子本身我是第一次聽到，但在歷任神殿長傳下來的聖典中，記載著一樣的詩歌與圖畫喔。不過，神殿圖書室裡的其他聖典倒是完全沒有提過這首歌，想必是很古老的詩吧。根據聖典上的圖畫，這首歌其實是眷屬女神們唱的喔。在那種圓柱形的舞臺上。」

我說明完，不只基貝．哈爾登查爾，卡斯泰德與艾薇拉都眨了眨眼睛。現在圓柱形的舞臺上，放著小聖杯與給神的供品。

「羅潔梅茵大人，您願意一同唱這首歌嗎？艾倫菲斯特的聖女若願意獻上祈禱，感覺今年的春天將能提早到來。」

基貝．哈爾登查爾開口提議後，我吃驚地看向四周。周遭的貴族們都一臉興味盎然，似乎覺得很有趣，但要是當作宴會的餘興節目上去唱歌，結果飛出祝福那就糟了。

「但我在哈爾登查爾並沒有舉行儀式的打算……」

「噢？為祈福儀式送來小聖杯這件事本身，不正是儀式的一環嗎？」
「話雖如此……」
……怎麼辦?!神官長，救命啊！
我認真地考慮起要不要送去奧多南茲詢問時，艾薇拉幫忙開口說話了。
「哥哥大人，要羅潔梅茵大人上臺唱她今天首次聽到的歌曲，未免太強人所難了。您別勉強她，不如由哈爾登查爾的女性來唱這首歌吧？既然每次都是男性獻唱，今年女性也來獻唱一次吧。」
……不愧是母親大人！真是救了我一命！
幸虧艾薇拉幫忙解圍，我如釋重負。如果是由哈爾登查爾的女性上臺唱歌，和我們完全沒有關係吧。但我忘了，這裡是艾薇拉的老家。
「噢，難道相隔這麼多年，艾薇拉大人又要上臺唱歌了嗎？」
「既然要上臺，真希望也有機會聽聽艾薇拉大人的飛蘇平琴哪。」
看起來與波尼法狄斯差不多年紀，像是已經退休的哈爾登查爾貴族們，都看著艾薇拉露出高興的笑容。嫁給卡斯泰德以後，艾薇拉似乎很少回老家，老人們的嗓音中都透著濃濃的懷念。
「嗯，這真是好主意。艾薇拉，妳也上臺吧。妳還知道怎麼唱吧？」
基貝．哈爾登查爾也從我身上別開目光，看向艾薇拉，嘴角往上彎起，變作了哥哥捉弄妹妹時的表情。但是，當中也同樣流露出了懷念，與對妹妹的疼愛。
「真沒辦法，畢竟是我提出的建議。那就哈爾登查爾的女性一同獻唱吧。」

結果，事情發展成了女性要上圓柱形舞臺唱歌。由於每年男性都唱一樣的歌，聽說哈爾登查爾的女性們也記得歌詞，所有人都會唱。眼看臨時多了一個節目，突然要由女性們獻上歌曲，周遭人們開始歡騰鼓譟。最終艾薇拉抵擋不了人們的期待與懇求，決定拿著飛蘇平琴上臺。

「父親大人，都因為我的關係，母親大人她……」

這又不是艾薇拉的本意，怎麼辦……我看向卡斯泰德，卻發現他反而相當期待地看向站起來的艾薇拉。

「別擔心，艾薇拉的琴藝可厲害了。」

「……父親大人突然炫耀起自己的夫人嗎？」

枉費我這麼擔心！內心感到不滿的我，忍不住脫口吐槽。蘭普雷特聽了，忍俊不住地噗哧失笑。附近人們也都掩著嘴角，莞爾不語地溫柔注視卡斯泰德。

「哎呀，卡斯泰德大人，你是在炫耀嗎？」

艾薇拉的眼中飽含促狹，低頭看向卡斯泰德。他「唔」地倒吸口氣，左右看了看四周後，假咳了一聲。

「啊……羅潔梅茵，這種話要藏在心底，不可以說出來。知道嗎？」

「是。我會把父親大人經常都在稱讚母親大人這件事藏在心底。」

「羅潔梅茵大人，之後還請詳細說給我聽。」

才向卡斯泰德保證我會埋藏在心底，艾薇拉立刻希望我之後能告訴她。

……這下該怎麼辦呢？

卡斯泰德不作聲地對我施壓，暗示我「別多嘴」。與此同時，艾薇拉對基貝・哈爾登查爾微笑說道：「哥哥大人，請容我去拿一下飛蘇平琴。」對此，基貝・哈爾登查爾苦笑說道：「畢竟妳的房間最遠，快去快回吧。」然後目送艾薇拉離開。

……咦？明明有侍從在，母親大人為什麼要特地自己去拿呢？

我滿頭問號，觀賞著劍舞表演時，在身後服侍的莉瑟蕾塔再幫我倒了一杯甜茶，順便偷偷向我說明。原來艾薇拉的意思是「我需要練習，請給我一點時間」，基貝・哈爾登查爾回話的意思則是：「我會在祈福儀式最後再要求獻唱，快去吧。」

……這樣講話誰聽得懂啦！

我在心裡頭大聲吶喊，看著臺上仍在進行的劍舞表演。看著看著，我忽然想起了齊爾維斯特隱瞞真實身分，假扮成青衣神官與我一同前往祈福儀式那次，卡斯泰德也曾表演過劍舞。齊爾維斯特與卡斯泰德的劍舞不僅流麗，而且英氣勃勃。同時我也不由得心想，好想看安潔莉卡的劍舞喔。但當然，我沒有真的說出來。絕不能因為我的一時興起，擾亂哈爾登查爾的祈福儀式。

「讓各位久等了。」

艾薇拉讓侍從拿著飛蘇平琴，回到座位上時，劍舞已經表演完畢，奉獻舞也即將進入尾聲。她坐下後才歇口氣，奉獻舞便結束了。

依照往年的慣例，祈福儀式本會就此劃下句點，但今年不一樣。基貝・哈爾登查爾站起來，先是說了：「今年我們打算依循歷任神殿長傳承下來的古老聖典，純由女性獻唱。」接著介紹道：「並由我妹妹艾薇拉，上臺演奏飛蘇平琴。」

艾薇拉從侍從手中接過飛蘇平琴，走上舞臺。為了替我解圍，儘管臨時奉命上臺，艾薇拉依然表現得不慌不忙，實在太帥氣了。

由於往年的儀式從不需要上臺表演，所以哈爾登查爾的貴族女性聽到要她們上臺，一時之間也只是窺看彼此的反應，等著有人第一個起身。感覺得出就算想上臺，但地位高的人不先行動，其他人也不敢動。大概是察覺到了這樣的氣氛，基貝・哈爾登查爾夫人往上站起，呼喚鄰近座位的女性們一起上臺。

「艾薇拉大人都要為諸神彈奏飛蘇平琴了，我們也一同唱歌、祈禱吧。」

哈爾登查爾內身分最為高貴的女性有了動作後，其他貴族女性這才邀著彼此，一同走上舞臺。有的女性似乎是不擅長唱歌，決定加入彈奏的行列，正在命人準備樂器。

「羅潔梅茵大人，您也一起上去吧。」

基貝・哈爾登查爾夫人面帶嫻雅微笑，朝我伸出手來。但艾薇拉都已經代替我，要彈奏飛蘇平琴了，我應該不用上臺吧？我大吃一驚的同時，拚命思考該怎麼推辭。

「但我並不是哈爾登查爾的貴族……」

「哎呀，您是艾薇拉大人的女兒，自然也算是我們的人。再者，貴為神殿長的羅潔梅茵大人若願意與我們一同慶賀春天到來，定能鼓舞居民，前往狩獵更是英勇無畏。」

「但我擔心會莫名其妙飛出祝福」這種話，我實在說不出口。感覺對方會這麼回我：「那還請您務必賜予哈爾登查爾祝福。」究竟該怎麼婉拒，對方才會死心呢？社交能力不足的我完全想不出答案，只好朝卡斯泰德投去求助的眼神。卡斯泰德察覺到後，莫可奈何地輕輕聳肩。

「這種儀式與宴會，最重視的就是團結和參與感。雖然羅潔梅茵不知道這首歌該怎麼唱，本不應該參加，但若只是以神殿長的身分站在舞臺上，應該不成問題吧？」

呃……意思是要我看在基貝的面子上，什麼也不做站在臺上就好嗎？

這種時候，確實是該為基貝．哈爾登查爾留點面子。在熱鬧氣氛的驅使下，我只好與基貝．哈爾登查爾夫人還有安潔莉卡，一同走上舞臺。

「羅潔梅茵大人……」

看見我與基貝．哈爾登查爾夫人一同上臺，艾薇拉瞠大眼睛。也難怪她有這樣的反應，剛才的解圍都白費了。不過，要抱怨請去找卡斯泰德。

「我只是以神殿長的身分，與大家一起獻上祈禱而已。雖然我也希望能與哈爾登查爾的居民有團結一心的感覺，但畢竟我不會唱這首歌。」

聞言，艾薇拉無奈地輕嘆口氣。

基貝．哈爾登查爾夫人參考男性們唱歌時的站位，向女性們下達指示。大家各自在臺上散開，然後就地跪下來。

「羅潔梅茵大人，這邊請。」

我依著指示，站到小聖杯的正前方。由於負責唱歌的女性包圍住了我，我就算對嘴也完全沒問題，總之是個襯托神殿長的好位置。雖然被成年女性圍住後，臺下人們根本看不到我，但身為領主養女的我能以神殿長的身分一同參加，想必是有意義的吧。

我也和大家一樣，輕輕跪下來，掌心貼在地板上。

「創世諸神，吾等在此敬獻祈禱與感謝。」

說完這句祈禱文，拿著樂器的女性們最先緩緩抬頭，然後往上站起。她們以艾薇拉為中心，在舞臺邊緣站成一排。

「鐙」的一聲，艾薇拉的飛蘇平琴響起澄亮高音，開始演奏起前奏。緊接著好幾個人也彈起飛蘇平琴，笛聲隨後加入。負責唱歌的女性們配合著前奏，仰起頭來慢慢起身。她們則是以基貝．哈爾登查爾夫人為中心。

「請為這蒼茫的白色世界帶來終結。粉碎隔絕所有的堅實寒冰，讓吾等的土之女神重獲自由……」

……糟糕！大家開始唱歌了。

哈爾登查爾的貴族女性們似乎因為熟知這首歌曲，事前完全不需要商量，但我根本不了解這首歌，就這麼錯過了站起來的時機。

我繼續跪著，拚命地動腦思索，自己應該什麼時候站起來。要是這時起立，一定會明顯非常突兀。什麼事也不用做的我，根本不曉得自己到底該在什麼時候起身。反正現在看來也像是在祈禱，還是靜靜跪著比較好吧。我保持跪著的姿勢，聽著艾薇拉的琴聲與眾人的歌聲。

「現在，獻上大家的祈禱吧。」

唱完了歌，基貝．哈爾登查爾夫人揚聲如此宣告。這是要向神獻上祈禱的固定臺詞。

……就是現在！

我終於抓到起身的時機，急忙站起來，連半拍也沒落後地跟上了眾人舉起雙手、獻上祈禱的動作。

「祈禱獻予諸神！」

瞬間，我感覺到了體內的魔力被往外吸出。大概是原先就畫在舞臺上頭，一道巨大的魔法陣發出綠光往上浮起。

「這是……？」

所有人都吃驚得瞪圓雙眼，微微張著嘴巴，注視發光的魔法陣。同時魔法陣也緩慢上升，還超過一般成人的身高，持續上升到兩公尺左右的高度。

我仰頭愣愣看著，魔法陣倏地靜止不動。嗯？我正感到疑惑，下一秒魔法陣咻地被吸進小聖杯裡頭，緊接著從中竄起了一道筆直的綠色光柱。

下個瞬間，周遭和我一樣茫然看著魔法陣的女性當中，忽然有好幾個人無力倒下。眼看好幾個人毫無預警地失去意識，我嚇得倒抽口氣。

「呀啊！」

「這是怎麼回事?!」

現場驚叫聲四起，但艾薇拉與基貝・哈爾登查爾夫人倒是安然無恙，來回察看著四周。除了暈倒的女性之外，也有一些人是臉色慘白地癱坐在地上，祈福儀式突然間籠罩在一片尖叫聲中。

「羅潔梅茵大人，您的身體有無不適?!」

安潔莉卡把手按在斯汀略克上，警戒著四周向我問道。「我沒事，放心吧。」我一邊回答，一邊也和安潔莉卡一樣左右環顧。只見騎士們正臉色大變地衝上來。距離最近的卡斯泰德速度最快。他大概是不想花時間繞到階梯去，直接跳上舞臺，首先往我跑來。

「羅潔梅茵，妳沒事吧?!」

「我沒事，沒有任何問題。」

「我猜原因應該是那個魔法陣，妳知道是怎麼一回事嗎？」

我搖了搖頭。雖然我也認為周遭女性會暈倒是因為那個魔法陣，但不清楚其中的緣由。卡斯泰德從頭到腳把我打量一遍，確認我真的沒有問題後，看向朝我們走來的艾薇拉。

「艾薇拉，妳沒事吧？」

「我一切安好，但對下級貴族來說，負擔想必太大了吧。她們應該是被剛才的魔法陣奪走了所有魔力，請立即讓她們喝下回復藥水。」

聽見艾薇拉這麼說，身上經常帶著回復藥水的騎士團連忙取下腰間上的藥水，讓失去意識的女性們喝下。至於還有意識，自己也有藥水的人，也馬上喝起自己的回復藥水。據艾薇拉說，暈倒的都是下級貴族，臉色蒼白的則是中級貴族女性。

「羅潔梅茵大人，這裡就交給哈爾登查爾的人處理，請您趕快回房吧。哥哥大人，我帶羅潔梅茵大人他們回房間。」

艾薇拉不愧是基貝．哈爾登查爾的妹妹。她交由基貝夫婦收拾殘局，自己則主動攬下送領主孩子三人回房的工作。她再叫來卡斯泰德與兩名騎士擔任護衛，走向為我們安排的客房。

「羅潔梅茵，妳真的沒事嗎？」

「姊姊大人，您還好嗎？」

「我沒事。好像是魔法陣出現以後，吸走了一些魔力。」

我這麼安撫了擔心我的韋菲利特與夏綠蒂，走回自己的客房。等著莉瑟蕾塔開門的時候，我仰頭看向艾薇拉。

「我接下來會待在房裡休息，但艾薇拉還要去幫基貝．哈爾登查爾的忙嗎？」

「是啊，因為這種情況還是頭一次發生。我想儘可能為哥哥大人提供幫助。」

「艾薇拉，如果妳要去協助基貝．哈爾登查爾，記得先喝藥喔……因為母親大人剛才也被魔法陣吸走了魔力。」

「感謝您的關心，請好好歇息吧。」艾薇拉微笑說完，接著走向夏綠蒂的客房。她的背影讓我聯想到了總是說著「沒問題」，一再勉強自己的斐迪南，不由得伸手揪住卡斯泰德的披風。

「父親大人，請您一定要讓母親大人喝下回復藥水。」

「我知道。艾薇拉打從以前就是這樣，老是最後才想到自己。妳別擔心。」

卡斯泰德一口答應，輕拍了拍我的頭，所以我也放心把這件事交給他。

回到房間，洗完了澡，作好就寢準備後上床。見我躺好，莉瑟蕾塔的目光投向還放在桌上的斐迪南牌好心藥水。

「……羅潔梅茵大人，您不喝藥水嗎？」

「被吸走的魔力不多，還不需要喝斐迪南大人準備的藥水。雖然我現在累得一點體力也沒有，魔力倒是很充足呢。」

躺在被窩裡頭，意識逐漸迷濛之際，屋外開始傳來「轟隆轟隆」的不祥聲響。我在朦朧的意識中聽見了打雷的聲音。

……啊，打雷了。

我在半睡半醒間這麼想著，但這樣的狀態只持續了幾秒鐘。雷電旋即變得兇猛，彷彿可以劈開遮雨板的駭人巨響撼動夜空。閃電的雷光還從遮雨板縫隙間透進來，在布幔上投下令人毛骨悚然的光舞，頃刻間我的睡意全消。

「呀嗚！」

……等、好可怕！太可怕了吧！雷光好亮，聲音好大！

我把頭鑽進棉被裡，但還是可以聽見打雷聲。緊接著，我突然聽見布幔「啪沙」一聲被掀開，不禁嚇得大喊：「肚臍要被雷公偷走了！」還用雙手遮住肚臍。

「那個，羅潔梅茵大人，您還好嗎？」

「呀啊?!莉瑟蕾塔？我、我我我、我沒事喔。」

掀開布幔走進來的不是雷公，原來是莉瑟蕾塔與安潔莉卡。我安心地吁了口氣，但也因為從棉被裡頭露出臉來，雷聲與閃電感覺又變近了，讓我害怕得想哭。

「……羅潔梅茵大人，其實我很怕打雷，您介意我在旁邊待一會兒嗎？」

「當然不介意！莉瑟蕾塔，妳可以進來和我一起睡喔！有人陪就不會害怕了！」來吧，別客氣。快上來！我立刻掀開棉被，但莉瑟蕾塔與安潔莉卡終究不可能陪我一起睡覺。不過，莉瑟蕾塔往枕邊坐下來，和我手牽著手。

「在我小時候，母親大人經常像這樣陪在我身邊。」

「莉瑟蕾塔，我從不記得母親大人對我做過這樣的事情……」

安潔莉卡露出五味雜陳的表情，低頭看著與我牽手的莉瑟蕾塔，低聲嘀咕說：「我都沒有。」莉瑟蕾塔輕笑起來，轉頭看向安潔莉卡。

「因為就算打雷，姊姊大人也完全不受影響，睡得很熟吧？所以是姊姊大人睡著以後的事情喔。」

「我完全沒發現。」

有兩人的陪伴，雷鳴終於逐漸遠去，睡著時已經很晚了。也因為這樣，隔天早上我遲遲起不來，說了聲自己想睡到快吃早餐的時候再起床，繼續用棉被裹住自己。

「羅潔梅茵大人，不好了，請您馬上更衣。基貝．哈爾登查爾有急事找您。」

剛才似乎有使者前來，我在聽見開門聲後，過不久莉瑟蕾塔猛然掀開布幔走進來。

「發生什麼事了嗎？」

「聽說是春天降臨哈爾登查爾了。」

「……因為祈福儀式結束了嘛。」

在艾倫菲斯特的貴族區，慶春宴結束之後，春天就算正式開始。但是在平民區，大家都認為冬季的成年禮結束後才算春天；至於在屬於直轄地的農村以及哈爾登查爾，則認為祈福儀式過後才算春天。

現在哈爾登查爾已經舉行完祈福儀式，就算還有白雪殘留，也算進入春天了，沒有什麼好大驚小怪。我慢吞吞地坐起來，這麼回答後，莉瑟蕾塔只是左右搖頭。

「並不是這個意思。聽說積雪在一個晚上就全部融化了。」

「咦?!」

換好衣服，我趕往基貝指定的地點。眼下所在是哈爾登查爾城堡中最高的塔樓，在這裡能夠俯瞰四面八方。現場不只基貝夫婦，哈爾登查爾的要員、卡斯泰德、艾薇拉與騎士團的騎士們都來了。所有人皆一臉茫然地望著眼前的景象。

昨天抵達哈爾登查爾的時候，積雪還相當厚。雲層也非常厚重，陽光幾乎透不下來，往北看去甚至還是白茫茫一片。然而此刻，那些積雪已經悉數消失。新葉的嫩綠與花兒的繽紛色彩遍布在城堡四周。還可以看見盛開的黃色與白色花朵，原本覆蓋著白雪的北方如今也露出了紅色岩表，看得見灌木與草地的綠意。撫過臉頰的風雖然還有點冷，但跟還有積雪的昨天比起來根本不算什麼。陽光也和煦溫暖，氣候宜人。

「嗚哇，景色真美，好有春天的氣息喔。想必這是春之女神們努力後的成果吧。」

「羅潔梅茵大人，這在哈爾登查爾不是春天，而是初夏時的光景。」

基貝．哈爾登查爾說完，指向碧藍天空。

「昨晚的雷電，是雷之女神妃亞唐蓮娜所降下，告知春天已然降臨。往年在哈爾登查爾，都是在積雪即將徹底消融之時才會響起。」

雖說雷之女神屬於春之女神，但看來在積雪總是長久不化的哈爾登查爾，祂所降下的雷電，反倒是代表著春天就要結束，短暫的夏天即將到來。

「昨夜雷電交加時，我還心想這個季節居然會打雷，實在反常，不料居然變成了這副模樣……」

基貝・哈爾登查爾一臉費解地皺眉。我站在他旁邊俯瞰四周，發現居民們正接二連三地離開城堡，奔向滿是新綠的草原，各自往不同的方向遠去。

「有好多人看起來都是急急忙忙出城，這樣子沒問題嗎？」

「我們確實是手忙腳亂。因為這種情況還是破天荒頭一遭……」

他說為了儘可能增加收穫量，南邊的居民都急著趕回農村耕種田地；北邊的居民則是因為在這種天氣下，完全預測不了魔獸會在何時出現、數量又會是多少，所以必須馬上趕往獵場。季節突如其來的變化，讓哈爾登查爾陷入了前所未有的大混亂。

「原因果然出在那個魔法陣嗎？」

「除此之外，與往年沒有任何不同的地方，肯定錯不了。」

「那麼祈福儀式原本的目的，說不定就是要像昨天那樣獻上魔力、向神祈禱，召喚春天降臨呢。真不愧是女神。」

我一邊說著，一邊心想：在這裡神的力量還真驚人。基貝・哈爾登查爾瞪大雙眼，定定注視著我。

「羅潔梅茵大人……」

「今後也以同樣的方式舉行儀式，應該就能讓春天提早降臨吧？」

那個魔法陣原本就畫在舞臺上了。雖然需要大量的魔力，但只要善加利用，應該每年都能達到相同的效果。

「積雪能夠徹底消融固然令人欣喜，但依昨晚的情形來看，會對女性造成太大的負擔。我們竟然完全派不上用場，實在教人不甘心。」

「在神殿舉行奉獻儀式的時候，魔力較少的青衣神官，都是拿著裝有我魔力的魔石進行奉獻喔。既然如此，這裡的男士應該也不至於完全幫不上忙吧……」

男性可以先把魔力灌注在魔石裡，再交給下級貴族女性如何？我這麼提議後，周遭眾人好像從沒想過可以用這種方法把魔力讓給他人，不約而同往我看來。

「想不到在神殿竟是採用這種方式……我們會再好好商議。」

基貝．哈爾登查爾說道。這時，察看著四周的卡斯泰德忽然瞇起雙眼，指向遠處。

「基貝．哈爾登查爾，那是什麼？」

我也利用身體強化提升視力，凝視卡斯泰德指著的方向，很快在遠處看見了閃耀著金色光輝的樹木。

「那棵樹的顏色好神奇喔。是魔樹嗎？」

「是的。那種魔樹名為柏靈琉斯，在哈爾登查爾是非常貴重的甜食原料。原本禁止送給哈爾登查爾居民以外的人，但羅潔梅茵大人為哈爾登查爾帶來了真正的春天，獻給您，想必沒有半個居民會反對吧。您若不嫌棄，要不要帶些回去呢？柏靈琉斯之實也能用來製作回復藥水，還是種魔力容量極多，珍貴且昂貴的原料。」

聽說使用柏靈琉斯之葉，能夠沖泡出哈爾登查爾特有的甜茶。我開心得用力點頭。

「基貝．哈爾登查爾，太感謝您了。」

「此時騎士團也在，相信可以平安地進行採集吧。」

哈爾登查爾的居民全都手忙腳亂地離開了城堡，但我們必須再停留幾天時間，等普朗坦商會辦完事情才能回去。這段期間，基貝．哈爾登查爾似乎藉著要為我採集柏靈琉斯之實的名義，帶著騎士團前往哈爾登查爾各地，到處討伐魔獸。

基貝．哈爾登查爾使喚人的技巧實在高明……回程之際，卡斯泰德曾這麼嘀咕說道。聽說他使喚人的方式與艾薇拉如出一轍，卡斯泰德在反應過來的時候，已經被使喚做了不少事情。果不其然是艾薇拉的親哥哥。

「這便是柏靈琉斯之實。」

韋菲利特、夏綠蒂與我，各收下了兩顆散發著神奇光芒的金色果實後，隨即啟程離開哈爾登查爾。

約翰與薩克臉上都帶著爽朗的笑容，握手與當地的鍛造工匠們不捨道別。普朗坦商會的兩人也因為提早辦完了重新簽約的手續，看來非常放鬆。

駕駛著小熊貓巴士，返回艾倫菲斯特的半路上，我發現小聖杯給予祝福的範圍就只有哈爾登查爾而已，吃驚得瞪大眼睛。因為從空中往下俯瞰，邊界清晰可辨。如今哈爾登查爾一片春意盎然，但在其南邊的土地卻還能看見殘雪遍布的森林。

「……好不可思議的景象喔。」

「我倒覺得能夠帶來這種景象，沒有任何事物比羅潔梅茵大人還要不可思議。」

坐在副駕駛座的安潔莉卡這麼說完，坐在後座的古騰堡夥伴們一致贊同。

因特維庫命

包括菲里妮與莉瑟蕾塔在內的其他貴族都回到了城堡，唯獨安潔莉卡還坐在小熊貓巴士裡，我載著她直接返回神殿。因為總不能把古騰堡夥伴們帶回城堡。

一在神殿的正門玄關降落，只見普朗坦商會已經派了馬車來迎接。讓古騰堡夥伴們下了騎獸，我轉身與班諾相對。

「等古騰堡們下次要前往的地方決定好了，我再聯絡各位。」

「託羅潔梅茵大人的福，這次的工作非常順利地結束了。靜候您的通知。」

似乎是跟去年相比，今年移動的天數與花在工作上的時間都大幅減少，班諾臉上的笑容十分滿足。薩克與約翰和哈爾登查爾的工匠們認真溝通過後，多半也有不少收穫，看來都心滿意足。

「下一次出發前，我會好好練習該怎麼說明，讓工匠們能看懂設計圖。」

「我也會多幫點忙，讓約翰和當地的工匠可以順利溝通。」

看著古騰堡夥伴們離開，我往神殿的方向轉過身，發現法藍和其他侍從都出來迎接了，還有斐迪南正按著太陽穴。

「羅潔梅茵大人，歡迎您的歸來。」

「我回來了。」

「……羅潔梅茵，妳總算回來了。妳應該有事情要向我報告吧？儘管基貝・哈爾登查爾、艾薇拉與卡斯泰德都寄了奧多南茲給我，奇怪的是，身為當事人的妳卻毫無音信。」

斐迪南目光兇惡地瞪來，我「唔」地倒吸口氣。在我看來，我不過是告訴對方「這跟聖典上的記載有點出入呢」，後來照著聖典上的記載舉行儀式後，春天便在女神們的努力下提早降臨，事情就只是這樣而已。但是現在看來，身邊的人似乎都與我有不同的見解，還認為這件事必須用奧多南茲向斐迪南報告。

「等我更衣完，再請神官長過來神殿長室。」

「是啊。畢竟這件事與神殿長持有的聖典有關，去妳房間比較妥當吧。」

斐迪南說完，轉身離開。交由薩姆與法藍收拾行李後，我和莫妮卡一同走回神殿長室，換上神殿長服。安潔莉卡朝達穆爾送去奧多南茲，請他前來神殿執行護衛任務。

吩咐妮可拉準備茶點以後，我咳聲嘆氣，垮下肩膀。

「雖然內心千百個不願意，但請叫神官長過來吧。」

「遵命。」

薩姆前去呼喚斐迪南，法藍幫忙準備好了歷任神殿長傳下來的聖典及其鑰匙。我打開裝幀華麗的偌大聖典，翻到造成此次問題的頁面。

「好了，羅潔梅茵。我洗耳恭聽。」

「可是，我也不知道該怎麼說明啊。聽說哈爾登查爾的祈福儀式都是由男性獻唱這首歌，我只是告訴對方，根據聖典上的記載，原本是由土之女神的眷屬女神們獻唱。」

我展示聖典上的內容，為自己辯解。決定讓女性們上臺唱歌的是基貝．哈爾登查爾，叫我上臺的是卡斯泰德，為哈爾登查爾帶來春天的則是女神。這次我什麼也沒做。

「原來聖典當中還有這樣的記述嗎？只有神殿長聖典上的記述與其他聖典不同，這我還是頭一次聽說。」

「神官長，你沒看過這本聖典嗎？但我第一次來神殿的時候，記得是神官長朗讀了聖典給我聽……」

「那是因為有前任神殿長的許可，他要我唸給妳聽，我也只唸了開頭的部分而已。除非得到許可，否則神殿長以外的人不可閱覽聖典內容。」

斐迪南說明，歷任神殿長傳承下來的聖典其實是種魔導具，裝幀上的寶石並非裝飾，而是用以保護聖典的魔石。他說那些魔石，與歷任神殿長負責保管的鑰匙是成對的。我們首次見面時，他拿著聖典也只為我朗讀了最一開頭的部分而已，但當中並沒出現過異於其他聖典的敘述。

「聖典在抄寫的過程中，經常會把古老的措辭改寫得比較口語，或是把沒在使用的單字轉換成當下可以理解的詞彙；也可能因為政治上的壓迫，必須稍微改寫，總之內容有所出入其實很常見喔。如果不仔細比對，會很難發現。」

「也就是說，妳仔細比對過了吧？」

「……是啊。因為舊聖典與新聖典的頁數明顯不同，我比對過有哪些地方不一樣。」

歷任神殿長傳下來的聖典又大又厚。而圖書室裡的聖典就算撇開寶石裝飾不說，本體的厚度也不一樣，內容還會隨著年代變遷而有所增減。

「因為青衣巫女時期，一直很難得到更多新書，我才用來打發時間。順便再補充說一下，我還調查過了可能是前任神殿長的人寫在聖典上的祈禱文。」

「寫在聖典上的祈禱文？」

「就是為了在舉行儀式時不用死背，先把祈禱文寫在聖典上。我檢查過了一遍，發現比對過後有出入的頁面上，補充文字也會比較多。」

「……把妳比對過後的結果交給我。依我對妳的了解，應該留下了筆記或紀錄吧？」

斐迪南完全摸透了我的行為模式，雖然有點不甘心，但確實被他說中了。我把注意到的一些事情抄寫下來，留有紀錄。

「神官長，你不自己研究聖典嗎？如果需要我的許可，可以儘管說……」

「……等我有時間再說。現在因為某人的關係，該研究的事情就已經多得數不清。」

斐迪南瞪了我一眼，但我決定裝傻。明明只要了解當下所需的資訊，其他事情都可以先忽略，凡事總是深思熟慮的人還真辛苦。

「這回妳的發現，也許能夠幫助到艾倫菲斯特。如果能在祈福儀式時就讓春天提早到來，想必許多土地都會對此感激涕零。」

整個艾倫菲斯特冬季都十分漫長，天候嚴寒且積雪深厚。如果能在祈福儀式時讓春天提早降臨，對農民與徵稅的貴族來說，似乎都是好消息。

「是啊，基貝．哈爾登查爾也非常高興喔。他還說因為我讓春天提早到來，送給了我柏靈琉斯之實當禮物。」

「柏靈琉斯之實？那可是非常罕見的原料。」

斐迪南瞪大眼睛。據說因為土地屬性的關係，這種魔樹非常少見。

「基貝．哈爾登查爾也這麼說過。他送了我兩顆果實，一顆給神官長吧？」

我從帶回來的行李裡頭拿出金色果實，斐迪南卻用非常可疑的眼神，交互看著我與柏靈琉斯之實。

「……妳有何企圖？」

「因為這好像是可以做回復藥水的高級原料，我只是在想能不能用來改良藥水。」

「之後因為要施展因特維庫俞，必須先把魔力儲存在基礎魔法中，齊爾維斯特他們也需要回復藥水吧。既然妳要送我，我就不客氣了。」

我希望神官長能把藥水再做得好心一點——這句話雖然沒說出口，但斐迪南顯然聽懂了我的弦外之音，答應會用柏靈琉斯之實改良回復藥水。因為他說領主一族接下來每天都要喝藥，為基礎魔法灌注魔力。

「等藥水改良完畢，我們即刻前往城堡。在那之前，妳也儘可能往魔石多存點魔力。」

我接過斐迪南遞來的空魔石與回復藥水，在他改良完藥水之前，必須辛勤地儲存魔力。

……老實說，這比奉獻儀式和祈福儀式還累人！

斐迪南似乎僅花數天就改良好了魔水。他走出工坊，對我說道：「回城堡吧。」改良過的藥水由我的小熊貓巴士負責運送，另外還有裝著大量魔石的袋子。

一抵達城堡，諾伯特立即帶著我們前往領主辦公室，大家一起商量因特維庫命計畫的相關事宜。

「妳儲存好的魔力量比我預期還多。照這樣看來，只要再花兩天的時間儲存魔力，應該就能施展因特維庫命了。」

齊爾維斯特看了我帶來的、注滿魔力的魔石後，如此表示。孩子們前往領內各地舉行祈福儀式的時候，聽說領主夫婦也都喝了斐迪南製作的超級難喝藥水，一邊強行恢復一邊儲存了不少魔力。

「如果施展因特維庫命的日期確定了，還請提前通知平民區一聲。我之前已經拜託過了，只要通知各門士兵與商業公會，他們會負責轉告平民。但我想可能還是需要一點時間，才能讓消息都傳進每個人耳中吧。」

「嗯。那麼，執行日期就訂在三天後的第五鐘吧。卡斯泰德，麻煩你通知士兵。艾薇拉，妳負責聯絡商業公會。」

「遵命。」

緊接著，我們轉移陣地前往供給室，為基礎魔法灌注魔力。大家各自帶著自己的杯子進入供給室，以便稍後要喝回復藥水。

供給室內，巨大的魔石飄在空中，魔法陣猶如天球儀般旋轉著綻放光芒，整個畫面如夢似幻。我看見斐迪南把水壺放在房間的角落，準備好了自己的杯子。裝在皮袋裡的魔石也放在地上，韋菲利特與夏綠蒂預計使用魔石供給魔力。

「首先，由韋菲利特與夏綠蒂供給魔力，接著是斐迪南與羅潔梅茵，最後再由我、芙蘿洛翠亞與波尼法狄斯三人合力。」

一群人基於相同的目的聚集在一起時，若一邊獻上祈禱一邊釋出魔力，魔力會在加乘下更容易釋出。但也因為這樣，當魔力量有差距時，魔力較少的人有可能會不小心釋出過多魔力，導致生命危險。聽說若只是一天一次配合魔力較少的人供給魔力，還不需要分組進行，但這次因為要儘可能多灌注魔力，還是分組進行比較有效率。

「創世諸神，吾等在此敬獻祈禱與感謝。」

韋菲利特與夏綠蒂拿著注滿我魔力的魔石，跪在圓陣上，獻上祈禱。在我沉睡的那兩年，兩人也會使用魔石在領主會議期間供給魔力，所以灌注起魔力的動作已經變得相當熟練。

兩人的身體逸出些許魔力，如同蒸氣般在半空中徐徐飄盪。站在牆邊的我，還是第一次在現場看著他人獻上祈禱。韋菲利特逸出的魔力呈淡綠色，夏綠蒂則是淡紅色。那他們在為魔石染色時，也會出現一樣的顏色嗎？這麼說來，我記得路茲和家人都說過，我的魔力在失控的時候，身體會飄出黃色蒸氣。

「先到這裡為止吧。」

夏綠蒂出聲說道，兩人都放開手中的魔石。夏綠蒂慢慢地站起來後走到牆邊，肩膀上下起伏，呼吸相當急促。倒是韋菲利特還顯得有些游刃有餘。

「你們兩人，都拿起杯子吧。」

斐迪南拿起水壺說道。現在得喝下回復藥水，讓魔力恢復。大概是祈福儀式時都喝過了，兩人臉色僵硬地遞出自己的杯子，讓斐迪南為他們倒藥水。韋菲利特用力嚥了嚥口水後，下了殊死的決心般大口喝下。

「……這次的藥水好甜喔，再怎麼喝也不覺得苦。」

「因為用柏靈琉斯之實改良過了。記得感謝提供了這項珍貴原料的羅潔梅茵。」

「羅潔梅茵，妳太厲害了！叔父大人，我的柏靈琉斯之實也送給您，請您以後繼續製作甜甜的藥水吧。」

看來現在的藥水真的好喝多了，韋菲利特笑容燦爛地一口喝光。夏綠蒂喝了一口後也睜圓雙眼，一連喝了好幾口。

「有這種藥水可以喝，能夠繼續努力供給魔力了呢。」

看見兩人都很開心藥水的味道改良了，齊爾維斯特與芙蘿洛翠亞也面露微笑。對於先前都得喝超級難喝藥水，再灌注魔力的兩人而言，藥水變甜似乎也是好消息。

「羅潔梅茵，走吧。」

「是。」

接著換我與斐迪南一起供給魔力，結束後我也喝了改良版回復藥水。其實就和麗乃那時候的兒童糖漿一樣，甜味中多少還帶有藥水的苦味，但跟之前讓人想滿地打滾的苦味和難喝程度比起來，現在的藥水要一口氣喝完也沒問題。

……柏靈琉斯之實真是太神奇了！基貝．哈爾登查爾，謝謝你！

在我喝藥的時候，輪到齊爾維斯特、芙蘿洛翠亞與波尼法狄斯上前供給魔力。

就這樣，我們分成三組輪流注入魔力。到了第三輪，供給完魔力時，我已經開始感到頭暈目眩，連站也站不起來，只能按著頭癱坐在地。斐迪南朝我遞來杯子。

「考慮到妳的體力，我想妳也差不多到極限了。今天先到此為止吧。」

我喝著藥水點點頭。姑且不論魔力，但我的體力已經無法負荷。操控魔石的韋菲利特與夏綠蒂，看起來還比我有精神。

「斐迪南，羅潔梅茵沒事吧？」

「喝過藥水再休息就沒事了，波尼法狄斯大人。」

儘管斐迪南說了不會有事，波尼法狄斯還是一臉憂心忡忡地低頭看著我。斐迪南看了看我，再看向波尼法狄斯。來回看了幾次後，他拿走我手中的空杯子放在地上，接著冷不防將我橫抱起來，向馬上橫眉豎目的波尼法狄斯展示自己的動作。

「波尼法狄斯大人，請把手臂像我這樣彎起來。我把羅潔梅茵交給您。」

「什麼?!……這、這樣嗎？」

波尼法狄斯眼神認真地觀察起斐迪南的手臂，做出一模一樣的動作。緊接著，斐迪南十分隨便地把我放在波尼法狄斯的手臂上。身體底下的手臂震了一下。

「波尼法狄斯大人，請您小心維持這個姿勢，先離開供給室吧。我還有不少東西要收拾帶回去，所以羅潔梅茵就交給您了。出去以後，交給黎希達即可。」

「嗯、嗯，我知道了。我會萬分小心。羅潔梅茵，走吧。」

波尼法狄斯動作僵硬地邁出一步又一步，我則是點點頭，心裡卻很擔心被摔下來。

……祖、祖父大人，不會有問題吧？

走出供給室後，各自的近侍都候在門外。看見波尼法狄斯抱著我走出來，眾人無不吃驚地瞠大了眼。

「波尼法狄斯大人?!」

「羅潔梅茵大人?!」

黎希達氣勢洶洶地推開所有人衝過來，波尼法狄斯把我交給她。黎希達抱起我後，波尼法狄斯這才露出了彷彿完成創舉的得意笑容，吐出大氣。

「黎希達，羅潔梅茵的身體不太舒服。斐迪南說她已經喝過藥了，今天就回房好好休息。接下來拜託妳了。」

在被交付給黎希達前我還心驚膽顫，但幸好我沒有被摔下來，也沒被丟出去。

「祖父大人，謝謝您。」

「唔？嗯，妳好好休息。」

波尼法狄斯「呵」地揚起笑容後，接著假咳一聲，擺出嚴肅的表情，再度進入供給室。黎希達則抱著我，一路直奔向我的寢室。

這天就是要施展因特維庫命的日子。儲存的魔力似乎已經足夠，齊爾維斯特在午餐席間宣布，將照原訂計畫在第五鐘執行。

藉著藥水與休息，讓魔力與體力徹底回復後，我在第五鐘之前來到領主辦公室。

「羅潔梅茵，士兵與商業公會似乎都已確實收到通知。幾名騎士騎著騎獸前往平民區察看後，發現一過第四鐘，路上不見半個人影，連家家戶戶也關緊了門窗。」

卡斯泰德報告了他派人去察看平民區的結果，接著在只有擁有領主血緣的上級貴族才能進入的辦公室裡，在黎希達的目送下，芙蘿洛翠亞、波尼法狄斯、斐迪南、韋菲利特、夏綠蒂與我，一同走進供給室。

齊爾維斯特身為領主，似乎是獨自一人前往基礎魔法所在的地方，預計在那裡施展因特維庫侖。至於身為領主一族的我們，要在因特維庫侖施展過後，負責為幾乎空空如也的基礎魔法重新灌注魔力。

「各位準備好了嗎？」

我們都跪在魔法陣上等候，不久芙蘿洛翠亞腰間上的鈴鐺，發出了可愛的「鈴鈴」聲響。這代表齊爾維斯特已經準備完畢。

「創世諸神，吾等在此敬獻祈禱與感謝。」

芙蘿洛翠亞唸出祈禱文後，我們也跟著獻上祈禱。多半是基礎魔法中幾乎沒有魔力了，感覺得出魔力以極快的速度被吸走。

「到此為止！」

夏綠蒂近乎悲鳴地發出大喊，大家立刻同時停止供給魔力。接下來好像只要再慢慢灌注魔力就好。

走出供給室後，看來筋疲力盡的齊爾維斯特也接著出現。

「感謝各位的協助，因特維庫侖成功結束了。往後，就看平民區居民的表現了。」

「放心吧。大家一定會乖乖保持環境的整潔。」

今天我的魔力與體力都還很充分。
「養父大人，我想去看看平民區變成什麼樣子了。」
「……嗯。騎士團也預計前往大門，通知士兵魔法已經施展完畢，妳跟著他們一起去，剛好也足夠當妳的護衛吧。」
齊爾維斯特喝著斐迪南的藥水，允許了我與騎士團一同外出。
「有副團長留在這裡就夠了。卡斯泰德，麻煩你去巡視與保護羅潔梅茵。」
「遵命。」
帶著達穆爾、安潔莉卡與十名左右的騎士，我立即前往平民區。因為擔心我一個人出去，不知道會不會惹出什麼麻煩，斐迪南也一起來了。
往平民區俯瞰，可見家家戶戶都關緊了門窗，路上一個行人也沒有，但看不出來街道有變乾淨的樣子。
「……看起來好像完全沒有變化嘛。」
「因為只對地下進行了改造，地面上幾乎沒更動。只要凝神細看，就能看見可丟棄穢物的場所。」
聽斐迪南這麼說，我強化了視力後仔細觀看，發現道路盡頭都有著類似人孔蓋的蓋子，只有那部分乾淨潔白。
「這樣的改造根本毫無意義。果然應該全面重建嗎……」
斐迪南低喃說道。要是他判定至今的魔力供給，還有與平民區的合作都是一場徒勞，那可就糟了。我慌忙阻止斐迪南。
「不不不，請等一下。那只要把平民區變乾淨就好了吧？不如從現在開始，洗淨整個平民區吧。」
「……妳在說什麼？」
「看，趁現在路上沒有半個人。就像這樣……瓦須恩！」
我變出思達普，往平民區某處投下水球。那個區塊被洗乾淨後，變得耀眼潔白。見狀，斐迪南露出了不敢置信的表情。
「羅潔梅茵，妳打算用瓦須恩洗淨整個平民區嗎？妳是笨蛋嗎？」
「因為我更不希望再一次施展因特維庫俞，重新建造平民區啊！與其那麼做，我還寧願努力一點洗淨街道。」
士兵們和商業公會都已經答應過我，他們會努力維持平民區的整潔，所以我也一定要竭盡所能。眼看我開始往思達普灌注魔力，斐迪南立刻阻止。
「慢著。用妳那種方法，只會平白浪費不少魔力。」
「咦？」
「既然要大範圍地施展魔法，當然是使用魔法陣更有效率。卡斯泰德，麻煩你向奧伯．艾倫菲斯特報告一聲，我將施展廣域魔法。羅潔梅茵，妳往這些魔石注入魔力吧……司提洛。」
斐迪南變出了思達普，開始在半空中畫起魔法陣。為了能用短短幾個字就達到最基本的效果，咒語在悠長的歷史中歷經多次改良，但看來若想施展大範圍的魔法，還是使用

魔法陣比較有效率。

我往斐迪南遞來的五顆魔石注入魔力，同時魔法陣也在思達普的揮舞下逐漸成形。由於魔石不大，我沒花多少時間就染好了魔力。

「羅潔梅茵，魔石準備好了嗎？」

「好了。」

我把魔石交給斐迪南，他接過後朝著魔法陣一一丟出。不只我染好魔力的那五顆，他再另外丟了八顆魔石。彷彿磁鐵受到吸引一般，魔石逐一飛向魔法陣上的特定位置，接著綻放亮光。

「帶來治癒與變化的水之女神芙琉朵蕾妮，侍其左右的十二眷屬女神啊。讚頌生命的歡喜之歌奉獻予祢，祈禱與感謝奉獻予祢，請賜予祢清澄明淨的守護。願祢的清澄水流遍布此地，回復往昔皓皓。」

隨著斐迪南不斷唸出祈禱文，魔石的光芒益發耀眼，魔法陣閃耀著綠光旋轉起來。下個瞬間，魔法陣以十三顆魔石為中心開始分裂。

十三道魔法陣接著飛往平民區上空，各自釋出了大量清水。如同瀑布般的水柱不約而同沖向平民區，在大街小巷中奔流，濺起的浪濤猛烈到了我還擔心是否會演變成洪水。

但是，這種情況只持續了不到十秒鐘。大量清水在轉眼間消失無蹤，整個平民區彷彿煥然一新。直到二樓為止的石造部分變得和貴族區一樣潔白，上頭增建的木造部分也被洗得乾乾淨淨。

「好厲害！斐迪南大人，好厲害喔！」

「用的可是妳的魔力。」

「可是，如果不是斐迪南大人，根本沒辦法成功辦到啊！對不對，父親大人？」

看著變得無比乾淨的平民區，我興奮得嚷聲說道，卡斯泰德露出苦笑。

「我還以為你們已經因為因特維庫命消耗完了魔力，想不到還很有餘裕嘛。」

「是斐迪南大人調配的藥水效果驚人。加了柏靈琉斯之實以後，現在變得好喝多了，效果也比以前更好喔。唔呵呵！」

「話雖如此，妳的體力之低下我還是無能為力。妳現在太激動了，恐怕沒有自覺，但我勸妳最好趕快回去休息。」

通知了大門士兵，因特維庫命魔法已經施展完畢後，我興高采烈地返回城堡。不過，好像真的有些逞強過頭了。斐迪南說得沒錯，一回到房間放鬆下來，我就倒地不起。

留守期間的生活

後來儘管退燒了，我還是不能馬上下床。據黎希達說，這是斐迪南的吩咐。而且為了讓我在退燒以後，能夠安分地躺在床上休息兩天，他還留了書給我。黎希達說：「大小姐若不乖乖聽話，我就不給您看書了。」

想當然，我可是乖孩子，所以退燒後的兩天都乖乖躺在床上看書度過。書上的內容是關於魔法陣的基礎。裡頭淨是代表各種屬性與神祇的符號，感覺很像在學習一種新語言。比起書，更像是辭典。從筆跡來看，這本書應該是斐迪南寫的。

……居然不用帶著這種辭典，就能流暢地在空中畫出魔法陣，神官長太厲害了。

回想起幾天前在平民區施展的大範圍洗淨魔法，我不由得感動嘆氣。腦海中浮現出了沒有任何停頓，在半空中頃刻間便完成的魔法陣。想做一件事情，如果不具備應有的知識，空有魔力也毫無用武之地。我真心希望自己將來也能變得像斐迪南一樣。

「菲里妮，妳要不要和我一起背書上的內容呢？」

「……好厲害喔。」

我把還沒學過魔法陣的菲里妮叫到床邊，一起學習書上的符號，兩天來度過了悠哉又愉快的閱讀時光。

「好了，大小姐。請您快點作好準備。現在趕過去，說不定還來得及為領主夫婦送行。還得請斐迪南小少爺檢查您的身體狀況。」

這天是領主夫婦前往參加領主會議的日子。看來也預計要讓斐迪南檢查我的身體狀況，確認我是否已經可以自由走動。我走進距離北邊別館最近的會客室，發現斐迪南已經在房內等著了。他板著臉，摸了摸我的額頭與脖頸，輕嘆口氣。

「妳的氣色不錯，體溫與魔力也十分穩定，應該是可以自由走動了。還有，剛才出發前往領主會議的領主夫婦，也都很擔心妳的情況。」

什麼！原來兩人已經出發了。黎希達剛才還那麼坐立不安，擔心我會趕不上送行，結果還是來不及。

「前往參加會議的大人們，都採納了韋菲利特的意見，全員皆用絲髮精把頭髮洗出光澤，女性也佩戴了髮飾。他們還帶了大量的植物紙過去，也帶了幾名城堡的廚師前往，預計要製作磅蛋糕與妳發明的餐點，招待他領貴族。聽說全是妳在貴族院做過的事情。」

斐迪南為我說明，要參加領主會議的人們作了哪些準備後，接著又說：「現在妳可以自由行動了，回房去吧。」然後站起來，卻沒有說他要回神殿。

「……斐迪南大人，您不待在神殿沒關係嗎？記得您以前還說過，自己沒辦法離開神殿半步吧？」

「現在神殿那邊的工作都處理得差不多了。其餘的事情，我已經交給自己與妳的侍從，還有青衣神官坎菲爾與法瑞塔克。白天期間，我打算盡量待在城堡的辦公室。因為齊爾維斯特有可能臨時傳喚我過去。畢竟今年的領主會議有太多不安要素。」

斐迪南輕睨了我一眼。今年無論是新流行還是婚約，確實都與我有關，但這些全是齊爾維斯特決定的事情，不能只怪我一個人吧。

「對我來說，斐迪南大人才教人不安呢。」

我反瞪回去。斐迪南一臉無法理解，眉頭皺得更深了。

「我教人不安？妳是什麼意思？」

「您剛才說白天期間會待在城堡……言下之意，就是晚上打算返回神殿吧？您究竟要把自己累到什麼程度呢？」

齊爾維斯特身邊已經有好幾個文官，而且都在領主會議前一起討論過了，緊急時刻還能呼喚斐迪南前往，所以我一點也不擔心他，我反而更擔心會被叫去的斐迪南。然而，斐迪南只是哼了一聲，完全不理會我的擔心。

「我的事不用擔心，妳還是趁這機會，與自己的近侍還有兄妹加深交流吧。」

他說我得在加深交流的過程中，努力學習貴族的常識，並且讓近侍們知道我究竟有哪些地方與貴族社會脫節。如果不先了解彼此對常識的認知存有多少差異，也就無從得知該如何進行補救——斐迪南低喃說道。

「斐迪南大人，與貴族應該怎麼加深交流呢？」

「……我的性別與妳不同，與其問我，妳不如去問黎希達吧。」

「知道了。我再問黎希達。」

看來我這次在留守期間該做的事情，就是每天供給魔力，還有與近侍們加深交流。除此之外斐迪南還要求我，每天要在晚餐席間向他報告當天的大小事。我不禁在心裡頭咕噥，明明連在神殿也不需要做這種事，但還是心不甘情不願地答應。

回到房間後，我問黎希達：

「我該怎麼與大家加深交流才好呢？」

「您可以凡事與大家一起行動，儘可能多與大家交談。」

「既然如此，大家一起做休華茲與懷斯的服裝好嗎？這件事夏綠蒂她們也會參與吧？」

「這主意很不錯呢。那我馬上去作準備。」

我們在本館借了一個房間，領主候補生與其近侍都來此集合。現在線和布料都已經染上了我的魔力，我也在斐迪南的指示下，預先用隱形泡泡墨水畫好了魔法陣。但因為我一碰，魔法陣就會發光浮起來，所以斐迪南再三叮嚀，要我絕對別碰到布料。木箱裡的線與布料，由我的侍從們負責拿出來。

「麻煩最習慣畫魔法陣的文官們，參考這些設計圖畫上魔法陣。女孩子們再根據畫在布料上的魔法陣刺繡。」

哈特姆特與其他文官，開始往布料淡淡地描上魔法陣。之後得分毫不差地照著這些線條刺繡。文官們畫好魔法陣以後，接著就輪到女孩子們出場了。而且連女性護衛騎士也會一起刺繡，所以護衛工作就交給達穆爾與柯尼留斯這些男性騎士負責。

「對一年級的羅潔梅茵大人與菲里妮，還有對夏綠蒂大人來說，魔法陣恐怕還太難了，所以請三位負責這邊的刺繡吧。」

我、夏綠蒂與菲里妮負責的地方，是圍裙口袋上的刺繡。這裡的假魔法陣只是混淆用的，稍微繡錯也沒關係。至於絕對不能出錯的複雜魔法陣，就交給擅長細膩作業的人負責。正所謂適材適用。

「萊瑟岡古伯爵與哈爾登查爾伯爵談過以後，好像暫時打消了要讓羅潔梅茵大人成為下任領主的念頭呢。聽說除非情勢發生重大變化，否則暫時只會靜觀其變。請問在哈爾登查爾發生了什麼事情嗎？」

布倫希爾德這麼問我，但我看向夏綠蒂，歪頭納悶：「有發生過什麼事情嗎？」夏綠蒂與我四目相接後，先是思考了一會兒，然後代替我回答。

「我想可能是因為姊姊大人在眾人面前以韋菲利特哥哥大人為優先，用行動來表示自己支持哥哥大人，這是最主要的原因吧。哥哥大人與姊姊大人的感情又很好，可能多少也安心了吧？」

……有這麼一回事嗎？

我更是把頭一歪，覺得一頭霧水。夏綠蒂傷腦筋地笑了笑後，仔細說明我當時是如何以韋菲利特為優先。

「祈福儀式在帶位的時候，基貝最一開始是請姊姊大人就座吧？但您不是拒絕了，讓哥哥大人優先入座嗎？」

她說基貝在哈爾登查爾的所有居民面前，原本有意將我視為領主候補生中地位最高的人，也就是下任奧伯。但是，我拒絕了他的帶位，並且要求他優先讓韋菲利特入座。聽說這樣的行為，代表我在向眾人清楚宣告，即便擁有後盾，我也無意成為下任奧伯。

……噢噢，原來如此。還有這層涵義在啊。

我明白過來地點了點頭，夏綠蒂面帶苦笑看著我。

「看來在社交方面協助姊姊大人，會是我的職責所在呢。」

刺繡時最認真勤快的，非莉瑟蕾塔與安潔莉卡兩姊妹莫屬了。兩人刺繡時的眼神無比專注，而且非常相似。莉瑟蕾塔是因為喜愛蘇彌魯，對於製作休華茲與懷斯的服裝非常樂在其中；安潔莉卡則是因為只要該幫忙的部分繡完了，就能在自己的披風上刺繡。雖然讓兩人如此認真的動力截然不同，但刺繡的手藝都教人驚歎。

「莉瑟蕾塔、安潔莉卡，妳們的手藝都很好呢。」

「哪裡，不敢當。不過，羅潔梅茵大人的手藝其實也不差喔！雖然您似乎不太喜歡刺繡，但成果都十分美麗。」

莉瑟蕾塔咯咯輕笑著說，雙手完全沒有停下來。由於刺繡是新娘技藝的一環，每個人都必須練習，所以聽說貴族女性中，沒有人的技巧會差到哪裡去。如果預計成為下任領主的第一夫人，更需要具備一定程度的刺繡手藝。

「萊歐諾蕾，妳也要繡那邊的魔法陣嗎？」

「是啊。機會難得，我也想把圖案背下來。況且平常很少有機會能夠仔細端詳這麼高階的魔法陣……」

萊歐諾蕾邊繡著魔法陣，邊輕聲說道。布倫希爾德的蜜糖色雙眸倏地迸出光彩，「呵呵」地笑起來。

「哎呀，萊歐諾蕾，妳有預計要把魔法陣送給某個人嗎？還是說，妳已經約好了要親手在對方的披風上刺繡？」

布倫希爾德話一說完，除了安潔莉卡以外，眾人的目光一致投向萊歐諾蕾。這種期待著對方表情與回答的氣氛，我在麗乃那時候也經歷過。也就是戀愛話題。女孩子們總是熱中於討論誰喜歡誰，這不管在哪裡都亙古不變嗎？

在眾人的注視下，萊歐諾蕾露出了有些為難的微笑，垂下雙眼。

「唔，這個呢……可以的話，我也希望自己往後的身分，能夠為對方在披風上刺繡，但我們之間並沒有任何約定。而且，對方好像已經有意中人了……」

萊歐諾蕾長得不僅漂亮，頭腦又聰明，屬於上級貴族，出身也良好，我想只要努力一下，應該能讓對方回過頭來看自己吧。但是，經過達穆爾與布麗姬娣一事，我已經知道這個世界的戀愛，並不是光靠個人的感情就能有結果。現在我還不太了解貴族的結婚究竟是怎麼一回事，不能不負責任地發言。所以我沒有胡亂瞎起鬨，決定優先解決自己的疑惑。

「能在披風上刺繡，是件很特別的事情嗎？」

「是的。能在披風上刺繡的，只有自己、親子與夫婦而已。在沒有母親的情況下，有時會由同胞姊妹幫忙刺繡，但這種情形還是非常罕見。」

聽說在手帕大小的布上刺繡，並且送給喜歡的人，便是貴族女性的告白方式。當中蘊含著「現在我已能繡出這樣的魔法陣，想在你的披風上刺繡」的心意。而且，據說要為他人刺繡，就只有夫婦之間才可以，所以為丈夫的披風刺繡，還是妻子的特權。

在閱讀艾薇拉她們寫的貴族院愛情故事時，書中曾出現過這句話：「希望妳能為我的披風刺繡。」當時我還心想：「這男人怎麼突然提出這麼麻煩的要求啊？」原來那句話等於是求婚臺詞。這又是我首次知道的新事實。

……原來那個場面應該要感到臉紅心跳嗎？戀愛小說果然不好寫。

「羅潔梅茵大人，現在您已經訂婚了，為了在韋菲利特大人的披風上刺繡，您也必須磨練自己的技藝才行唷。說不定哪天，他會突然央求您為他繡一道魔法陣呢。」

「羅潔梅茵大人一定會繡出非常厲害的魔法陣吧。我從現在就開始期待了呢。」

……不不不，請別對我抱有這種期待！

「優蒂特，妳也很認真在刺繡呢。莫非是已經有心上人了？」

「不是的，我是想向安潔莉卡看齊，在自己的披風上刺繡。因為我是中級貴族，魔力比其他人要低，所以我想努力提升自己的實力。還有，我也想像安潔莉卡那樣培育魔劍，變得更強。」

優蒂特字句有力地這麼宣告，腦後的馬尾跟著輕柔搖晃。她連髮型也是模仿安潔莉卡。不過，安潔莉卡因為已經成年了，現在是把馬尾編成辮子再盤起來，所以兩人的髮型不再算是一樣。

「優蒂特，我實在不太建議妳以姊姊大人為目標呢。妳應該發掘自己的長處，好好強化發展。」

莉瑟蕾塔說完，當事人安潔莉卡也在旁邊連連點頭。安潔莉卡就是只強化自己的長處，才有現在這樣的成果。缺點則是被她徹底丟在一邊。

「優蒂特，妳為什麼會崇拜安潔莉卡呢？」

「安潔莉卡不僅操縱著有羅潔梅茵大人給予了魔力的魔劍，在貴族院也獲選表演劍舞，波尼法狄斯大人更聲稱她是自己的愛徒，還與艾克哈特大人訂下了婚約喔。不崇拜她的人才奇怪吧！」

優蒂特如此主張，但她堇紫色的雙眼裡卻透著焦慮。我停下刺繡，注視優蒂特。

「優蒂特，妳雖然是在說明自己為何崇拜安潔莉卡，但在我看來，妳好像十分心急呢。妳在著急什麼呢？」

被我這麼一說，優蒂特的笑容僵在臉上。然後，她低頭看向自己的雙手。

「那是……因為……怎麼可能不心急嘛。在這麼多上級騎士裡頭，我只是中級騎士，安潔莉卡又擁有與上級騎士相當的魔力，現在就連下級騎士達穆爾的魔力量也比我多……而且之前只有我一個人被留在貴族院，幾乎沒有機會能待在羅潔梅茵大人身邊執行護衛任務……」

同樣是中級騎士，她與安潔莉卡的差距卻相當懸殊。優蒂特底下還有好幾個弟弟妹妹，為了當個優秀的好姊姊，她必須讓自己在工作上的表現得到認可，然而目前在護衛騎士當中，她的魔力量卻是最低的。但我認為優蒂特今後還會長大，應該在不久的將來就能追過達穆爾，她卻說光這樣還是不行。

「達穆爾雖然是下級騎士，但從羅潔梅茵大人還在神殿的時候就深受您的信賴，他也是第一個學到魔力壓縮法的人吧？現在他的魔力量不僅成長到了與中級騎士相當，羅潔梅茵大人與安潔莉卡最信賴的人也是他。」

「在我想專心執行護衛任務的時候，達穆爾非常可靠。」

安潔莉卡微笑說道。但我聽得出來，這句話隱含的意思其實是「因為可以把用腦的工作都丟給他」，可惜優蒂特似乎聽不出來。她的堇紫色雙眼迸出光芒，緊握拳頭站起來。

「看吧，達穆爾就是這麼深受安潔莉卡的信賴，所以首先我要打倒他。我才不會輸給達穆爾！」

看來優蒂特身為中級騎士，目標是成為像安潔莉卡一樣的騎士，競爭對手則是達穆爾。但她發表的競爭宣言，感覺實在很像是一隻小狗狗，對著一點也不想跟她吵的大型犬在汪汪叫，讓人不由自主想笑，還想對她說：「好、好，加油喔。」

「我、我也是！我也不會認輸！」

冷不防地，菲里妮也站起來這麼大喊。

「雖然我是下級貴族，但達穆爾已經證明了，我們也能讓魔力量成長到與中級貴族相當，所以我也會加油的。為了能夠抬頭挺胸，待在羅潔梅茵大人身邊當她的近侍，我也會全力以赴，讓自己能得到與達穆爾一樣的信賴。」

「哎呀、哎呀。」大家看著極力主張的優蒂特與菲里妮，都咯咯輕笑起來。察覺到了眾人的視線，兩人忽然恢復理智，臉頰變得通紅，難為情地重新坐好，繼續刺繡。

「我的近侍都很認真向上呢。今後也請繼續保持，互相切磋吧。可是，優蒂特就算模仿安潔莉卡也不會變強喔。培育魔劍恐怕也只會白白浪費魔力。」

「咦？」

「因為優蒂特擅長的不是劍吧？妳更擅長弓箭與投射，所以我認為與其模仿安潔莉卡，磨練劍術，倒不如精進投射的技巧，讓自己能百發百中，才能確實變得更強。」

比迪塔的時候，能讓魔獸吃下瑠耶露果實，是因為優蒂特的投射技巧精湛，所以我覺得她沒有必要非得去練自己並不擅長的劍術。

我說完，不只優蒂特，其他護衛騎士也驚訝地看著我。好像是因為還是學生的見習騎士們基本上都會佩劍，也認為騎士都該有一把劍。

「只要把投射的技巧練到極致，就算沒有魔力也能丟石頭。當敵人集中精神在灌注魔力的時候，如果被石頭打中，注意力就會中斷。也可以把沙子裝在皮袋裡丟向敵人，既能嚇唬到對方，成功的話還能讓對方暫時看不見東西。並不只有劍才是戰鬥工具。難得妳的投射能力這麼好，還是強化自己的強項吧。」

聞言，夏綠蒂的臉頰微微抽動。

「……姊姊大人，這不是騎士該有的戰鬥方式吧？」

「夏綠蒂，護衛騎士可不能有這樣的想法喔。」

我表情嚴肅地注視夏綠蒂。不光是她，護衛騎士們也都一臉納悶。

「護衛騎士不能只拘泥於一種戰鬥方式。因為護衛騎士的職責，是保護好他的護衛對象。不同於比賽和訓練，追求的並不是光明磊落的戰鬥。為了成功達成任務，能夠使用的對策是越多越好。」

不管面對的敵人是魔獸還是人類，重點都在於保護好護衛對象。在不曉得對方會使出什麼手段的時候，還在乎戰鬥時該有騎士風範根本沒意義。

「斐迪南大人每次都會因應當下的情況，採用不同的做法。討伐陀龍布時，他會變出能讓箭矢分裂的弓箭，面對數量眾多但不具威脅的魔獸則會撒網；當然他也會使劍，但我也看過他變出巨大的鐮刀。他還說過，其實也可以一邊使用武器，一邊擲出魔石使其爆炸。雖然大概很少有人能像斐迪南大人這樣，一個人就能做到這麼多事情，但我認為，使用劍以外的主要武器也沒關係。」

聽完我說的這些，優蒂特輕聲回道：「我會好好想想。」

當天晚餐席間，我向斐迪南報告說，今天大家一起為休華茲與懷斯的新衣刺了繡，還有我的近侍們都很認真向上。夏綠蒂則向斐迪南表明自己的決心：「從冬天開始，我會竭力輔佐姊姊大人在貴族院的社交活動。」

我與近侍們一起做的事情，不只刺繡而已。既要練習飛蘇平琴，他們還得在騎士訓練場協助我復健。見習騎士們訓練的時候，已經成年的安潔莉卡因為訓練時間不一樣，所以負責守在門邊，順便觀看訓練情形。我則要卸下魔導具努力復健，慢慢轉動手臂、抬抬腳。但是，由於身體遲遲無法如我所願地行動，心急之下，我馬上就想要強化身體。

「羅潔梅茵大人，雖然不多，但您的體內有魔力在流動。請別偷偷進行身體強化。」

達穆爾負責在旁邊監督。因為他能感應到微量的魔力，所以都是達穆爾陪著我復健。

「羅潔梅茵，妳已經能無意識地進行身體強化了嗎？」

也來陪我復健的波尼法狄斯驚訝地轉過頭來，這麼問我。並不是。我並不是無意識，而是刻意地想稍微偷偷強化身體。我默默別開視線。

「祖父大人，學生們訓練得怎麼樣了？現在大家合作起來比較有默契了嗎？」

「不，還差得遠呢。他們還是只想著要攻擊，完全沒考慮過該如何防守。這副德行根本擔任不了護衛……唯一的可取之處就是幹勁充沛。」

波尼法狄斯看著在底下訓練的見習騎士們。至於波尼法狄斯為何會跑來陪我復健，是因為他才親自訓練了見習騎士們一次，騎士團立即發出抗議，擔心下級見習騎士有可能被就此摧毀。因此除了見習護衛騎士外，波尼法狄斯不再負責親自指導，現在只幫忙規劃訓練內容，他還會觀察訓練情形，從中尋找承受得住他親自指導的人。

「戰鬥的時候，必須時時刻刻留意自己的護衛對象。像托勞戈特就是沒有正確理解到自己的職責與該保護的對象，不能再有更多騎士和他一樣。如今妳和韋菲利特同時在貴族院就讀，即便不是護衛騎士，騎士若執行不了護衛任務，一旦發生緊急情況就糟了。」

由於大人不能干涉孩子在貴族院的生活，所以護衛的重責大任，都落在了見習騎士們身上。眼看見習騎士們因為競速迪塔的關係，只懂得發動攻擊，波尼法狄斯似乎十分憂心。

「羅潔梅茵，妳試著別強化身體，走到可以看見訓練場的地方吧。」

我照著波尼法狄斯的指示，不依賴身體強化，緩慢移動到了可以看見訓練場的地方。見習騎士們正拿著武器，坐在騎獸上，在空中來回飛行。

「羅潔梅茵，妳無意增加護衛騎士的人數嗎？唔，我曾聽卡斯泰德說過，前往神殿時妳需要成年的女性騎士……」

「現在安潔莉卡已經成年，所以不用再招納女性騎士了。反而是柯尼留斯哥哥大人畢業以後，需要招攬見習護衛騎士呢。因為托勞戈特請辭以後，在貴族院保護我的人手可能會有些不足。」

帶去神殿時的護衛騎士，必須要能與擔任侍從的灰衣神官們和睦相處，否則恐怕難以勝任。目前看來，我覺得有安潔莉卡與達穆爾就夠了。反而是托勞戈特離開以後，貴族院那邊需要補充優秀的見習騎士。

「不過，很難找到適合的人選，擔任我的護衛呢。」

「是因為妳身體虛弱，隨時有可能暈倒嗎？」

「不是的。是因為與我相處時間最久，我最信賴的騎士是達穆爾。所以，對方必須要能與達穆爾相處融洽。」

聽我這麼說，波尼法狄斯若有所思地瞇起雙眼。

「羅潔梅茵，妳完全不考慮將達穆爾解任嗎？雖然卡斯泰德與斐迪南也都對此表示了反對……」

波尼法狄斯說了，至今領主一族從未有過任命下級騎士為護衛騎士的前例，所以一般還是認為，應該將下級騎士解任，再納上級或中級貴族為護衛騎士。

「因為我是神殿長，也是孤兒院長。如果有上級騎士不介意進出神殿與孤兒院，也願意與神殿的侍從們合力完成工作，我當然很樂意納為護衛騎士，但現實是這不太可能。畢竟有許多人一聽到神殿，就會皺起眉頭。而我又是在神殿長大，看見別人露出這種表情，心裡也會不太愉快。所以對我來說，想藉這機會出人頭地的下級與中級貴族，指揮起來反而比較輕鬆。」

波尼法狄斯緩緩吐了口氣，喃喃說道：「這樣確實不容易哪。」儘管我在神殿長大，又擔任神殿長，波尼法狄斯仍然視我為可愛的孫女，但是看來對於神殿，他也無法免俗地感到排斥。

「從今往後，為了討論印刷業的相關事宜，文官也必須出入神殿，所以就連見習護衛騎士，我也打算找養父大人商量，讓他們至少能夠進出神殿。如果有人不願意進入神殿，或是看不起達穆爾，不肯聽從他的指示，我絕不會納這種人為護衛騎士。」

大概是因為達穆爾、安潔莉卡與柯尼留斯都會進出神殿，目前為止，萊歐諾蕾與優蒂特都沒有對神殿表現出明顯的厭惡過。對我來說，現在這樣的氣氛剛剛好，我不希望有人破壞這份和平。

「更何況，如果想成為我的護衛騎士，還有其他條件喔。」

「還有嗎？」

「是的。到了神殿，必須幫忙斐迪南大人處理公務。連艾克哈特哥哥大人也在幫忙喔。雖然安潔莉卡總是貼在門邊，絕不放棄護衛工作，但這樣的騎士不需要再有更多人了。所以若想成為我的護衛騎士，必須要能處理基本的文官工作。」

波尼法狄斯輕笑了聲，轉頭看向達穆爾。

「所以達穆爾能夠勝任，是因為他做起文官的工作十分優秀嗎？」

「是的，非常優秀喔。他連同安潔莉卡的份，很努力在做文書工作呢。」

「我並不是想連同安潔莉卡那一份，才這麼認真處理文書工作。」

達穆爾出聲反駁後，波尼法狄斯更是放聲哈哈大笑。

「原來如此，怪不得妳這麼看重達穆爾。」

「羅潔梅茵大人，優蒂特請求入內。」

安潔莉卡這句話打斷了波尼法狄斯的笑聲。發生什麼事了嗎？氣氛瞬間變得緊繃，同時我也下達許可。緊接著，優蒂特一臉泫然欲泣地衝了進來。

「羅潔梅茵大人，我手邊已經沒有回復藥水了！請您允許我前去採集！再這樣下去，我明明是護衛騎士，卻沒有辦法接受特訓！」

優蒂特解釋說，現在因為波尼法狄斯規劃了訓練內容的關係，見習騎士們的訓練變得非常嚴苛，必須不斷消耗回復藥水，但她之前在貴族院課堂上做的藥水都已經用完了。雖然也考慮過請其他騎士賣給她，但目前大家都想留下來自己用吧。聽說現在騎士團內，對回復藥水的需求量非常高。

「現在的情況我只能自己做才有藥水了。所以請您允許我暫時中斷任務與訓練，前去採集！」

「要我下達許可當然沒問題，但妳要去哪裡採集呢？見習生不能離開貴族區吧？」

我提出疑問後，優蒂特回答了：「我要去城堡的森林。」據說在貴族區長大、從未離開過貴族區的達穆爾，以及住在騎士宿舍的優蒂特等騎士們，都是在城堡裡頭的森林，或是平民禁止進入的貴族森林裡採集基本原料。

……採集嗎？好好喔～

回想起了自己以前曾和路茲還有多莉一起去森林，我突然間感到非常懷念，也好想去採集。

……有沒有什麼聽來很正當的藉口呢？

我尋思了一會兒後拍向掌心，仰頭看向波尼法狄斯。

「祖父大人，我們來場護衛任務的演練吧。」

「嗯？」

「就是我也一起去採集。見習騎士們要一邊採集，一邊保護我。有祖父大人同行、負責監督，也不用擔心會有任何萬一吧？祖父大人，您願不願意和我一起去森林呢？」

「唔？……也是。他們也需要累積經驗，學習怎麼一邊戰鬥一邊保護他人。既然妳要去的話……」

我開口邀約後，波尼法狄斯咧開嘴角，欣然一口答應。他摸著下巴，馬上開始討論起人選和該帶哪些東西。

「那我最好也向斐迪南大人報告一聲。因為他總是提醒我，不要未經許可擅自行動。」我馬上朝斐迪南送去奧多南茲，說：「斐迪南大人，我打算前往城堡的森林採集，順便讓大家練習怎麼執行護衛任務。因為擔心會有危險，將由祖父大人負責監督。請您放心吧。」

斐迪南很快捎來回覆。

「妳這笨蛋，當然不行。比起森林裡的魔獸，波尼法狄斯大人更危險數萬倍。他至今還不懂得拿捏力道，要是他本想救妳，卻把妳丟出去，妳的小命就沒了。截至目前為止，妳已經有過幾次生命危險了？此時領主會議還不知道會有什麼狀況，妳別無事生非，給我添麻煩。明白了嗎？」

因為是送來奧多南茲，同樣的囑咐重複了整整三次。我與波尼法狄斯互相對望。

「真遺憾。祖父大人，斐迪南大人說不行呢。」

「咕唔唔唔唔……」

沒辦法，也只能放棄了——但不同於只是聳肩的我，波尼法狄斯顯然打定了主意要去森林。他恨恨地咬了咬牙後，說他要去徵得斐迪南的許可，然後一溜煙就跑走了。多半使用了身體強化，速度快得驚人。

「……祖父大人跑掉了呢。」

我愣愣看著大開的門扉，安潔莉卡輕笑著關上門。

「聽見羅潔梅茵大人對自己提出要求，師父想必很高興吧？因為他平常老是在說，和您沒有什麼接觸的機會。」

看見波尼法狄斯那副樣子，只有我與安潔莉卡笑得一派輕鬆，但聽到不能前往採集的優蒂特已是雙眼泛淚。

「羅潔梅茵大人，既然斐迪南大人不允許，那我的採集該怎麼辦呢？」

「我會再問問看，能否只允許見習護衛騎士前往採集。如果還是不行，我再把自己前幾天做的回復藥水分給妳，所以妳別擔心。」

斐迪南曾說我做的回復藥水，給見習生們喝已經十分足夠，現在我那邊還有不少。反正我自己用不到，分給優蒂特也沒關係。

「羅潔梅茵大人做了回復藥水嗎？但您應該還沒有學到吧？」

「是斐迪南大人教我的。他說自己的回復藥水，應該要自己會做。」

「……真、真是嚴格呢。」

「因為我一直都在麻煩斐迪南大人，請他幫忙籌備與製作原料，所以至少在藥水的調配上，我也希望自己可以趕快學會。」

與優蒂特聊著這些事情時，忽然又有奧多南茲飛來。白鳥發出了斐迪南的聲音，以極其不快的語氣開口說了。

「羅潔梅茵，別忘了準備回復藥水。還有，別讓柯尼留斯離開妳身邊半步。記得牢牢叮囑他，別讓波尼法狄斯大人傷到妳分毫。聽清楚了嗎？」

奧多南茲重複了三次傳話，變回黃色魔石時，波尼法狄斯如同旋風般衝了進來。

「我得到斐迪南的許可了！明天就去採集吧！」

八成是強逼著斐迪南答應，波尼法狄斯高興得把我抱起來轉圈。我被他轉得頭昏眼花，腦海中全是斐迪南的再三告誡：「波尼法狄斯大人才是最危險的人物。」突然之間，我對於要去森林採集感到非常不安。

這天要前往城堡的森林採集。吃完早餐，侍從們為我換上騎獸服。因為身為領主的養女，黎希達與布倫希爾德只允許我穿騎獸服。本來想像採集尤列汾藥水的原料時一樣，換上那套幹練俐落的服裝，兩人卻同時厲聲反駁：「不行。」我自然贏不過她們。穿好騎獸服後，再把回復藥水與裝材料用的空皮袋掛在皮帶上，準備便已就緒。

「羅潔梅茵大人，我也準備好了。」

見習文官菲里妮也換上了騎獸服，繫著皮帶。哈特姆特與菲里妮雖是見習文官，但因為在貴族院上課時會用到，所以也想一同去採集魔導具用的原料。在沒有騎士的陪同下，遇上魔獸會很危險，因此他們說自己平常都是向見習騎士購買原料。

「不管是採集還是進入城堡的森林，這都是頭一次呢。很令人期待吧？」

菲里妮笑容滿面地這麼說完，向我尋求贊同。但我以前因為採集過尤列汾藥水的材料，其實不算是第一次。

而且之前夏綠蒂曾被擄走過，我也險些被綁架，當時的我被網子罩住後從半空中摔下來，還被裹在布裡頭，丟在馬上被人載走，所以其實也不算是第一次進入城堡的森林……

雖然稍微想起了不太愉快的回憶，但我轉換心情，走出房間。下樓後，看見韋菲利特已經在等我了。

「……韋菲利特哥哥大人的準備也非常齊全呢。」

「嗯，因為這是我第一次要去採集，非常期待。」

從護衛騎士那裡聽說了要去採集的事情後，韋菲利特便在昨夜的晚餐席間，表示他想同行：「我想為了明年在貴族院的調合課採集原料。」斐迪南於是說了：「如果無法一次帶兩個人，還是取消吧。」波尼法狄斯立即反駁：「才兩個人而已，保護他們小事一樁。」結果人數就這麼增加了。今天的採集人數眾多，騎士團還派了幾名騎士來保護我們。

「那就出發吧！」

心情極佳的波尼法狄斯下令出發後，浩浩蕩蕩的隊伍開始移動。我坐在小熊貓巴士裡頭，走在波尼法狄斯旁邊。這是騎士們幫我決定好的固定位置。

「雖然我對城堡森林沒有留下美好的回憶，但有祖父大人在，想必不用擔心吧？」

「就算有魔獸，也都是薩契和亞焚特那類的小傢伙，大概沒有我出場的餘地。」

薩契與亞焚特我都看過。一個是外形像貓，大約到成人的膝蓋那麼高；一個是外形像松鼠，大小和貓差不多的魔獸。連達穆爾一個人也能打發牠們，現在又有這麼多騎士在，我看是完全不用擔心。

「見習騎士！不可破壞隊形！別忘了自己正在執行護衛任務！」

年紀還小的見習生們一看見可以當回復藥水原料的葉子，馬上爭先恐後地想往前衝，立即被波尼法狄斯怒聲制止。至於一同前來的騎士團騎士們，以及身為領主一族的護衛騎士，接受過波尼法狄斯訓練的見習騎士們，都還保持著原本隊形。

「身為護衛怎可自己衝出去採集?!首先應該探查四周有無危險，確保安全。」

居然得從這種地方教起嗎……波尼法狄斯扶額呻吟。柯尼留斯在旁邊開口說了：

「大家只要實踐在學科課程上學到的事情就好了。背誦護衛要訣！」

見習騎士們反射性地唸起護衛要訣。在貴族院宿舍時，我和韋菲利特都看到過他們被要求朗誦要訣。

「明白以後就照著要訣行動。看，是亞焚特。」

但只有一隻魔獸而已，眼看見習騎士們為了大展身手，又興沖沖地想要衝上前，再度遭到訓斥喝止。像是不能急著表現自己，應該優先確保護衛對象的安全。

只是就算大腦明白，但一看到魔獸就要全員進攻的想法早已在見習生們心裡根深柢固，要他們馬上改變自己的習慣動作恐怕不容易。這點可能只能藉由反覆演練來改善了。

一行人不時討伐突然竄出的小型魔獸，聆聽波尼法狄斯的教誨，但基本上整趟採集的氣氛十分溫馨和平。低年級生與高年級生需要的原料不一樣，再加上調合時也需要魔力，所以上級、中級、下級貴族需要的原料又不一樣。二年級以上的學生因為在貴族院上過調合課，看過原料現實中長什麼樣子，很快地採集好了自己需要的材料。但我、韋菲利特與菲里妮都只在參考書上看過圖畫而已，根本不曉得該採哪些東西。

「製作回復藥水時都會用到芭荷科羅多。」

「對了，這個最好也先採集一點吧。沙露嵐卜的風屬性相當高，非常適合用來製作奧多南茲。」

達穆爾與哈特姆特告訴我們，哪些原料可以預先採集起來。我走出小熊貓巴士，唸著「密撒」，把思達普變成小刀採集原料。

「羅潔梅茵，妳看！是不是很帥氣啊？」

韋菲利特得意洋洋地變出自己的思達普，上頭有著徽章。這種思達普在一年級的領主候補生與上級貴族間十分流行。但韋菲利特的思達普不只有徽章而已，他還將握柄變成了立體的獅子，思達普前端從獅子張開的大嘴裡延伸出來。

「……真厲害呢。」

「哼，對吧？」

添加了徽章的外型固然帥氣，但我想應該得花不少時間反覆想像，才能變出這種思達普來。他居然願意為了帥氣的思達普花那麼多時間，這點實在教人佩服。因為我老早就放棄了改變外觀，覺得這只是浪費時間。

……先前還說我離開貴族院以後，他忙得焦頭爛額，看來韋菲利特哥哥大人其實還滿有空閒的嘛。

但即便是這麼帥氣的思達普，在他唸了「密撒」以後，也在眨眼間就變成了普通的小刀。要一直維持著帥氣的外觀，果然不太可能吧。

「……達穆爾，你說的是這個嗎？」

「雖然很像，但不對。這個要看根部會比較清楚。妳看，這裡變成紅色了吧？」

達穆爾為菲里妮講解時，我一邊聽，一邊在旁邊「嗯、嗯」點頭，用思達普變成的小刀割下葉子，放進皮袋裡。

「羅潔梅茵，妳也採些蘆格烏卜回去吧。」

波尼法狄斯指著樹上說道。抬頭往他指的方向看過去，只見一棵樹上結有白色果實。

「祖父大人，請幫我摘下來吧。我採不到。」

「妳在說什麼？這樣不就好了嗎？」

波尼法狄斯往我腋下伸出雙手，驀地把我舉高。我用小刀砍下來到眼前的白色果實。

「波尼法狄斯大人，我也想要和羅潔梅茵一樣的果實。請問該怎麼做……」

「喝！好，就是現在！快採吧！」

波尼法狄斯力大無窮，就連體型比我要大的韋菲利特，他也輕輕鬆鬆舉起來。

……這麼說來，祖父大人之前還曾經把柯尼留斯哥哥大人拋起來呢。

「這次多虧有祖父大人抱我上去，但平常要怎麼採到那麼高的果實呢？森林裡頭不方便使用騎獸吧？」

如果四下無人，我倒是可以坐著小熊貓巴士飛上去，但大家的騎獸都有偌大的翅膀，應該很難在樹木繁盛的森林裡行動。

「這點高度只要施展身體強化就能上去。採集時就像這樣。」

柯尼留斯舉起小刀刺向樹幹，把刀柄當作是立足點，輕輕一點往上跳躍，雙手捉住上方的樹枝後，輕巧地落在樹枝上。

「還有人想要蘆格烏卜嗎？」

「我也想要。」

「還有我。」

好幾名騎士紛紛開口。蘆格烏卜聽說是上級騎士專用，用來製作品質較好的回復藥水的原料。柯尼留斯摘了幾顆果實後就往下丟，等大家差不多都拿到了，縱身跳下來。

「萊歐諾蕾，給妳……因為我在上面，看妳幾乎沒拿到多少。」

「柯尼留斯，謝謝你。」

萊歐諾蕾開心地接下果實。

柯尼留斯下來後，換安潔莉卡躍上樹枝。她也施展了身體強化，動作非常輕盈。採了幾顆蘆格烏卜後，安潔莉卡馬上下來。我發現她是留意著別離開我身邊太久。

「那棵樹上有隻薩契呢。」

萊歐諾蕾發現某棵樹上有隻薩契，正警戒著走在前方的韋菲利特等人。

「現在還有點距離，置之不理或許也沒關係，但萬一牠從背後偷襲我們就不好了。」

還是預先清除會比較安全，不知羅潔梅茵大人覺得呢？」

「優蒂特，這次妳用思達普變成彈弓，瞄準那隻薩契吧。」

我指著一段距離外的薩契下達指示，優蒂特輕輕點頭，拿起思達普變作彈弓，而不是平時常用的長劍。如果說是Y字形的那種玩具彈弓，會比較容易理解嗎？優蒂特拉開彈弓，用我撿給她的石子瞄準薩契。

「喀」的一聲，薩契掉了下來。大概是聽到了這個聲響，蘭普雷特立即拿起武器往前疾奔，砍向正掉下來的薩契。最終，原地只剩下了一顆小小魔石。

「優蒂特如果學會了身體強化，應該能讓石頭飛行更長的距離，魔力量增加以後，更可以彈出魔力，還能一連發射好幾發攻擊吧。果然比起長劍，我覺得還是投射更適合優蒂特。」

「嗯，現在妳就能用石頭打中這個距離外的魔獸，只要好好訓練、精進技巧，精準度應該能再提高不少吧。」

波尼法狄斯也佩服地點點頭，低頭看向優蒂特。

「能夠不離開護衛對象身邊，就有方法能攻擊敵人，這是妳的強項。要好好磨練。」

「是！」

優蒂特欣喜不已地朗聲回道。

「我曾看過斐迪南大人在書上補充寫道，雖然也要依敵人的人數、範圍與天候而定，但如果能順利往敵陣投下睡眠藥或麻痺藥等藥粉，會有很強大的效果喔。」

「羅潔梅茵大人，就算效果非常強大，但我根本不會做那種藥粉啊。」

先前奪寶迪塔正是因為我想出的妙計才獲勝，所以優蒂特聽了斐迪南的做法後，並沒有覺得卑鄙，也沒有說這不是騎士該有的行為，只是感嘆自己做不出藥粉。

「看來需要優秀的文官，來製作具有特殊效果的藥粉和魔導具呢。」

「羅潔梅茵大人，您在呼喚我嗎？」

哈特姆特立即往前一站。這麼說來，哈特姆特就是優秀的文官。

「我和優蒂特正在討論可以拿來投擲的東西。除了石頭以外，聽說使用睡眠藥與麻痺藥粉，也能在迪塔比賽上產生奇效。」

「那麼我來研究看看吧。尤修塔斯大人說過，從前比奪寶迪塔時，文官們能發揮本領的事情，就是製作具有特殊效果的魔導具，協助自領得到勝利。據說當時製作的魔導具大部分波及範圍都很廣，在競技場裡頭也會影響到觀眾，所以在比競速迪塔時遭到禁用。不過，實戰時應該可以派上用場。」

哈特姆特這番發言太可靠了，我用尊敬的眼神仰望他。

「實戰才是最重要的呢。哈特姆特，請你開發幾種可以給優蒂特投擲，而且具有特殊效果的魔導具吧。到時候我再買下來。」

「遵命。」

似乎是找到了自己該努力的目標，優蒂特笑得非常開心。

「羅潔梅茵大人，我也會努力壓縮魔力，學會身體強化，精進自己投射的技巧。」

「妳平常最好隨身就準備幾種可以投擲的物品，投出前也要仔細思考，究竟該瞄準哪個目標，又該在什麼時候投擲哪種物品，才會有最好的效果。分析戰況與敵軍隊形的能力也非常重要，所以這方面也要好好學習喔。」

「是！」

……很好！照這樣下去，應該不會再發生像安潔莉卡那樣只鍛鍊身體的情況！

我與優蒂特「呵呵」地相視而笑。這時，波尼法狄斯冷不防停下腳步。

「停！我聞到了窟倫的臭味。」

「可是我沒聞到任何臭味啊……」我偏過頭說，但波尼法狄斯動了動鼻子，指向一棵樹木。他說那棵樹沾有窟倫的氣味，昭告這裡是牠的地盤。

……祖父大人好像野生動物喔。

聽說這時期出沒的窟倫，因為長期待在巢穴裡養育幼子，不僅饑腸轆轆，也因為帶著孩子所以性情暴躁，再加上伴侶一定都在附近，對付起來非常棘手。

「採集就此結束！馬上返回城堡，組成討伐隊伍。羅潔梅茵，妳的騎獸能載文官嗎？該護衛的對象最好集中在一起。」

波尼法狄斯立即下令返回城堡，但就在這時候，安潔莉卡揚聲大喊：「師父，出現了！」只見兩頭魔獸突然竄了出來，身上是深綠與黑色相間的條紋，體型削瘦細長，眼神兇惡，嘴巴往兩頰裂開。其實窟倫的體型不大，甚至比聖伯納犬小一點。

「……那個就是窟倫嗎？」

「對，沒錯。」

「跟小熊貓巴士根本一點也不像嘛！一點也不可愛！」

兩隻窟倫倏地張開大口。瞬間，從牠們嘴裡飄出了類似極濃味噌的臭味。

……啊，好香喔，讓人有點懷念呢。

我正這麼心想時，周遭眾人卻都摀住鼻子，悶聲大喊：「好臭！」發覺大家的想法都和我不一樣，我的心情非常微妙。

……是喔。原來大家覺得這個味道這麼臭。

「你們快帶著護衛對象撤退！騎士團留下與窟倫戰鬥即可！」

已經成年的上級騎士立即上前，將思達普變作武器，中級騎士緊跟在後。儘管聽到自己無須加入戰鬥，仍有一名見習騎士用思達普變出了武器。

「我們之前在領地對抗戰上打倒過窟倫，我也可以戰鬥！」

「我沒問你這種事情！服從指令！」

「見習文官們快上來！」

我馬上讓小熊貓巴士變大，要菲里妮他們坐進來。但是別說上過戰場了，甚至很少親眼見到魔獸的見習文官們，全都愣住似地瞪大眼睛，只是看著窟倫一動也不動。

看見蘭普雷特抱起韋菲利特，最先遠離戰場，韋菲利特的見習護衛騎士們這才回過神來，變出騎獸跟上。哈特姆特居然還只是呆呆仰望著這一幕，達穆爾用力撲向他，將他丟進打開了出入口的小熊貓巴士。

「還愣著做什麼！快點進去！」

達穆爾緊接著將菲里妮丟進巴士裡，然後是優蒂特。我立即關上車門，握緊方向盤，以備隨時可以起飛。柯尼留斯、萊歐諾蕾與達穆爾都變出了騎獸跨上去。

我們幾人才剛升空，窟倫似乎以肉眼看不見的高速朝著我們飛撲而來。因為波尼法狄斯在強化了身體後也同樣騰空跳起，一拳打飛窟倫，所以我才知道。不過，其實連打飛窟倫這個動作我也沒有確實親眼看見。我只是聽到窟倫飛過森林的聲音，再加上看到波尼法狄揮下手臂，所以猜測他應該是一拳打飛了窟倫。

「別想碰羅潔梅茵一根寒毛！」

有了波尼法狄斯這麼可靠的發言，護衛騎士們也在四周保護我，我操控著小熊貓巴士光速返回城堡。

看見率先起飛的蘭普雷特飛往騎士團的訓練場，達穆爾向柯尼留斯下達指示：「向斐迪南大人送去奧多南茲。」柯尼留斯邊在空中飛行，邊送出奧多南茲通報消息。

「接下來只要交給騎士團就沒問題了。羅潔梅茵大人，您沒受傷吧？」

達穆爾向我確認道，我點點頭說：「我沒事。」這次的採集也算順利結束，也了解了見習騎士們有哪些缺點。收穫還不少嘛。我這樣心想著走下小熊貓巴士，優蒂特也一躍而下。

「達穆爾，我不是文官！而是見習護衛騎士！我可以自己騎乘騎獸移動，也不是要人保護的對象！」

剛才優蒂特與文官們一起被丟進了小熊貓巴士裡，那雙堇紫色眼眸氣沖沖地瞪著達穆爾。似乎是她身為見習護衛騎士的自尊心受到重創。

「你為什麼要把我丟進羅潔梅茵大人的騎獸裡頭？」

優蒂特雙眼噙淚地控訴。達穆爾一臉傷腦筋地低頭看著她，安潔莉卡則是納悶地歪

過頭，開口說了：

「因為他認為優蒂特是最適合擔任護衛的人選吧？我也這麼認為。」

「咦？」

優蒂特兩眼茫然地看向安潔莉卡。然而，安潔莉卡完全沒打算多作說明，一臉她已經說明完畢的表情。達穆爾看著一臉「我已經說完了」的安潔莉卡，再看向一臉完全聽不明白的優蒂特，搔了搔頭。

「呃……抱歉。優蒂特，我不太明白妳為何生氣。但是，妳是想知道我為什麼讓妳坐進羅潔梅茵大人的騎獸裡，沒錯吧？」

優蒂特僵著小臉點點頭，達穆爾於是為她仔細說明。

「羅潔梅茵大人的騎獸裡一旦載有文官，一定要有一名護衛騎士也坐在裡頭。由於優蒂特能以彈射擊倒敵人，只要有羅潔梅茵大人的許可，也能在騎獸裡頭發動攻擊吧？所以我認為在乘坐型的騎獸裡，妳是最適合擔任護衛的人選，才會讓妳坐進去……」

「不是因為我身為見習護衛騎士，能力還不足夠嗎？」

由於遲遲無法執行護衛任務，優蒂特似乎在自卑的驅使下，從負面角度解讀了達穆爾的行為。大概察覺到了這點，達穆爾搖頭露出苦笑。

「妳的投射技巧那麼精準，連波尼法狄斯大人都認可了，我怎麼可能認為妳的能力有任何不足……但是不說這個，剛才妳在騎獸裡面居然還在想這些事，是不是忘了自己正在執行護衛任務啊？」

優蒂特瞪大眼睛，嘴巴一張一合以後，連耳根也紅透了，低下頭說：「對不起。」

果然我的護衛騎士們還是要以達穆爾為中心，才能氣氛融洽地團結起來。後來看見優蒂特開始親近達穆爾，向他提出許多問題，我由衷如此心想。

「果然不會什麼事也沒發生嗎……」

晚餐席間，斐迪南咚咚地敲著太陽穴，看著我說道。對此，波尼法狄斯回道：

「今天沒有半個人受傷，也沒發生任何意外。反正窟倫本就是非得討伐不可的魔獸，能夠早期發現也是好事一樁。況且比起窟倫，見習騎士們毫不懂得合作才是大問題。」

波尼法狄斯咕噥說完，韋菲利特也大力點頭同意。

「雖然羅潔梅茵之前在貴族院就說過，見習騎士們完全不懂得團隊合作，但我那時候一直不明白他們到底是哪裡做得不好，直到看見他們今天的表現。是不是該讓他們練習保護他人呢？」

倘若能讓包含見習騎士在內的所有人都明白團隊合作的重要性，我想今天的採集可以說是非常成功。但是在我看來，除了見習騎士以外，還有更需要訓練的事情。

「既然如此，讓他們一邊採集，一邊保護見習文官如何？不僅見習騎士可以當作練習，見習文官也能練習臨場反應。看過今天的採集情況後，我希望見習文官們多少也該懂得如何保護自己，不如說，我希望他們能意識到自己是被保護的對象。」

「羅潔梅茵，妳是什麼意思？」

斐迪南一臉費解地看著我。於是我說明了文官們在窟倫出現時的反應。

「敵人出現的時候，他們應該要懂得馬上準備好騎獸，以備隨時撤退，也要能變出思達普保護自己，再不然至少要能夠遵從護衛騎士的指示。否則一旦發生緊急狀況，負責保護領主一族的護衛騎士只能撇下他們……我認為文官們也該養成習慣。」

「嗯……的確，窟倫出現時，羅潔梅茵行動起來出乎我預料的冷靜。」

「不只見習騎士，還得訓練見習文官，讓他們至少別變成累贅嗎……這也一樣優先採集尤列汾藥水的材料時，我已經和魔獸對峙過好幾次。再加上三番兩次遭受攻擊，雖然不是值得高興的事情，但我已經很習慣與護衛騎士一起行動。

訓練領主一族的文官比較好吧。」

「波尼法狄斯大人，您要訓練見習騎士與見習文官是沒問題，但我看騎士團最好先去森林巡視一遍，確認除了窟倫外，還有沒有其他該討伐的魔獸。因為若要帶那麼多累贅進去，要是遇到強大的魔獸就麻煩了。」

斐迪南這麼表示後，敲定了接下來幾天先由騎士團前往森林巡視，見習生們暫時不用訓練，得到了幾天假期。

「咦？我們也要參加見習騎士的訓練嗎？」

聽到休假結束後，文官也必須參加訓練的消息，菲里妮整張小臉發白。

「我想訓練內容不至於和見習騎士一樣吧。但考慮到至今遇襲的次數，我認為自己的近侍被捲進危險的機率非常高。現在重要的是，菲里妮與哈特姆特要懂得保護自己。因為光是逃跑而已，只要你們沒意識到自己有危險，就無法及時作出反應，這點在森林裡頭已經證明過了。」

「……謹遵羅潔梅茵大人的吩咐。」

看著面無血色的菲里妮，優蒂特拍了拍她的肩膀表示安慰，還建議說道：「最好先準備好大量的回復藥水喔。」

「現在菲里妮還不會調合，看來最好也為她做些回復藥水。趁著現在暫時不用訓練，大家一起使用城堡的工坊製作回復藥水吧。」

我還想順便示範何謂熬煮，把第四階段的魔力壓縮法教給近侍們。

斐迪南以他要負責監視為條件，同意了我們在城堡的工坊裡進行調合。我向近侍們展示藉由熬煮，可以減少鍋中藥水的水分與體積，還能讓藥水變得濃稠。果然貴族們都沒有自己煮過飯，這種用火熬煮的作業他們都是第一次看到。

「斐迪南大人，明明赫思爾老師曾在魔力壓縮課上說過，壓縮魔力就像在熬煮藥水一樣，而哈特姆特是上級貴族，又就讀高年級，為什麼連他也沒有看過熬煮呢？」

「有的藥水確實在熬煮過後效力會更好，但一般很少這樣做。」

原來貴族院的調合課，單純只教學生們把原料放進調合鍋裡，再用魔力進行攪拌。至於老愛跳脫課程範圍，自己額外做許多研究的斐迪南，從貴族的角度來看本來就是怪人；而在指導魔力壓縮法時，把並不常見的藥水做法教給一年級生的赫思爾，大概更是異於常人吧。

……不過，她也只是把自己的壓縮方法提供給學生，讓大家當參考而已吧。

我把第四階段的魔力壓縮法教給大家，同時也把每個階段的魔力壓縮法教給菲里妮。近侍當中，菲里妮的基礎魔力最低，今後勢必得付出大量努力。費用部分有她在貴族院賺來的零用錢，所以沒有問題，但魔法契約就讓我有些苦惱。如果只和菲里妮一個人簽訂全國性的魔法契約，費用實在太高昂了。所以，我決定和之前的達穆爾一樣，在下次教其他人時再一起簽約，同時先只簽訂領地範圍的魔法契約。雖然菲里妮多半不會大嘴巴說出去，但讓別人看見我們有簽魔法契約的動作十分重要。

就這樣，近侍們開始輪流參加訓練，我一邊持續進行復健，一邊連同受訓文官們的份在內，幫忙用採回來的原料製作回復藥水；同時還要練習飛蘇平琴，和莉瑟蕾塔與布倫希爾德一起為休華茲兩人的衣服刺繡，哈特姆特還經常跑來問我有關祝福的各種問題。日復一日，領主會議也逐漸步入尾聲。

領主會議的報告會

「歡迎兩位歸來。」

韋菲利特、夏綠蒂與我排成一排，站在轉移廳的房門前等候。看見我們三人，芙蘿洛翠亞旋即展露微笑說道：「大家都來接我們了呢。」一同返回城堡的齊爾維斯特也走了出來，笑得十分開心。

「雖然發生了不少事情，但詳細情況明天的報告會再說。你們也要出席。」

之前斐迪南曾好幾次被叫往貴族院的宿舍，身為後勤要員的諾伯特他們也被徵召前往，所以我本來還很擔心，不曉得領主會議到底發生了什麼事情。但是，領主夫婦回來時都帶著輕快的笑容，看起來也不怎麼疲憊。

「父親大人，歡迎回來。」

「嗯，我回來了。羅潔梅茵，妳看來氣色不錯。」

我出聲向卡斯泰德喚道。以騎士團長身分同行的他，嘴角立即揚起淡淡笑意。光看臉色，卡斯泰德看起來比齊爾維斯特還疲倦。發生什麼事了嗎？我擔心地仰頭看向卡斯泰德，但他只是催促我說：「接下來護衛騎士、侍從與文官們都會回來，我們快點出去吧。」

隔天，我與韋菲利特還有夏綠蒂，一同前往要舉行報告會的會議室。聽說領主一族從開始就讀貴族院那年開始，便要出席領主會議的報告會。因為領主會議的結果，也與自己今後在貴族院的生活息息相關。

去年我因為還浸在尤列汾藥水裡頭，沒能出席到報告會，而夏綠蒂是今年冬天才要進入貴族院就讀，所以我們都是頭一次參加。

「今年的排名應該已經出來了吧？真期待。」

韋菲利特去年參加過報告會，邊走邊笑得信心滿滿，還說：「今年的排名應該會比去年高吧。」我坐在騎獸上，回道：「希望排名有上升呢。」夏綠蒂因為是首次出席報告會，神情十分緊張，走在旁邊幾乎沒有開口。

領主會議的報告會，除了領主一族與其近侍，騎士團與文官的高層也要參加。眾人作好準備後，領主夫婦走進屋內。

「現在開始報告結果。今年因為發生了不少重大變化，通知事項比往年要多。從今往後，艾倫菲斯特的影響力勢必會持續增加，為領地帶來新氣象吧。我希望能把握這次機會，儘可能提高領地的排名，還望各位助我一臂之力。」

齊爾維斯特以這番話作為開場白，報告會正式開始。他的文官最先宣布了今年的領地排名。艾倫菲斯特今年是第十順位，到了貴族院，將使用十號的大門與房間。回顧艾倫菲斯特至今的排名，據說是最高的一次。

「這次我們在貴族院的成績都有大幅提升。說實話，單看貴族院的成績，排名原本應該再高一點。」

但是，與貴族院的成績相比起來，艾倫菲斯特送往中央的人才並不多，各種新流行也才剛開始興起，自身的影響力還是偏低，所以排名最終落在第十。

「今年若能與來自他領的商人順利展開貿易，明年的排名應該能再往上提升吧。在順利推動貿易的同時，也不能讓現在引起流行的新事物快速被淘汰，必須維持住熱度，並且持續引發新的流行，這將是今後的重要課題。」

看齊爾維斯特講得慷慨激昂，恐怕是有其他領地曾經出言挖苦，像是「艾倫菲斯特引起的風潮也不過是一時的」。畢竟我們至今從未推出過讓人眼睛一亮的流行，他領會這麼認為也無可厚非。尤其是排名相近與今年被艾倫菲斯特追過的領地，肯定會想譏諷幾句吧。但是，這些話顯然刺激到了生性不服輸的齊爾維斯特。只見他目光銳利地環顧在場眾人，用力握起拳頭。

「現今艾倫菲斯特正在不斷開發新紙張，印刷業也馬不停蹄地在作準備。我們要以此作為武器，往更高的排名邁進！」

齊爾維斯特朗聲宣告完，眾人拍手鼓掌。一直以來，艾倫菲斯特都被人說是窮鄉僻壤，花了好幾年的時間慢慢提升順位，今年終於從第十三名上升到了第十名。老一輩的人因為知道艾倫菲斯特以前甚至是在最後幾名徘徊，所以都是一臉喜不自勝。

「為了維持現在的排名，今後將以就讀貴族院的領主候補生為中心，由他們帶領學生，努力維持好成績。此外，如果想要提升成績，除了孩子們必須付出努力，身為大人的我們也得提供協助。關於此事，由斐迪南來詳細說明。」

齊爾維斯特看向斐迪南。他點了點頭後站起來，先環顧會議室裡的眾人。

「先前我從領主候補生們口中，得知了貴族院的現況。據說政變之後，貴族院替換了許多老師，課程內容也與從前大不相同。最大的改變，我認為是見習騎士的課程中，將奪寶迪塔的比賽改為競速迪塔。」

斐迪南接著開始詳細說明，由於課程發生變化，學生們的學習內容因此產生了何種改變，剛從貴族院畢業的騎士們目前又是怎樣的狀態。

「現在為了追上原有的進度，騎士團正對新進騎士與見習騎士進行特訓。文官似乎也因為不再參與奪寶迪塔的關係，與騎士幾乎沒有互動。」

以往整個領地會團結一心，一同設置魔導具與製作回復藥水，但現在已然不是如此，所以請各部門在訓練新人時，能夠留意到這一點──斐迪南如此提醒眾人。文官們似乎也對新進員工的變化有所察覺，點頭說著：「原來如此。」看來因為小領地人數不足而停辦的奪寶迪塔，其實在教育上有著重要作用。

「接下來，向各位報告有關貿易的消息。如同出發前討論過的，這次已經確定先與中央還有庫拉森博克，針對我們推出的新商品展開貿易。」

文官接著開始報告。聽起來在參加領主會議時，各種新流行的推廣也相當成功。不只髮飾、絲髮精、植物紙、宴會上端出的新餐點，我們還把磅蛋糕的做法先賣給今年無法進行貿易的領地，這些似乎都讓其他領地十分滿意。

「由羅潔梅茵大人命名的勘合紙，也已經交給了兩個領地。文官會再把另一半的勘合紙交給商業公會長，並囑咐他要好好接待今後來自他領的商人。」

……啊，雖然是我說過，南娑扶紙直接把原料的名字都說出來了，告訴他領不太好，但結果改叫勘合紙了啊。

「不少領地都希望明年能與我們展開貿易。為此，我們認為應該在這一年的時間裡，儘可能增設絲髮精工坊，明年才能與更多領地有貿易合作的機會。這件事也必須再找商業公會長商量。」

聽到文官說要趁著他領產生興趣的時候，增設大量工坊，我有預感平民區將接到更多強人所難的要求，慌忙開口制止。

「其實絲髮精的做法並不難，萬一增設太多工坊，等日後他領也能自行生產了，屆時這些工坊將沒有存在的必要，很可能導致大量平民失去工作。不光是絲髮精，艾倫菲斯特也推出了其他新流行。一味增設絲髮精與髮飾的工坊並無意義，恐怕只會演變成數年後，沒有工作的平民突然暴增。這點還請小心。」

聽了我發表的意見，文官露出無法理解的表情。

「既然領內還有其他的新流行，等絲髮精引起的熱潮告一段落，讓那些沒了工作的平民去製作新產品就好了吧？」

等絲髮精的做法在他領傳開，無法再外銷以後，確實是該接著製作其他新產品。但是，工作並不是說換就能輕易更換。

「如果要求平民現在手上的工作沒了，就改做其他工作，這只是說來容易，實際上並沒有這麼簡單。倘若我告訴你，現在文官不缺人了，明天開始請去騎士團那邊工作，你能在隔天就完美做好騎士的工作嗎？如果還是在文官部門，只是改做其他工作，或許不會有問題，但不同領域的工作根本做不來吧？同理可證，平民區的居民也一樣。增設工坊的時候，請一定要考慮到這個層面。」

只要是與平民區有關的事情，我都打定了主意要儘可能幫居民把關。看我態度堅決，完全無意退讓，文官有些不滿地點了點頭：「……遵命。」

「接下來，是艾倫菲斯特所有人最關心的事情，也就是韋菲利特與羅潔梅茵的婚約……」

齊爾維斯特才剛開口，會議室內的氣氛瞬間變得緊繃。這件事關係到派系間的影響力，所以從這方面來說，與在艾倫菲斯特生活的貴族們最密切相關。看得出來比起聆聽領地順位的結果時，大人們此刻更全神貫注。

在整個領地必須同心協力，應付各種難題的時候，還是避免不了派系鬥爭嗎？我不由自主嘆氣。由於先前在貴族院，學生們都能不再執著於派系鬥爭，而是把注意力放在與他領的競爭上，才會讓我更加感慨吧。

……有沒有什麼辦法能和在貴族院時一樣，讓領內貴族一致對外，並且團結起來呢？

在場有一半以上的貴族都沒有出席領主會議，所以全屏著氣息等待答案。齊爾維斯特用他那雙深綠色的眼眸環顧眾人，開口說了：

「此事已經得到了國王的許可。至此，兩人算是正式訂下婚約。反對此事的人，等同是反對國王所作的決定。」

這樣一來，不只萊瑟岡古派的貴族，舊薇羅妮卡派的部分貴族也都不能再公開發表怨言了。婚約既已拍板定案，眾人似乎都開始思考下一步該怎麼走，眼神明顯變得不一樣。

……但我覺得現在的艾倫菲斯特，其實根本沒有餘力再搞內部鬥爭呢。

「另外，順便告訴各位同樣得到了國王許可的另一則婚約。亞納索塔瓊斯王子與庫拉森博克的領主候補生艾格蘭緹娜大人，同樣已經正式訂親。也因為訂下了這樁婚約，今後亞納索塔瓊斯王子將聽從席格斯瓦德王子的號令。」

看來亞納索塔瓊斯與艾格蘭緹娜的婚約，順利得到了國王的許可。聽說兩人要負責掌管政變過後，中央因合併了周遭領地而擴張的直轄地。王族的身分仍予以保留，以便操控魔導具，所以我想地位大概就像是中央的基貝吧。

總之，可以看出亞納索塔瓊斯已經退出了王位之爭，但這件事究竟會帶來怎樣的影響呢？我「唔唔」地思索起來，但是看周遭眾人的表情，他們似乎對此毫不在意。大概是因為王族的行動至今很少影響到自己的生活，所以比起我與韋菲利特的婚約，大家對這件事的反應相當冷淡。

「還有，接下來也是與婚約有關的消息。因亞倫斯伯罕提出的請求，已經決定蘭普雷特與弗洛登，都將迎娶亞倫斯伯罕的女性貴族為妻。」

會議室內頓時眾議紛紛。大家會這麼震驚也是當然的吧。因為先前賓德瓦德伯爵儘管是亞倫斯伯罕的貴族，卻未經許可就進入艾倫菲斯特的神殿，攻擊我和斐迪南，他曾持有的私兵還闖進城堡裡肆意擄人，所以我們才徹底斷絕了與亞倫斯伯罕的往來。不僅如此，先前還是領主以魔力不足為由，駁回了蘭普雷特兩人請求准許的婚事，如今卻又是領主宣布，兩人將迎娶亞倫斯伯罕的女性貴族。

「由於從一開始提出請求到現在，已經過了不少時日，亞倫斯伯罕希望能讓兩位新娘盡快出嫁，所以兩人將在今年的夏季尾聲來到艾倫菲斯特。」

齊爾維斯特說著這些話時，眼神非常陰沉。明明是喜事，聽起來卻好像一點也不值得高興，多半因為這是被亞倫斯伯罕逼著答應的婚事吧。上位領地都開口說了要讓兩名女性嫁過來，就算不想答應也說不出口吧。

……尤其我們今年還拒絕了與他們貿易往來。

這恐怕是為了明年要與我們進行貿易所作的安排吧。而且，這兩名女性鐵定也是他們派來潛入艾倫菲斯特，查探內情的棋子。嫁給蘭普雷特的那名女性，屆時騎士團長將是她的公公，掌管印刷業的艾薇拉是她的婆婆，韋菲利特還是丈夫的主人，我更是蘭普雷特的親妹妹。以她的身分，能夠蒐集到非常大量的情報吧。

……嗚哇，怪不得父親大人回來時臉色那麼憔悴。

看來情況非常不妙。儘管聽到蘭普雷特要結婚了，但看卡斯泰德與艾薇拉的表情，兩人似乎都無法發自內心感到高興。

齊爾維斯特還說了，由於這兩樁婚事是在奧伯·亞倫斯伯罕的要求下敲定，此外姑且不論中級貴族弗洛登的對象，但蘭普雷特將迎娶的新娘子是奧伯·亞倫斯伯罕的侄女，再考慮到領地間緊張的關係，最後決定由雙方的親族與領主一族前往領地的境界門，當場舉行簡單的儀式。

「蘭普雷特與弗洛登，以及兩人的親兄弟，還有神殿長與神官長都記得作好準備。」

與想像了今後情景而沉下臉來的蘭普雷特不同，周遭有些人的臉上都流露出了喜色。全是隸屬於舊薇羅妮卡派，希望能與亞倫斯伯罕有交流的人。本來因為領導者垮臺，我們又透過新流行與魔力壓縮法，成功削弱了舊薇羅妮卡派的影響力，如今這兩門婚事敲定以後，他們恐怕又會想重振旗鼓吧。派系鬥爭的火種，勢必將在艾倫菲斯特境內再次點燃。

……真想趕快提高艾倫菲斯特的排名呢。老實說，來自上位領地的壓力有夠麻煩。想到蘭普雷特這個婚一結，艾倫菲斯特內部又將大小紛爭不斷，我只能重重嘆氣。

私下的報告會

報告會結束後，會議室內重新恢復喧譁嘈雜。這天報告的內容確實不少，感覺得出艾倫菲斯特正迎來重大轉變。所有人都神情愉快地踏出房間。

「羅潔梅茵、斐迪南，你們來我的辦公室一趟。我有話對神殿長與神官長說。」

接到齊爾維斯特的召見，我與斐迪南從會議室走向領主的辦公室。近侍們形成的隊伍跟在我們後面移動。

一走進領主辦公室，我就看見房內有本裝幀華麗的書籍，上頭還有一封信。發現我的目光固定在了那本書上，齊爾維斯特靈活地揚起單眉，看向那本書說：

「這是戴肯弗爾格請我轉交的東西。見習文官，小心地帶回羅潔梅茵房間。」

……呼噢噢噢噢噢！漢娜蘿蕾大人，我愛妳！

在我感動得全身顫抖時，哈特姆特與菲里妮接過齊爾維斯特的文官準備好的布料，慎重地將書包起來。

「接下來，我們要討論有關艾倫菲斯特，以及將在境界門舉行的星結儀式的一些問題。討論儀式的事情時近侍無須在場，都稍微退下吧。」

齊爾維斯特屏退眾人，不光我的近侍，他的近侍也走出辦公室。很快地，屋內只剩下齊爾維斯特、卡斯泰德、斐迪南與我四個人而已。

房門「喀喳」一聲關上，複數的腳步聲逐漸遠去後，齊爾維斯特忽然間軟綿綿地趴倒在辦公桌上。

「養父大人？」

「累死我了，羅潔梅茵。我以前參加領主會議從沒這麼累過。比起頭一次參加領主會議，這次簡直快去了我半條命。」

看來齊爾維斯特一直死命維持著領主的威嚴，畢竟才剛鼓舞文官說：「現在會這麼忙，都是因為領地的地位提升了。」他自己當然不能抱怨，也不能表現出疲態。現在近侍們一走，他馬上切換成私底下的樣子。方才的領主威嚴蕩然無存，他趴在桌上嚷嚷著「我真是受夠了」，滔滔不絕地發起牢騷。

「之前斐迪南才建議我，在決定要與哪個領地進行貿易之前，最好先讓國王同意妳與韋菲利特的婚約，真是幸好我聽了他的話。因為庫拉森博克竟然開口問我，要不要考慮讓羅潔梅茵當他們下任領主的第二夫人；多雷凡赫也說他們的女兒與兒子，跟妳還有韋菲利特是好朋友，希望可以讓關係更加緊密。連法雷培爾塔克也來參一腳，說盧第格與妳的年紀正好匹配。亞倫斯伯罕似乎本來也有意讓韋菲利特當他們的女婿，要不是已經得到了國王的許可，我絕對沒辦法全部回絕。」

看來領主會議期間，齊爾維斯特過得是如履薄冰。「我光是站在齊爾維斯特身後就累了。」卡斯泰德也揉著脖子，轉動肩膀。

「庫拉森博克似乎是聽了艾格蘭緹娜大人的報告，發現羅潔梅茵是這些新流行的主要推手，還是那些全新樂曲的作曲者。果然不愧是大領地哪。儘管幾乎沒有交流，也察覺到了羅潔梅茵的與眾不同，想把她招攬過去……」

接連有大領地委婉地提出聯姻請求，似乎不只齊爾維斯特，連卡斯泰德在旁邊也聽得胃痛。

「妳到底是什麼時候，又怎麼和多雷凡赫的領主候補生成了好朋友？尤修塔斯在報告裡頭根本沒提到過這件事……」

「先不說韋菲利特哥哥大人，但我和對方幾乎沒有交流喔。是之前艾倫菲斯特主辦茶會的時候，艾格蘭緹娜大人為我介紹了阿道芬妮大人，我們才開始有交流。她將成為我往後的庇護者，所以等今年進入貴族院以後，交流次數應該會增加吧。」

「是嘛，會增加嗎？」齊爾維斯特垮下肩膀，吐出大氣。「多雷凡赫的文官都十分優秀，經常發明一些新奇的魔導具。奧伯．多雷凡赫與他的近侍們，都對勘合紙非常感興趣。看到勘合紙雖是魔導具，對魔力的反應卻很薄弱，似乎就連下級貴族也能輕鬆製作，平民使用起來也很簡單，不會出任何問題，他們可是讚不絕口。」

據說他們非常好奇製作者是誰，又是怎麼做出來的，希望齊爾維斯特能把南娑扶紙賣給他們。要是勘合紙被拿去檢查，馬上就會知道原料是什麼了吧。齊爾維斯特說他堅稱「這種紙在艾倫菲斯特也還不多見，這次是因為貿易有需要，只帶來了能分給中央與庫拉森博克的份」，這才死守成功。

「由於在領主會議上沒能得到情報，到了貴族院，多雷凡赫應該會頻繁與妳接觸。」

「……跟對方加深交流不好嗎？」

我詢問後，斐迪南手支著下巴，思忖半晌。

「不，最好還是先建立起良好交情。無論是庫拉森博克、戴肯弗爾格還是多雷凡赫，和每個領地都打好交道可是重要任務，妳辦得到嗎？」

一直以來，大家總說對我的社交表現很不放心，所以聽到這個問題，我實在無法信心十足地回答說「我可以」。但是，我也無法說「我不行」，結果只能噤不作聲。斐迪南用指尖「咚咚」地敲起太陽穴。

「如今將有兩名女性貴族嫁來艾倫菲斯特，還不曉得亞倫斯伯罕會有什麼行動，所以能獲得情報的管道，與能幫助我們的上位同伴是越多越好。但即便是同伴，也不能鬆懈大意……」

斐迪南說完，齊爾維斯特大力點頭。

「羅潔梅茵，妳特別該留意的對象，就是掌握了妳的弱點，知道妳喜愛書籍的戴肯弗爾格。奧伯．戴肯弗爾格特意帶著書來，說他女兒答應了要借書給妳，還以妳們的交情好到可以互借貴重書籍來攀關係，希望明年能與我們進行貿易。戴肯弗爾格的那個領主候補生，搞不好相當工於心計。」

對方知道只要拿書當誘餌，我就會傻傻上鉤，所以齊爾維斯特叫我要小心。看漢娜蘿蕾那副天真無邪的溫順模樣，我實在不曉得她的心機是否有重到可以想出這種策略，但接下來的冬天我早已經打定主意，要與漢娜蘿蕾加深交流。

「可是，我非常喜歡同為愛書同好的漢娜蘿蕾大人，升上二年級以後，還打算跟她戴一樣的臂章，從事圖書委員的活動，到時候該怎麼小心才好呢？」

「羅潔梅茵，妳居然已經被收服了嗎……大領地太可怕了。」

齊爾維斯特瞪大了雙眼，抱頭呻吟。但是，讓大家這麼頭痛並不是我的本意。我不禁倒吸口氣，看向三名監護人。

「到了貴族院以後，如果有我需要注意的對象與言行，希望三位可以預先告訴我。」

畢竟他們平常就老在擔心我的社交表現，所以我覺得自己最好作好萬全的準備。我這麼表示後，斐迪南輕輕聳肩。

「依妳的個性，我看最正確的做法，就是靠近妳的人全都要小心。」

「話雖然沒有錯，但當中有沒有特別需要注意的人呢？」

「今年艾倫菲斯特上升到了第十名，排名比我們稍低的領地一定會眼紅。畢竟他們去年的排名本來比我們要高，就算會裝出對上位領地該有的態度，但實際上應該有不少惡意中傷。如果因此表現畏縮，只會助長對方的氣焰；但要是驕矜自滿，下次換我們的排名降低時，遭到的欺壓也會更可怕。」

齊爾維斯特告訴我，以前領地的排名也曾因為政變的關係產生變動，艾倫菲斯特突然上升的那年，排名變得比我們要低的周邊領地都眼紅說道：「我們的排名居然比艾倫菲斯特還低嗎？」他說當時的處境非常尷尬。畢竟在那之前，艾倫菲斯特始終是在最後幾名徘徊，政變時只是因為保持中立，什麼也沒做，排名才上升了。招人眼紅我想也很正常。

「話說回來，我完全沒料到有這麼多領地有意與我們聯姻，真是教我吃驚。」

「之前領地對抗戰的時候，也沒這麼多人來打聽過吧？」

記得那時候曾有幾個下位領地試探性詢問過，但上位領地完全沒有。

「最主要大概是因為妳得到了最優秀表彰，艾倫菲斯特的領地排名又一口氣上升了不少吧。老實說，真是幸好先向國王徵得了許可。另外關於圖書館的魔導具，我也聽到了一些建議……」

「關於休華茲與懷斯，王族有任何表示嗎？難道是願意增派上級圖書館員了？」

搞不好對我來說，這才是最重要的消息。我往前傾身急急詢問後，齊爾維斯特搖了搖頭，看著我的眼神中流露出強烈遺憾。

「對此來找我討論的，是中央擔任文官的上級貴族。他們跑來問我，艾倫菲斯特是否有辦法為圖書館的魔導具製作新衣，還親切地提供了不少建議。」

齊爾維斯特說到這裡頓了一下，看向斐迪南後咧開嘴角。

「聽說以往圖書館魔導具的服裝，都是中央上級貴族擔任的圖書館員成為主人後，由好幾個人合力完成。對於位在偏遠地區的艾倫菲斯特能否做出新衣，他們可是擔心得不得了哪。還說真擔心會不會連材料也蒐集不全，最後做出的衣服粗糙又簡陋……」

「哦……如此說來，還真教人期待明年的評價。」斐迪南的表情變得越來越愉快，說話的同時還瞇起淡金色眼眸，非常恐怖。「羅潔梅茵，妳們的刺繡絕不能有半點偷工減料。我畫的魔法陣雖然完全沒有問題，但我絕不允許服裝完成後，能讓他人有機會嫌棄刺繡與成品不夠精緻。」

……嗚哇，神官長認真起來了。

「齊爾維斯特，羅潔梅茵究竟該小心防範哪些領地？到底有哪幾個領地請求了聯姻，你再說清楚一點。」

「她該小心的領地，有庫拉森博克、戴肯弗爾格與多雷凡赫。除此之外，因為排名都比我們要低，倒是不用太過警戒。」

「……咦？戴肯弗爾格不可能吧。藍斯特勞德大人曾說我是冒牌聖女，還說我陰險狡詐，十分討厭我喔。」

我轉述了奪寶迪塔前後的互動後，斐迪南似乎是想到了什麼，再度瞇起眼睛。

「他們會提出聯姻請求，肯定就是因為比了那場奪寶迪塔。一定是戴肯弗爾格的騎士團長與他的侄子強烈推薦了妳。因為戴肯弗爾格的騎士非常看重指揮能力出色的策士。」

「斐迪南大人，您還真清楚呢。難不成您以前也接到過聯姻的請求？」

我仰頭看向斐迪南，他一臉厭煩地點頭。

「戴肯弗爾格的騎士團非常看重擅長比迪塔的人，奧伯還會強迫年紀正好匹配的孩子與對方結婚。儘管我得到過最優秀表彰，但畢竟當時領地的排名總在最後幾名徘徊，我記得曾有位女性領主候補生因為不願被逼著與我結婚，在逃離戴肯弗爾格後與王族相戀，後來在政變期間嫁給對方，成為第三夫人。」

「……這、這位小姐真是行動派呢。我還以為貴族女性，基本上都只能與父母決定的對象結婚。」

「因為聽說他們領地的特色，就是想要的東西自己爭取。既然已經自己憑本事與王族結為夫妻，雙親也無法有意見。」

……嗚哇，戴肯弗爾格的女性領主候補生太強了。雖然漢娜蘿蕾大人看起來不是這種個性，但該不會其實也很強悍？

聽了斐迪南這些話，卡斯泰德「嗯」地摸著下巴。

「戴肯弗爾格的男性領主候補生是藍斯特勞德吧？倘若他真的不喜歡妳，那應該不必擔心吧。如果只是身邊的人有意撮合，恐怕是多雷凡赫比較棘手。」

「這是為什麼呢？」

「多雷凡赫那裡有同年的男性領主候補生吧？再加上妳自己剛才也說過，就讀二年級的時候，他的姊姊會成為妳的庇護者。」

聞言，我拍向掌心。今年冬天去貴族院，應該已經可以肯定我會受到阿道芬妮諸多照顧。齊爾維斯特像在回想事情，皺著眉稍微仰起頭。

「奧伯．多雷凡赫曾說過，她把妳當作妹妹一樣疼愛。再者，多雷凡赫對魔導具特別感興趣，妳又與斐迪南走得近，他們不可能不盯上妳。」

「像妹妹一樣……但我與阿道芬妮大人的交情，根本沒有好到這種程度喔。」

「不，既然上位領地都這麼說了，在妳二年級時肯定會變成這樣。」

齊爾維斯特斬釘截鐵說道，但是斐迪南擺手反駁。

「不必擔心，多雷凡赫懂得拿捏分寸。既然婚約都已得到國王的同意，他們不會再窮追不捨，也不會私底下採取行動，想讓婚約取消。他們只會一再打聽有關魔導具的消息吧。等羅潔梅茵與韋菲利特到了貴族院，最多就是不斷被問起有關勘合紙的事情。多雷凡赫的文官都熱愛研究，與他們討論應該會很愉快。」

斐迪南大概會聊得很開心，但我對於與書本和圖書館無關的研究，一概毫無興趣。就算跑來找我討論有關魔導具的事情，我應該也是一問三不知。

「總之除了絲髮精，我們的餐點也勾起了不少領地的興趣。接連有大領地邀請我們參加聚餐，我們也不得不設宴款待對方。等到了貴族院，你們恐怕還是會應接不暇。」

「聽起來，和韋菲利特哥哥大人之前在貴族院的經歷一模一樣呢。」

艾倫菲斯特至今與大領地幾乎沒有交集，現在突然頻繁地開始交流後，卻沒有半個人知道該如何應對。這種情況先前已經在貴族院上演過了。

「我還把諾伯特找來，又多調了好幾名廚師才應付得過來……看來往後貴族院該安排幾名廚師，可能得再重新評估。妳還不打算販售食譜集吧？」

「因為食譜集已經開始在艾倫菲斯特販售，之後很有可能經由夏天來訪的商人，傳到中央或庫拉森博克那裡去，而且我也打算冬天去貴族院以後，視情況慢慢推廣。現在開始賣印刷品會太早嗎？」

我個人想從不會影響到學科成績的書籍開始推廣，像是料理食譜與樂譜等。聽見我這麼問，齊爾維斯特點點頭說「無妨」。

「考慮到艾倫菲斯特現在印刷業的規模，只要由妳來主導推廣，應該都不用擔心吧。而且也是妳比較了解這會對平民造成多少負擔，可以販售的數量又有多少。」

我「唔」地思考起來。這件事我想一邊栽培文官，一邊與平民區合作，然後逐步進行。目前需要點時間好好思考。

「如果想向他領推廣印刷品，若不趕在明年夏天之前再增設點印刷工坊，恐怕不太可能呢。」
「妳也要留意別太過性急。」
「太過急著帶來變化，確實也會遭到劇烈的反彈，但如果不趁著此時改變，艾倫菲斯特永遠也無法躋身上位領地的行列喔。好比庫拉森博克、戴肯弗爾格和多雷凡赫這些大領地，他們究竟都是怎麼與平民往來相處？又是怎麼經營領地？我認為這是蒐集情報的好機會。我們的想法不能一成不變。」
有了這次推廣流行的經驗，我發現必須要好好帶領平民，才能讓最新流行的事物與特產流傳開來。我想艾倫菲斯特在帶領平民這方面，其實做得非常差勁。
「最起碼，我希望派系鬥爭可以不要再越演越烈……但是，一旦蘭普雷特哥哥大人他們的對象嫁過來，顯然有很多人都等著大展身手呢。」
在艾薇拉高明的周旋本領下，派系好不容易有整合的趨勢，卻因為喬琪娜來訪，一度功虧一簣。後來我們不只處罰犯了錯的韋菲利特，也削弱舊薇羅妮卡派的力量，經過遇襲事件後，又以魔力壓縮法為誘餌，再度讓派系慢慢整合，卻又被亞倫斯伯罕中途攪亂。
「為什麼舊薇羅妮卡派的貴族們，這麼容易受亞倫斯伯罕擺布呢？」
「因為立場堅定的舊薇羅妮卡派貴族，原本都是亞倫斯伯罕的人。」
「咦？」意想不到的回答讓我抬起頭來，斐迪南按住太陽穴。
「為什麼這麼簡單的事情妳會不明白？當初是亞倫斯伯罕的女性領主候補生嫁來艾倫菲斯特，她怎麼可能隻身前來。當然會帶著侍從與護衛騎士。」
為了防範間諜，聽說領主候補生在出嫁時很少能夠帶著文官同行。但是，在身邊貼近照顧的侍從，與負責保護安危的同性護衛騎士必定是一起跟來。想當然耳，那些近侍過來以後，也都是與艾倫菲斯特的人結婚。於是那位女性領主候補生的近侍及其親屬，在她過世之後，就成了她女兒薇羅妮卡的後盾。後來薇羅妮卡成為領主夫人，又籠絡了更多人加入自己派系，但中心人物都是一同來到艾倫菲斯特的那些近侍的親屬。

「原來如此，難怪舊薇羅妮卡派的行動都會受亞倫斯伯罕影響呢。」

「舊薇羅妮卡派裡頭，有許多貴族以往都是推崇姊姊大人成為下任領主，而不是我。現在是因為只有我這個領主具有亞倫斯伯罕的血緣，他們才跟隨我，但有不少人都很高興姊姊大人成了第一夫人，對艾倫菲斯特具有影響力。」

……這也就是說，舊薇羅妮卡派與喬琪娜大人之間，有著各種讓人頭痛的聯繫囉？

「當中仰慕姊姊大人的貴族，多數都在南邊。比如格拉罕子爵與達道夫子爵，聽到這次蘭普雷特兩人要結婚的消息，肯定是手舞足蹈吧。領主會議時，姊姊大人雖然是笑容可掬地前來找我談話，但她老樣子笑裡藏刀。光是回想，我這裡就隱隱作痛。」

齊爾維斯特按著腹部，呻吟說道。

「想必沒有辦法拒絕吧？」

「能拒絕我早拒絕了。我也已經盡最大努力了。」

據說亞倫斯伯罕在領主會議上，試圖用骨肉親情來打動齊爾維斯特，希望能與他們進行貿易。他們用貴族特有的委婉說法，暗示亞倫斯伯罕是大領地，又是親族，應該以他們為優先。齊爾維斯特也以委婉的說法，反駁亞倫斯伯罕說：「今年要進行貿易的對象早已決定好了，以目前情況看來，明年預計新增的貿易合作對象，依舊會是戴肯弗爾格與多雷凡赫吧。」

「就算對方想利用骨肉親情來提出要求，但比起第六順位，優先與第一順位進行貿易也是當然的吧。對了，那亞倫斯伯罕今年是第幾名呢？」

「上位領地並無變動，他們還是第六名。」

聽說當時齊爾維斯特還有意無意暗示，縱然有骨肉至親在，但對方竟有貴族會攻擊艾倫菲斯特的領主一族，實在很難抱有正面情感。聞言，奧伯．亞倫斯伯罕才提起了蘭普雷特兩人的婚事。

「只因一個貴族做出了愚蠢行為，竟讓我們兩領地間產生這麼大的隔閡。艾倫菲斯特畢竟也是喬琪娜的老家，我希望往後能夠繼續建立起密切友好的關係。為了證明我的誠意，我願同意這兩對戀人的婚事。」

聽說奧伯．亞倫斯伯罕還說了，現在尤根施密特全國上下普遍魔力不足，但他仍願意讓自己的侄女和一名中級貴族女性嫁過來，艾倫菲斯特應該不會有任何不滿吧。

「眼看兩領地間產生鴻溝，奧伯．亞倫斯伯罕可是憂心如焚呢。既與相鄰領地交惡，我也不能夠回老家，這種情況真是教人感到寂寞。齊爾維斯特，你應該能明白吧？」

當時喬琪娜也這麼說道，為奧伯．亞倫斯伯罕幫腔。

其實我正是不想讓姊姊喬琪娜進入艾倫菲斯特——這句話齊爾維斯特當然沒辦法老實說出來。對方甚至還拐著彎，語帶嘲諷地表示：「我們身為上位領地都已經讓步了，艾倫菲斯特應該沒愚蠢到看不出來吧？」

與此同時，奧伯．亞倫斯伯罕更露出銳利眼神，質問卡斯泰德說：「直至今日，我的侄女仍然未能斬斷情念，終日長吁短嘆，令郎該不會早已變心，有了新的對象吧？」對方擺明了仗著權力施壓，要求蘭普雷特即使有了新對象，也必須優先迎娶自己的侄女。當時，卡斯泰德只能回答：「小犬絕非見異思遷之人。」

「我以護衛騎士的身分同行時，至今從未有他領奧伯突然瞪著我，直接向我發問。害我頭好痛。」

……嗚哇，對方好霸道。

不僅如此，聽說在只有女性參加的茶會上，喬琪娜也針對我與韋菲利特訂下婚約一事，向芙蘿洛翠亞大表不滿，責難說道：「聽說你們讓韋菲利特與羅潔梅茵大人訂下婚約，但她是在神殿出生長大的吧？竟讓韋菲利特與這樣的對象訂婚……」

她一邊惋惜地表示，本來想將韋菲利特招作蒂緹琳朵的夫婿，一邊還露出嫣然笑靨說：「畢竟韋菲利特雖是優秀的領主候補生，又流有亞倫斯伯罕的血脈，但是在艾倫菲斯特，恐怕不太有希望成為下任領主吧？」言下之意，就是她知道韋菲利特曾擅闖過白塔，還因此遭受到處罰。

「光是聽取芙蘿洛翠亞的報告，我就一肚子火！她居然還拐彎抹角地暗示芙蘿洛翠亞，在艾倫菲斯特的領主候補生中，韋菲利特的年紀是最適合與蒂緹琳朵成親的人選，還說如果想把羅潔梅茵留在領內，大可以考慮把妳下嫁給上級貴族！」

面對喬琪娜的旁敲側擊，據說芙蘿洛翠亞只是面帶笑容，一律避重就輕回道：「這是奧伯．艾倫菲斯特與國王已經決定好的事情。」我簡直佩服。

「可是，法雷培爾塔克的盧第格大人，也是有亞倫斯伯罕血緣的領主候補生吧？從年紀來看，盧第格大人與蒂緹琳朵大人也相當匹配吧？」

我回想了哪些人與亞倫斯伯罕有血緣關係，提出疑惑後，齊爾維斯特呻吟著應了一聲。

「嗯。如果法雷培爾塔克的排名沒那麼低，不是第十五名的話，姊姊大人也許會考慮吧。但是看目前的情況，他們不可能招贅盧第格去亞倫斯伯罕。」

「其實艾倫菲斯特的排名也不算高啊……」

艾倫菲斯特現在是第十順位，說實話頂多排在中間，排名還不算高。但當然，我已經打算今後要繼續提升。

「只要是有點眼光的人，應該都能預料到在妳和韋菲利特要畢業的那時候，我們的排名還會再往上提升吧。」

「齊爾維斯特，你還說別人有眼光，根本是你誇下海口，要他們自己親眼確認，看看我們這次是不是只是短暫的流行。」

身為護衛騎士，一直與齊爾維斯特共同行動的卡斯泰德聳肩說道。據說那些排名幾乎沒有變動的領地，都認為這只是「短暫的熱潮」、「反正艾倫菲斯特也不過如此」，個性好強的齊爾維斯特便決定接下這個挑戰。

「……明明您成天再三告誡我，別把事情鬧大、不可以惹事生非，結果自己卻主動向人挑釁嗎？」

「不對，我是接受對方的挑釁。領主也必須表現出不能被下位領地看輕的態度。」

齊爾維斯特哼了一聲，斐迪南轉過頭來提醒我：「雖然他說得沒錯，但老是搞不清楚狀況的妳絕不能學他。」

「我這個人基本上個性溫和，絕對不會主動尋釁，也不會接受別人的挑釁。前提是只要不與書本還有身邊的人有關。」

「但一旦與書本以及身邊的人有關係，妳就會完全不顧後果，失去理智吧？妳就是這點最教人害怕。」

……對不起喔。可是，我覺得這點大概一輩子也改不掉。因為都死了一次還是沒改啊。

我迅速別開視線，往後退了一步。

「總之，妳最該警戒的對象是亞倫斯伯罕。姊姊大人的態度會依奧伯．亞倫斯伯罕是否在場而有不同，根據韋菲利特與尤修塔斯的報告，蒂緹琳朵本人的言行也與雙親所描述的並不一致。現在完全不曉得他們究竟有何目的，又想對艾倫菲斯特採取什麼行動。在我看來，我只覺得他們各自都懷有不同的心思。」

齊爾維斯特說完，斐迪南也點了點頭。

「到了明年的領主會議，他們多半會以已經讓兩名女性貴族嫁來艾倫菲斯特為由，提出強人所難的要求；又或者是安排任務給即將出嫁的兩名女性，所以把她們送來才是主要目的……目前都還是未知數。」

總而言之，這次的婚事都不是能讓人高興起來的消息。

「蘭普雷特哥哥大人好不容易能和自己喜歡的人結婚，但是在這種情況下，實在高興不起來呢。」

「他也很了解自己的處境吧。我看他也是一臉為難。」

卡斯泰德也露出苦笑。對方可是奧伯．亞倫斯伯罕的侄女，總不可能讓她當第二夫人，要求她住進別館。因此，屆時她將成為韋菲利特的首席護衛騎士的第一夫人，並且掌管家中事務。以這樣的身分，輕輕鬆鬆就能取得情報。

「羅潔梅茵，蘭普雷特他們的星結儀式，將由身為神殿長的妳來舉行。雖然我個人並不想讓亞倫斯伯罕的貴族們看見妳，但妳既是領主候補生，也是領內地位最高的神殿長。在兩領地奧伯皆須出席時，必須是由地位最高的神殿長來舉行儀式，這是不成文的規定。」

為免我獨自一人會出差錯，齊爾維斯特說會讓斐迪南來協助我，順便負責監督。

「妳記得好好練習，給每個人的祝福量要一樣。妳要是隨心所欲給予祝福，給出的祝福量會有偏頗吧？」

「……嗚，我會加油。」

我要是隨心所欲地給予祝福，確實會讓場面非常尷尬。我必須在給予祝福的時候，讓自己可以控制祝福量。

「所有儀式相關事宜，就交給你們兩人去處理。因為我還有很多事得煩惱，像是城堡的守備該如何安排，移動與投宿期間要如何防範敵襲。」

「有需要防範敵襲嗎？是對方要讓新娘子嫁過來吧？」

明明是值得慶祝的喜事，聽見這麼可怕的發言，我不由得睜大眼睛。

「這次的儀式，雙方奧伯都要出席。屆時城堡的守備會變得薄弱，領內的所有重要人物又同時在移動，當然需要戒備……羅潔梅茵，妳最好也先學會怎麼用魔力做鎧甲。」
卡斯泰德忽然這麼提議。他說為防突襲，我必須做好萬全的防護措施，所以要我模仿騎士們用魔石做出鎧甲，預先穿在神殿長的儀式服底下，就好像防彈背心一樣。有必要做到這種地步嗎？我抬頭看向斐迪南，他也緩緩點頭表示同意。
「恐怕有這個必要。如果妳要帶著近侍前往，也必須是能用鎧甲自保的人。除此之外，都必須留在城堡。」
「但到時候我是以神殿長的身分，前往參加境界門的星結儀式，也得帶著貴族近侍一同前往嗎？」
「因為妳同時也是新郎的親妹妹。領主候補生與神殿長這兩種身分要能夠切換自如，所以兩邊都必須帶人前往……這點我也一樣。」
看來我不只要帶神殿的侍從，也得帶城堡的近侍。但如果要帶法藍他們過去，也必須幫他們做好防護措施。
「感覺又需要大量的魔石了呢。」
「有需要我會給妳，妳要儘可能幫自己做好防護。境界那裡非常危險。萬一演變成了是我們主動發動攻擊的局面，事態將一發不可收拾。重點在於徹底做好防禦。」
「沒錯。絕不能像某次遇襲時一樣，妳突然就要用魔力攻擊對方。領主用以保護境界的魔法有其極限。妳一定要小心。」
齊爾維斯特指的是他假扮成青衣神官，與我一同前往祈福儀式時發生的事情。他接著嘀咕碎唸，說為了抵擋我釋放出的魔力，害他強化完邊境結界後累得要命。

「我實在不放心把攻擊魔法教給妳，但至少可以先教妳怎麼用魔法保護自己與身邊的人。只要懂得怎麼保護自己，應該不會那麼輕易就想攻擊敵人吧。」

斐迪南這麼低喃說完後，開始教導我各種防禦魔法。

終章

連日來會議與聚餐不曾間斷的領主會議總算結束了。睽違多日回到自己的領地，身為奧伯的格傑弗里德坐在自己房裡，喝著侍從泡的茶，吐出一口氣。領主會議好不容易結束了，喬琪娜卻連回到房內也不顯露出疲態，甚至發出一聲輕笑。喬琪娜是艾倫菲斯特出身的妻子，當初是以第三夫人的身分迎娶進來，如今成了第一夫人。

「格傑弗里德大人，您看起來十分疲憊呢。不過，今年的領主會議收穫相當豐碩，教人安心多了。似乎也能順利為萊蒂希雅大人覓得佳婿，真是太好了呢。」

「是啊，到了明年或後年，應該會為我們介紹願意入贅的領主候補生吧。」

今年的領主會議，格傑弗里德最掛念的，莫過於外孫女萊蒂希雅的未婚夫人選。他向國王提出了請求，希望能為預計成為下任領主的萊蒂希雅，挑選一位適合成為她夫君的王族或是領主候補生，請求也已獲得同意。

亞倫斯伯罕雖在政變中屬於勝利方，卻因為肅清失去了第二夫人，他與第二夫人生下的兒子們則藉由貶為上級貴族，才免於遭到處刑。說起來，第二夫人並未直接參與政變，單純因為她是奧伯．孛克史德克的妹妹。奧伯．孛克史德克支持了發動政變的第一王子與使得政變遲遲無法落幕的第四王子，因此他的妹妹無法避免地遭到連坐。

當時，格傑弗里德決定優先拯救他與第二夫人生下的兒子們，況且那時候領主候補生中還有喬琪娜生下的兒子渥夫勒姆，所以他並不擔心領地的將來。豈料，渥夫勒姆竟然死了。還是在蒂緹琳朵以外的女兒們皆出嫁後不久……

於是，格傑弗里德聯繫了第一夫人的女兒嫁往的多雷凡赫，提出想收養外孫女的請求。由於外孫女是么女，他的請求沒有遭到拒絕，萊蒂希雅遂來到了亞倫斯伯罕。下任領主之位早已決定由萊蒂希雅繼承，她也正為此接受教育。為了覓得能夠輔佐萊蒂希雅，共同守護亞倫斯伯罕的良婿，他才向國王提出請求，希望現在就開始為她挑選條件相當的領主候補生。若不盡早由國王下令指定，等萊蒂希雅到了要就讀貴族院的年紀，屆時比她年長且能力出眾的領主候補生，都已經自行挑選對象了吧。所以這件事刻不容緩。

「以前奧伯．戴肯弗爾格疑似說過，國王與他們領地出身的第三夫人之間有個孩子。希望那孩子是男孩，最好還是相同學年……」

「但是，要讓王族入贅前來亞倫斯伯罕，是不是不太可能呢？」

「現在亞倫斯伯罕的情勢會這麼險峻，都是因為王族與庫拉森博克堅持要進行肅清。他們似乎也覺得自己該負點責任，所以不至於完全沒希望吧。」

儘管速度緩慢，但亞倫斯伯罕確實正在日漸衰敗。最主要即是因為領主一族的人數不多，能夠供給魔力的人大幅減少。

「看來萊蒂希雅大人是不用擔心了呢。但蒂緹琳朵的對象該怎麼辦呢？我本來還心想韋菲利特大人是最適合的人選，沒想到他竟然與羅潔梅茵大人訂下了婚約……」

要為蒂緹琳朵挑選到適合的夫婿，並不是件易事。如今已經確定將由萊蒂希雅成為下任領主，所以絕不能讓人有機會在領內興風作浪。要成為蒂緹琳朵夫君的領主候補生，絕不能具有想讓她坐上下任領主之位的野心，但根本不會有人符合這種條件。聽喬琪娜說，艾倫菲斯特的韋菲利特因為在領內犯下了難以抹除的罪行，連在他領也無法奢望成為領主，所以本是絕佳的女婿人選。

「帶有汙點的領主候補生可是少之又少哪……」

就算真有缺陷，這種消息也極少傳進他領貴族耳中。喬琪娜是因為來自艾倫菲斯特，才能取得關於韋菲利特的內部情報。

「根據蒂緹琳朵與傅萊芮默老師的報告，羅潔梅茵大人聽說是在神殿長大。可能同樣都是具有汙點的領主候補生，才會撮合他們吧。」

真傷腦筋呢——喬琪娜說完微微垂下目光，臉上卻沒有多少為難之色。格傑弗里德想起了他從領地對抗戰直到領主會議皆曾耳聞的謠言，皺起眉頭。

「對了，我曾聽聞艾倫菲斯特近來的新流行，全是由羅潔梅茵這名領主候補生創造出來，這件事是否屬實？妳那裡可有來自艾倫菲斯特的消息？」

「先前我最後一次返鄉，在城堡參加宴會的時候，從未端出過這次在領主會議上出現的那些餐點與點心。雖然我曾接到過消息，聽說與羅潔梅茵大人老家有關係的茶會上，都會招待一些前所未見的新點心，卻沒能再蒐集到更多情報。後來你也知道，艾倫菲斯特不肯再讓我返鄉探親，所以無從取得詳細資訊。但關於這件事，蒂緹琳朵的侍從瑪蒂娜也曾向我報告過，所以我想新流行確實是由羅潔梅茵大人在主導。」

「傅萊芮默的報告竟然沒有半點用處，真教人頭疼。讓她當舍監還有什麼意義？」

傅萊芮默身為負責管理情報的教師，提供的消息卻似乎多是她主觀的想法。正因為相信了她的片面之詞，只有亞倫斯伯罕對艾倫菲斯特的認知與他領完全不同。也因此，明明兩領地間有姻親關係，他們卻晚了他領好幾步才採取行動，只能暗自捶胸頓足。

「我會去提醒傅萊芮默老師，你別太過責怪她。奧伯若是親自出面斥責，只怕會產生不必要的嫌隙……」

先前才經歷過賓德瓦德伯爵一事，所以格傑弗里德採納了喬琪娜的意見，僅是說道：「妳要嚴正警告她，提供情報前要確認內容正確無誤。」

「我會向傅萊芮默老師如此轉達，也會提醒蒂緹琳朵，要與艾倫菲斯特加深交流……不過，經過這次的領主會議，總算敲定了奧蕾麗亞大人她們的婚事，相信可以期待她們傳回來的消息吧。蘭普雷特大人是騎士團長卡斯泰德大人的次男，又是羅潔梅茵大人的親兄長；他還擔任韋菲利特大人的護衛騎士，想必能掌握到不少艾倫菲斯特的內情。」

這回也決定了他的侄女奧蕾麗亞，將嫁給艾倫菲斯特的騎士團長卡斯泰德之子蘭普雷特。這件事倒是無所謂。

「但是，讓奧蕾麗亞嫁過去就夠了吧？有必要再談成貝緹娜這樁婚事嗎？」

「因為先前只提一樁婚事，卻被對方拒絕了呀。考慮到明年的貿易合作名額，還有今後與艾倫菲斯特的關係，我認為讓兩名女性貴族嫁過去是必要的安排。」

喬琪娜稍微看向遠方，像在回想什麼事情，一雙紅唇微微噘起。這是她在思考事情時的習慣動作。

「……對了，我在領主會議上曾與舊識聊過幾句話，聽說艾倫菲斯特的那些新流行，其實是羅潔梅茵大人的監護人斐迪南大人在暗地裡推動。」

「斐迪南……？我聽過這名字。」

格傑弗里德記得自己從前聽過這個名字。他領的領主一族能在他的記憶裡留下印象，只可能是在貴族院裡蔚為話題的特異之士，再不然就是因為優秀的成績得到過表揚。

「聽說斐迪南大人是在我結婚之後，父親大人才收養了他。我是最後一次返鄉的時候，首次與他見到面。雖然現在已經還俗了，但聽說他從貴族院畢業以後進入過神殿。上次回去，他也只在迎接與送行的時候露面寒暄。你也知道我在成為第一夫人以前，無法獲得外面的資訊吧？你是否知道斐迪南大人是誰呢？」

聽完這些，他腦中的記憶總算串連起來。記得那個畢業後，曾進入過神殿的最優秀領主候補生就叫作斐迪南。

「嗯，曾被送進神殿的最優秀者嗎……」

他的眼前驀地浮現出了這樣一位領主一族——因政治迫害而無法站到檯面上，只能夠進入神殿，並且藉由協助羅潔梅茵來發揮自己的才能。這根本是不可多得的人才吧？曾在各個領域都大顯身手的天才，如今竟然只能把才能運用在這種地方上，未免教人痛惜。格傑弗里德的腦海中彷彿有齒輪「喀喳」一聲互相嵌合，也彷彿點與點連成了一條線，有個想法逐漸成形。

「看你的表情，似乎是想到了什麼事情呢。如果是好消息，請與我分享吧。」

喬琪娜追問道。一雙嬌媚的深綠色眼眸盈滿期待，催促著答案的豔紅雙唇，比往常彎起了更明顯的弧度。

哈爾登查爾的奇蹟

我身為基貝，此刻正環顧著自己的土地。眼前無庸置疑是初夏的光景，凹凸不平的岩表連接著百花盛放的草原，還能看見一整片的灌木叢。至少，這絕非自己以往熟悉的春季中旬景色。

……這就是舉行了真正的祈福儀式後，哈爾登查爾本來的春季景象嗎？

祈福儀式上，聽見我說「這是喜迎春天的到來，象徵狩獵即將開始的歌曲」，羅潔梅茵大人卻說了，根據神殿長聖典上的記載，這是祈求積雪融化，呼喚水之女神前來的歌。於是我也讓女性們上臺獻唱，本來只當作是種餘興節目。然而，僅僅只是性別不同，竟讓祈福儀式的舞臺浮現出了魔法陣。不對，當時只有羅潔梅茵大人一人將手貼在地面上，獻上祈禱與感謝，或許這也是決定性的關鍵。

魔法陣飄浮至半空後，隨即被小聖杯吸收，立起一道光柱。下一瞬間，舞臺上的下級貴族女性們紛紛倒下，造成極大的混亂。高層們聚在一起討論良久，想釐清那個魔法陣究竟是什麼？接下來又會發生什麼事？但是，畢竟誰也沒有見過這個魔法陣，自然也不可能討論出答案。確認女性們都已恢復意識後，會議也就此打住。接著，雷雨交加的一夜過去後，竟然驚見積雪皆已消融，觸目可及是一片初夏光景。

……如今積雪徹底消失，魔獸恐怕也會開始活動吧。

我騎著騎獸馳騁，目光緊盯著可能藏有魔獸巢穴的樹叢與岩表。積雪提早消融固然令人感激，但天候一夕之間變化過鉅，必須盡快掌握現況，了解今年的祈福儀式究竟造成了多大範圍的影響，而至今都是等到夏季才討伐的魔獸，其繁殖與成長情形又會有什麼不同。往年我們都會拜託以狩獵維生的平民，請他們提供協助，但現在是分秒必爭。擁有騎獸的騎士是越多越好。

……單靠哈爾登查爾的騎士，人手實在不足。

幸好，與領主一族同行前來的騎士團此刻正在哈爾登查爾。我決定向騎士團長，同時也是妹婿的卡斯泰德大人請求協助。反正領主與周邊土地的基貝，事後肯定會問起此次儀式的詳細內容。哈爾登查爾向來封閉，不喜外人侵擾，如果能趁這機會光明正大展開調查，對騎士團來說應該也是件值得高興的事。更何況，減少魔獸數量以削弱冬之主的力量，本來也是騎士團的工作。

「我想拜託騎士團，一同前往庫拉森博克境界門附近調查巡視，順便討伐魔獸。畢竟領主會議上應該會討論到今後要如何貿易，奧伯也很好奇境界門的情況吧？」

卡斯泰德大人爽快地一口答應，所以我接著決定負責範圍。為免騎士團濫採哈爾登查爾的貴重材料，也為了避免他們與平民發生糾紛，所以我決定帶著騎士團前往人煙稀少的北邊，哈爾登查爾的騎士們則派往南邊查探。

「是奇伐岱克斯！」

哈爾登查爾北端，與庫拉森博克接壤的邊界一帶，此刻同樣不見半點殘雪，魔獸們都已開始活動。我扯開喉嚨示警，同時搭起弓箭。騎士團長卡斯泰德大人立即變出適合討伐魔獸的武器，下達指令。

「全員散開！一隻也別放過！」

奇伐岱克斯這種魔獸雖然不算強大，但多是群居生活，一發現敵人就會四散逃逸。

春末直到夏天是牠們產卵的季節，若可以趁現在將其消滅，將能減少牠們對農作物造成的危害，更能大幅減輕秋天時期的壓力。

我們一邊前進，一邊沿途討伐魔獸，不久看見了哈爾登查爾與庫拉森博克的交界。往常都必須觸碰到邊界的結界，才知道領地的盡頭在哪裡，這天卻是一目了然。因為庫拉森博克那邊依舊積雪深厚，哈爾登查爾這裡的景色卻已是初夏。

「這就是雷之女神妃亞唐蓮娜的力量嗎……」

剎那間，我內心對神的畏懼勝過感嘆。親身感受到了肉眼不可視的巨大力量後，我嚥了嚥喉嚨。雖然至今施展大型魔法時總要唸出諸神的名字，但我從不曾像今天這樣，真正感受到諸神的力量能夠帶來什麼結果。

「從城堡往外看就很驚人了，此刻竟然還能這般清楚地看見領地的境界線……」

注視著可說見證了諸神之力的交界，我們往境界門降落。不同於與法雷培爾塔克以及與舊卓斯卡相接的境界門，與庫拉森博克相接的境界門完全緊閉，也沒有騎士常駐於此。四下只有哈爾登查爾的獵人們當作野營地使用的開闊空地，與存放柴薪的管理小屋。

「卡斯泰德大人，稍微休息一下如何？畢竟我們趕來這裡的一路上不曾歇息，還討伐了魔獸，這裡也有木柴可用。」

「也是。雖然早了點，但趁著魔獸出沒前先吃午餐吧。你們作好準備。」

騎士們躍下騎獸，開始準備午餐。雖說準備，也不過是生火煮水，泡開攜帶式糧食。我與卡斯泰德大人就近找了顆石頭坐下，望著忙碌張羅的騎士們。在他們身後，是緊閉的境界門。

……這扇大門即將開啟嗎？

就讀貴族院的學生們告訴過我，領地對抗戰時，好幾個領地都向奧伯打探過有無貿易往來的可能性。倘若庫拉森博克提出請求，不可能拒絕得了吧。

「卡斯泰德大人。」

鎮日站在奧伯身後待命，執行著護衛任務的他，想必掌握有不少消息。我朝卡斯泰德大人丟去防止竊聽用的魔導具。他沒有露出半點慌亂神色，接過後握在掌心裡。

「這扇境界門打開的可能性，究竟有多高？」

我拋出問題。卡斯泰德大人看向境界門，沉思了好半晌。

「我們打算盡快開啟。這扇境界門一旦打開，商人往來走動，哈爾登查爾也會變得富庶一些吧。」

這番聽來像是施恩於人的話語，讓我蹙起了眉。一旦在領主會議上正式簽訂契約，該如何妥善規劃才能讓商人們安全往返，將是十分重要的課題，這也是為了領地間的關係。這和不屬於任何領地，能夠自由來去的旅行商人可不一樣。生活別說變得富庶了，我只能預想到每當商人遭受魔獸攻擊，責任都會被推到我們頭上。

「但魔獸在此處出沒頻仍，我只能預見到商人們恐將頻頻遇襲……」

「正因魔獸頻繁出沒，哈爾登查爾的獵人可以被僱為保鏢吧。他們雖是平民，狩獵起魔獸卻得心應手。你不是也說過，為了確保冬季的糧食，必須設法增加勞動人口，獲得外幣嗎？我想這正是好機會。」

這些話雖從卡斯泰德大人口中說出，我卻覺得是領主的意思。多半是領主說過類似的話吧。但是，那都是什麼時候的事了？聽著的同時，我內心也升起無以名狀的不快。我本還以為卡斯泰德大人與奧伯是因為了解哈爾登查爾的現況，才指派羅潔梅茵大人前來，但看來是我誤會了。我沒有讓不快表現在臉上，僅是苦笑，凝視卡斯泰德大人。

「看這樣子，卡斯泰德大人的德蕾梵庫亞似乎停止了編織手中的絲線哪。」

我的求援，少說已是五年前的事了……正是薇羅妮卡大人權勢鼎盛之時。哈爾登查爾的收穫量本就偏低，薇羅妮卡大人更是無所不用其極，想斷絕我們與堪稱艾倫菲斯特糧倉的萊瑟岡古的聯繫。最終情況甚至惡化到了有居民餓死，我只好透過卡斯泰德大人，向奧伯請求援助。

懇請制止薇羅妮卡大人的蠻橫行徑。倘若對此無能為力，還請送來魔力豐富的小聖杯。再不然多分配一些冬季的糧食給我們也無妨，或是高價買下獵人們為了削弱冬之主力量所獵得的魔獸。無論如何，還請伸出援手——

哈爾登查爾與萊瑟岡古之所以一連好幾代都有著親戚關係，不讓聯繫斷絕，就是因為與萊瑟岡古的聯繫是我們冬季的命脈；而對萊瑟岡古來說，冬之主的棘手程度，也會深刻影響到翌年農作物的收成。我以為卡斯泰德大人的母親既是萊瑟岡古的貴族，第一夫人又是哈爾登查爾的人，他應該能夠明白這一點。然而，不知過了幾年的時間，我的請求才終於得到回應。

「如今我們早已收到了盈滿魔力，得以滋潤貧瘠土地的小聖杯；薇羅妮卡大人被幽禁後，萊瑟岡古也提供了糧食援助我們；還有能夠賺取外幣的印刷業……多虧了羅潔梅茵大人，當時的請求全部得以實現。」

這五年來，哈爾登查爾有了相當大的改變。但是，縱然是艾薇拉的丈夫，在貴族區的貴族中也算是與我們比較親近的卡斯泰德大人，其認知仍和五年前相差無幾。那麼領主的發言與提議，恐怕也不是在考慮過哈爾登查爾的發展後所提出的想法吧。

「境界門開放以後，假使哈爾登查爾的獵人們都去當商人的保鏢，只怕冬之主的力量很可能因此壯大。騎士團長的看法也與奧伯相同嗎？」

擔任商人的護衛時，向來是沿著大道移動。至今我們都會前往哈爾登查爾各地討伐魔獸，倘若範圍縮小至道路一帶，勢必讓冬之主有機會成長茁壯。日後騎士們前往討伐時，負擔必定加重，如果又因此延誤春天的到來，也將對領地整體的收穫量帶來重大影響吧。

「屆時我們究竟該優先保護他領商人，還是著重在夏季的狩獵上？在境界門開啟之前，我希望能先了解奧伯的想法……相信奧伯不會如同薇羅妮卡大人那般，在我們人手不足以保護所有商人，以及冬之主變得比以往強大時，都說是哈爾登查爾的責任。」

我笑著說出違心之言。其實我根本不相信領主。恐怕只要事態一對自己不利，就會把責任都推到哈爾登查爾頭上吧。正因如此，我必須事先提出警告，想好脫身之法。這是我身為基貝．哈爾登查爾的義務。

「今年我打算把心力都投注在儀式的調查上，了解到底造成了多少影響。不只天候的變化，如果又要加上開啟境界門這項人為改變，恐怕更難確切地掌握到所有消息。倘若此時此刻，有人能夠知道影響的範圍究竟會涵蓋多少層面，真想請他指點一二。」

境界門一旦開啟，我實在不敢保證自己應付得來。但假如奧伯判斷沒有問題，我也希望他能提出根據以及應對之法。我拐彎抹角地這麼表示後，看向卡斯泰德大人。

「……期望奧伯的德蕾梵庫亞，別同樣在五年前便已停止編織絲線。」

我說完這句話時，正好一名騎士前來稟報：「熱水已經燒好了。」我與卡斯泰德大人把攜帶式糧食倒進自己碗裡，遞給騎士。他很快倒了熱水，端來沖泡好的午餐。

……味道稍微鹹了點。

吃了一口後，我如此心想，但沒有說出口繼續吃。貴族區的食物口味，總是和哈爾登查爾不太一樣。但就算抱怨騎士隨身攜帶的簡易乾糧不好吃，他們能再提供的也仍是攜帶式糧食。畢竟便於搬運，又能填飽肚子，只是並不美味。

我默默不語地吃著，發現卡斯泰德大人捏起防止竊聽用的魔導具，往我這邊看來，似乎有話想說。我用拿碗的手握住魔導具。

「目前對商人來說，經由舊卓斯卡境界門進來，或是繞到法雷培爾塔克再進來，都是比較安全的路線。我會向奧伯建議，除非庫拉森博克提出強烈要求，否則還是先別打開境界門。因為庫拉森博克那裡，恐怕同樣也是魔獸橫行。」

庫拉森博克似乎並未特別花心力在討伐邊界一帶的魔獸上。因為時常有魔獸越過邊界跑來，當有強大的魔獸越過邊境時，領主甚至會捎來緊急通知。

「如果想讓商人通行，庫拉森博克也得先整頓好周邊土地。雖然不曉得大領地作好準備需要多久時間，但他們應該也不希望今年夏天就開放商人通行。」

卡斯泰德大人指出這附近的道路因為人跡罕至，道寬都變狹窄了，沿途也極少有村落或城鎮可供落腳歇息。

「但是，等你們這次舉行儀式的方式也傳進周邊土地耳中，如果大家每年都能靠人為的力量讓春天提早降臨，五年過去後，這裡也會形成村落與城鎮吧。」

看著訴說五年後光景的卡斯泰德大人，我不由得心想，他果然是貴族區的貴族。鎮日與嚴峻大自然為伍的我，實在無法像他那麼樂觀。

「這次無關乎森林、高山還是平地，那般大量的積雪一夜之間就消失了。但是，也因此並未帶來洪水。積雪在融化後究竟消失到了哪裡去？到了夏季，是否會發生日照或灌溉水量不足的情況？魔獸的繁殖與成長比起以往會有哪些不同？如今春天提早降臨，秋末又會是怎樣一番光景……現在這時候，我還無法去思考五年之後的事情。」

想破了頭也不可能有答案，但現在該思考對策的事情卻多得是。

「這次積雪消融是因為儀式的關係，應該不會導致夏季乾旱吧。現在還調查得到以往正確舉行儀式時，是什麼情況嗎？」

「我想多半是我們的祖先被任命為基貝以後，儀式內容從此改變了吧。」

距今大約兩百年前，曾經發動叛變的埃澤萊赫遭到消滅，艾倫菲斯特於是興起。國王重新劃分了土地的邊界，新領主上任後，由領主任命的新基貝們也得前往各地赴任。自然，治理方式會與埃澤萊赫時期大不相同吧。尤其是不難想像初任領主上任後，肯定會想抹除曾發動叛變的埃澤萊赫留下過的所有痕跡。

我的祖先在艾倫菲斯特剛成立時，便被任命為基貝。也許當時的祖先，同樣想一改埃澤萊赫時期的作風。說不定平民是故意不告訴我們正確的儀式程序，多少表示對新任基貝的反抗之意。那時候的情況究竟為何，如今我們已經無從得知。雖然留下過祖先們吃了不少苦頭才適應哈爾登查爾環境的紀錄，但找不到更早以前的資料。

「關於這次儀式，我想請奧伯幫忙查找，城堡那裡是否留有埃澤萊赫時期的資料。」

「我會幫你問問，但現在大家都忙著準備領主會議。真要調查，大概也得等到領主會議之後了。除此之外……對了，神殿有沒有可能留有資料？」

若是神殿……思及此，我憶起羅潔梅茵大人說過的話。

「羅潔梅茵大人曾說過，這段記載只在神殿長持有的聖典裡出現過，書上也只有歌詞與儀式圖畫。春天竟會提早降臨，似乎也在她的意料之外。」

我想羅潔梅茵大人只是注意到了聖典上的記載，與實際舉行的儀式不一樣，並不知曉儀式的詳細流程。

「這我知道。艾薇拉還告訴我，侍從向她報告，聽說羅潔梅茵那天晚上因為害怕雷聲，躺了很久都睡不著覺。」

卡斯泰德大人輕笑一聲，對我說完這項消息後還叮囑道：「為了羅潔梅茵的名聲，這件事你可得保密。」霎時，我感到非常不可思議。因為聽起來，他們兩人彷彿是一對會互相分享孩子近況的尋常夫妻。

自從前任領主臥病在床，薇羅妮卡大人握有的權力更盛以後，卡斯泰德大人遂迎娶了她的侍從為第二夫人，又迎娶了薇羅妮卡派的貴族為第三夫人。對於沒有守護第一夫人，反而被第三夫人迷倒的卡斯泰德大人，當時的艾薇拉極其無奈。這點從我們在冬季的社交界與夏季的星結儀式期間造訪貴族區時，她不再談起有關卡斯泰德大人的事情便可得知。艾薇拉講述的日常生活中不再有卡斯泰德大人的影子，僅詳細報告了孩子的成長情形。

……究竟是什麼時候發生了轉變？

我看向還在吃著碗裡食物的卡斯泰德大人。答案想也知道只有一個吧。艾薇拉開始變得神采奕奕，是在她把羅潔梅茵大人視作親生孩子撫養以後。不光是因為多了印製書籍這個新興趣，先前在公開場合的祈福儀式上似乎也不是做做樣子，妹妹與丈夫的關係真有好轉。

「……對了，先前卡斯泰德大人，真的在向羅潔梅茵大人炫耀自己的夫人嗎？」

「噗咳！……」

有什麼東西從卡斯泰德大人嘴裡噴了出來，他急忙摀住嘴巴，痛苦得咳嗽連連。周遭騎士驚訝地往我們看來。

……嗯，是事實啊。

祈福儀式那時候，卡斯泰德大人雖曾要羅潔梅茵大人別再多嘴，卻沒有否認她說的話。既然如此，多半是事實吧。只不過，似乎連艾薇拉也感到相當意外，儘管她努力裝出一副鎮定自若的樣子反問道：「哎呀，卡斯泰德大人，你是在炫耀嗎？」眨眼的速度卻變快了。

「克勞迪奧大人，你這是……」

卡斯泰德大人拿起水筒喝了口水，止住咳嗽以後，朝我瞪過來。他慌亂的反應倒是出乎我的預料。話說回來，上一次他喊出我的名字是多久以前了？卡斯泰德大人身為騎士團長，無論是冬季的社交界還是夏季的星結儀式，基本上都要站在領主身後待命。若想以親戚身分交流情報，向來都是透過艾薇拉，從沒有機會像現在這樣私下談天。

「若對妻子有讚美之辭，應該直接告訴艾薇拉，而不是說給羅潔梅茵大人聽吧？」

「……感謝您這般有用的建言。」

看著卡斯泰德大人流露出了些許叛逆的冰藍色雙眼，我忽然想起從前。記得當年雙方父母擅自談定了這樁婚事，他向我表達不滿時，臉上也是這樣的神情。

「……我忽然發現，長久以來我們即使交談，也始終是維持著騎士團長與基貝的身分。卡斯泰德大人，您是否也有話想說，或是想問我的呢？下次再想要有這樣的機會，恐怕將是許久之後了。」

我不僅以基貝．哈爾登查爾的身分提出要求，也以艾薇拉親哥哥的身分提供了建言，想說的話都說了。但是，卡斯泰德大人從頭到尾只是傾聽，沒有一句發言。

只見卡斯泰德大人面色凝重地開始沉思。感覺要花不久時間，所以我先用魔法洗淨了碗，收拾妥當。隨後我再看向卡斯泰德大人，他正慢慢撫著鬍子。

「……是啊。我想知道你對羅潔梅茵的婚約有什麼看法？因為這次你對韋菲利特大人和夏綠蒂大人的態度，比我預期的還要和善，所以我想聽聽你的想法。」

「卡斯泰德大人想聽的，是我身為基貝．哈爾登查爾的想法呢？還是我個人克勞迪奧的想法？」

我彎起嘴角，用反問代替回答。卡斯泰德大人思索片刻。

「嗯……要不是現在有機會，你以後大概也不會說了吧。我兩邊都想知道。不用敬語也沒關係，我想知道你真實的想法。」

「身為基貝，我自然想擁戴更有能力的人成為下任領主，倘若對方還是親族，那更是再好不過……由此來看，既是能夠舉行儀式的神殿長，還在貴族院得到了最優秀表彰，甚至開發了各種新事業為領地帶來利益的羅潔梅茵大人，我認為是最適合的人選。」

一般這個年紀就讀貴族院，都得為了上課把魔力移進魔石裡。然而，據悉羅潔梅茵大人竟還在就讀期間中途返回領地，參加神殿的儀式，更把盈滿自己魔力的魔石借給青衣神官。韋菲利特大人與夏綠蒂大人也說過，他們舉行祈福儀式時，是使用羅潔梅茵大人提供的魔石。由此也可看出羅潔梅茵大人在領主候補生中，是相當特殊的存在。

「因此這樁婚約一發表，她便被排除在了下任領主的候補人選外，真的讓我感到非常遺憾。萊瑟岡古與其他想擁戴羅潔梅茵大人的貴族，想必也與我有同樣的想法吧。」

「優秀嗎……嗯，是啊，單看成績是很優秀。」

卡斯泰德大人點點頭，臉上的表情像是硬生生把一些話語吞回去。我輕揚起眉以示催促，但卡斯泰德大人並沒有再開口。

「雖然遺憾，但是身為基貝．哈爾登查爾，我也認為這是理所當然的結果。」

「哦？」

「我知道羅潔梅茵大人並非艾薇拉的親女兒。說句實話，聽見妹妹要為她舉行洗禮儀式時，我簡直不敢相信自己的耳朵，也對於你身為丈夫竟如此不忠，感到怒火中燒。」

我可是艾薇拉的親哥哥，打從柯尼留斯他們出生，便一路看著兄弟三人長大，所以我很快就發現，在洗禮儀式前從未見過面的羅潔梅茵大人，絕不會是妹妹的親女兒。從年紀來看，我猜想可能是第三夫人的女兒，但真正來歷依舊不明。

「擁戴生母並非同個親族的人成為領主，實在太過危險。但縱然如此，假使羅潔梅茵大人擁有一副健康的身體，或許我也會同意萊瑟岡古的主張，讓她成為下任奧伯，並由韋菲利特大人當她的夫婿吧。」

羅潔梅茵大人體弱多病，還不確定她往後能否懷孕生子。女性領主若無法誕下子嗣，為了能夠輔佐她，通常會挑選魔力性質相近的同母兄弟或其子女成為下任領主。但是，羅潔梅茵大人的生母親族並非領主一族。萊瑟岡古派的貴族們皆以為她是艾薇拉的女兒，即使無法誕下子嗣，她也還是波尼法狄斯大人的血親，所以不會有問題。但是，其實不然。倘若她是第三夫人的女兒，喬伊索塔克子爵一族才是她的生母親族。然而，喬伊索塔克子爵一族早已因為襲擊領主一族而遭到處刑，不在人世。

「從生母親族已不在人世這點來看，我認為斐迪南大人也一樣。萊瑟岡古那些老人們，一心只想把有亞倫斯伯罕血緣的人拉下來，曾想擁戴斐迪南大人，但如果讓沒有生母親族的羅潔梅茵大人與斐迪南大人成為下任領主，倘若最後發現羅潔梅茵大人無法懷孕生子，屆時的混亂與紛爭恐將難以估算。」

思及這個可能性，我認為領主安排韋菲利特大人成為下任領主，並由羅潔梅茵大人當他的第一夫人，這個決定沒有做錯。

「那麼，站在克勞迪奧大人個人的立場，你又有何想法？」

「我個人倒是全憑羅潔梅茵大人而定。她是哈爾登查爾的恩人，所以我認為，重要的是她自己究竟是如何看待這樁婚約？是否遭到領主強迫？」

羅潔梅茵大人是否有意站到韋菲利特大人之上？她與義兄妹的關係如何？是否其實不想答應這樁婚約？我在帶位時故意稍加測試，羅潔梅茵大人則表現出了韋菲利特大人優先的姿態。不僅如此，先前我一直以為是領主強迫養女進入神殿工作，但原來連他的親生子女也會協助祈福儀式。再者韋菲利特大人與夏綠蒂大人，也看得出來都對羅潔梅茵大人懷有敬意。

「羅潔梅茵大人看起來並不討厭韋菲利特大人，兩人的相處似乎也很和睦。此外，韋菲利特大人身為領主候補生，也並未如同我事前聽說的那般愚笨，反而能理解魔力與儀式皆會影響到收穫量。只要他能包容羅潔梅茵大人的異於常人，與其格外強大的魔力量，永遠不忘互相扶持，相信由他擔任下任領主也沒問題吧。」

但當然，韋菲利特大人曾留下過汙點，想以下任領主的身分得到所有貴族的認同，需要付出非常龐大的心力。但我認為只要願意花時間，絕非不可能。

「羅潔梅茵的異於常人嗎……？呃，因為許多貴族經常跑來告訴我，他們覺得她有多麼優秀，很少有人注意到她的反常之處……」

「可能因為她在神殿長大，她對於諸神抱有的想法與適應儀式的速度之快，都讓我覺得與眾不同。她的價值觀似乎從根本就和我們不一樣。」

看著積雪在一夜間消失的景象，羅潔梅茵大人僅說了句「真不愧是女神」，馬上就接受了。真不知該說她膽量過人，還是對神信仰虔誠……總之十分奇特。

「倘若從今往後，每年都要舉行祈福儀式、召喚春天降臨，就必須如同羅潔梅茵大人那般虔誠。過往被我們輕忽的神殿與祭典儀式，或許會重新受到重視。而韋菲利特大人也必須要有足夠的雅量，能夠包容羅潔梅茵大人不斷引發的新流行吧。」

「……所以你不會堅決反對兩人的婚約嗎？這可是一大收穫。」

「但我並非完全沒有不滿。只不過，我認為奧伯的判斷沒有錯，讓羅潔梅茵大人與韋菲利特大人訂婚，方能把她留在艾倫菲斯特。她的表現這般優秀，肯定一眨眼就會被上位領地搶走吧。」

「嗯。」卡斯泰德點了點頭，往上站起。「我會轉告領主。想必你這番話也會讓他多點信心。」

「很高興你這麼說。但是很遺憾，奧伯的想法和行動，正好與萊瑟岡古的老人們背道而馳。艾倫菲斯特恐怕還會有好一陣子不太平靜。卡斯泰德大人，既然你的母親是萊瑟岡古的貴族，你不考慮與親族加深往來，進而抑制他們的行動嗎？」

卡斯泰德大人唸著「瓦須恩」將碗洗淨，同時往我看來。他躊躇了半晌，思考要怎麼回答後，左右搖頭。

「我是騎士團長，保護領主是我的工作，並不是協調派系間的關係。況且我畢竟是羅潔梅茵的親生父親，可不會蠢到在這種時候主動接近萊瑟岡古派的貴族。」

「原來如此。難怪艾薇拉得勞心勞力。」

「我必須優先保護的對象是艾倫菲斯特，也就是奧伯，接著才是家人。她是來自哈爾登查爾的女人，能夠明白這一點，即使獨自一人也能戰鬥。她確實具備難能可貴的資質，足以勝任騎士團長的第一夫人。雖然我也是經過羅潔梅茵提醒，才意識到這件事……」

「哦……所以意識到之後，你就向羅潔梅茵大人炫耀自己的夫人嗎？」

卡斯泰德大人沒好氣地睨我一眼，馬上把防止竊聽用的魔導具丟回來。看樣子休息時間結束了。我把魔導具放回皮袋裡，輕笑起來。想不到這段時間的收穫還不少。妹妹與她丈夫的關係似乎變得溫馨融洽，沒有比這更教人高興的消息。

「接下來，我們要去採集柏靈琉斯之實。這種果實非常貴重，只有哈爾登查爾的人才能採集，還規定擅採者一經發現便要當場處決。所以請各位騎士留在這裡繼續休息，等我們採集完畢。」

敢跟來便是自尋死路——我警告過後，變出騎獸。我打算把柏靈琉斯之實送給哈爾登查爾的恩人羅潔梅茵大人，還有韋菲利特大人與夏綠蒂大人，以示對領主一族的敬意。

「哦？我也算是哈爾登查爾的人嗎？」

「卡斯泰德大人，走吧。」

卡斯泰德大人正要在石頭上重新坐好，聞言一臉訝異地看我。我也同樣露出詫異表情。

「您可是艾薇拉的丈夫，還是羅潔梅茵大人的父親吧？」

我笑著催促他一同前往。「那可真是光榮。」卡斯泰德大人說完，變出騎獸縱身跳上。我驅策著騎獸，向魔樹柏靈琉斯飛去。

「克勞迪奧大人，你究竟有什麼企圖？回想我在哈爾登查爾受到的待遇，怎麼看也不像把我當作親族看待……」

「只是因為長久以來，卡斯泰德大人一直冷落了艾薇拉，哈爾登查爾的居民都討厭你而已；況且若不是親族，我也不會允許你同行。所以你確實算是親族。」

「……你嘴上雖然這麼說，但其實是有其他理由，像是一個人要採集三人份的果實不太容易，需要人幫忙吧？艾薇拉另有理由的時候，臉上表情就和你一樣。」

答對了。真意外，原來卡斯泰德大人會這麼仔細地觀察艾薇拉。我暗暗在心裡把對卡斯泰德大人的評價往上修正。他冷落了艾薇拉這麼多年，希望可以就此保持，好好珍惜呵護我的妹妹。

「就在那塊岩石後方。請先在這裡走下騎獸，然後拿著這個……」

柏靈琉斯數量稀少，有結界守在四周。為了不被魔獸破壞，也不被外地人搶走，只有持有印記，代表是當地居民的人方能穿過結界。我把印記交給卡斯泰德大人，舉起手穿過結界，繞到岩方後方。

結了十幾顆果實的柏靈琉斯聳立於眼前，綻放著璀璨金光。緊接著，我在樹根旁邊看見了難以置信的東西。

「柏靈琉斯之芽……？」

就在樹根附近，冒著幾株金光閃耀的嫩芽。我不禁嚥了嚥口水。甚至心想，這怎麼可能。因為這還是我有生以來，頭一次見到柏靈琉斯之芽。

魔樹柏靈琉斯為何需要設下結界嚴密守護？就是因為它的數量不會增加。我們不知試過多少方法，不管是把果實埋進土裡、減少果實的採集量任其自然發展，還是把枝條嫁接到其他樹木上，柏靈琉斯的數量卻始終沒有增加。然而，從土壤裡冒出來的那兩片金色嫩葉，無論是顏色還是葉子的形狀，在在都證明了它們是柏靈琉斯之芽。這一定也是祈福儀式過後，女神所帶來的奇蹟。

「克勞迪奧大人，怎麼了嗎？」

「哈爾登查爾發生奇蹟了……」

我的胸口一陣發熱。微小的徵兆正預告著新時代即將來臨。意識到自己正站在時代的轉捩點上，我激動得胸口震顫，喉嚨深處一緊，從內心湧現的歡喜化作淚水滑落臉頰。

……一定要繼續舉行祈福儀式。

雖然新的儀式程序將對女性造成負擔，魔力的消耗量也非常巨大，但是羅潔梅茵大人說了，男性也有辦法可以幫忙。既然如此，我身為基貝，一定要繼續舉行能夠引發奇蹟的祈福儀式，讓哈爾登查爾真正變得豐饒富庶。

我小心翼翼上前，避免踩到小巧嫩芽，伸手摘下柏靈琉斯之實。原本我打算只摘三顆，但在此刻改變主意，決定每人各送兩顆果實。我想將柏靈琉斯之實，親手獻給為哈爾登查爾帶來了奇蹟的羅潔梅茵大人。

「祈禱獻予諸神……感謝獻予諸神……」

就在這一天，我平生首次由衷地向神獻上祈禱。

爲了防止大改造

「噢，昆特，你們回來啦。這次哈塞的護衛工作還順利嗎？」
「工作內容包括把馬車送回神殿，所以還沒結束。幫我祈禱能順利結束吧。」
我穿過東門，順便和熟識的守門士兵閒聊了幾句。馬車一駛入城市，我馬上看向大道兩邊的露天攤販，尋找可以邊走邊吃的食物。
「喂，列克爾，去那裡幫我買塊麵包回來。」
「士長，我們還沒抵達神殿。反正就快到了，等護衛工作結束以後再慢慢吃午飯比較好吧……」
「你們慢慢吃沒關係，但我得趕緊把羅潔梅茵大人的指示傳達給各門士長，還有工匠協會的協會長，沒時間悠悠哉哉地吃午飯。」
我兇狠地瞪向列克爾。他急急忙忙跑出隊伍，往露天攤販衝過去，很快抱著兩塊夾有不少肉片的麵包跑回來。
「羅潔梅茵大人的警告又不只士長一個人聽到，我也要工作！」
列克爾邊說邊把其中一塊麵包遞給我，自己張開大嘴咬下另一塊。「很可靠嘛。」我說完，連同他那一份把錢給他。下一瞬間，一起從哈塞回來的士兵們接連跑開，都衝去露天攤販買午飯。
「列克爾，你怎麼可以自己偷跑！」
「別以為你這麼做，神殿長就會在心裡面對你加分喔！」
「士長，所有人裡面我跑最快！要傳達指令就交給我吧！」
雖說已經回到城裡了，但是所有人同時跑走去買午飯，未免太鬆懈了。我拿著夾有肉片的溫熱麵包，小心警戒四周。

「士長，那我們該怎麼辦？要是沒頭沒腦到處傳達指令，時間恐怕……」

「等一下把神官們送回神殿，歸還馬車的時候，我會先向普朗坦商會轉達這件事。透過他們，消息應該就會傳進商業公會長耳裡。」

普朗坦商會與商業公會裡頭，有好幾個跟梅茵有交情的熟人。只要告訴他們這是梅茵提出的忠告，相信商人他們自己會想想辦法。

「再來，就是工匠們的師傅和各門士長……這件事我想交給你們，分頭去通知各門士長與各工匠協會的協會長。盡快通知所有人明天到會議室集合。」

「士長，明天太慢了啦。不如訂在今天的第五鐘開會吧。」

「只要告訴大家這是緊急事態，房子有可能因為貴族大人的決定就消失不見，大家一定都會出席。」

「不光是協會長，在場聽到傳話的工坊師傅們肯定也會跑過來，吵著要我們快點說明，大家才等不到明天。」

儘管已經一路從哈塞走回來，一群士兵卻完全沒有疲倦的樣子，還拍著胸膛自願幫忙傳達指令，我的胸口頓時發熱。梅茵正在貴族社會裡一個人奮戰，不讓他人發現與我們一家人的關係，卻又想要保護我們。為了讓改造過後的平民區能保持乾淨，也為了不讓梅茵的努力白費，身為父親的我一定要幫忙。

「好，那就改到第五鐘。你們自己分配負責範圍，拜託你們了。」

「是！」

我張口咬下麵包。又硬又鹹的肉片在嘴巴裡滾動，與昨晚在小神殿吃到的豪華晚飯簡直是天壤之別。這麼心想的瞬間，梅茵說過的種種忠告也在腦海裡浮現。

「絕不能讓貴族用魔法對平民區進行全面的大改造。」

走在旁邊吃著麵包的列克爾，正好在這時候說出了我的心聲。看來他也和我想著一樣的事情，我朝他用力點頭。

「沒錯。如果沒有羅潔梅茵大人幫忙協調，又在小神殿給我們忠告，我們恐怕早在不知情的情況下就沒了房子，光想像我就不寒而慄。絕不能讓羅潔梅茵大人好心提供的忠告白費……這座城市由我來保護。」

我會遵守和梅茵訂下的約定，以士兵的身分守護家人和城市。我重新下定了決心時，列克爾在旁邊豎起拇指，指著自己。

「啊？我也會保護城市喔？」

「怎麼可以只讓士長一個人當英雄！要保護城市的人是我才對！」

我才要保護城市——看著年輕的士兵們一個個不甘示弱，我忍不住笑了出來。有這麼多人都願意為了保護城市而奔走，相信我們不會輸。

「那走吧。」

「是！」

前面可以看見神殿的大門了。我們回到神殿時，迎接的人總是在正門玄關等候。

「那是……路茲嗎？」

為了支付報酬與接收歸還的馬車，普朗坦商會都會派一名代表在玄關等著，看來今天指派的人是路茲。之前幾次，路茲都是和我們一起在小神殿待一晚，然後先去哈塞附近販賣商品再回城，所以這還是我第一次看到路茲在神殿等我們回來。不過，普朗坦商會派來的代表是比較容易溝通的路茲，這倒是讓我很感激。

「各位士兵，歡迎回來。我是普朗坦商會的都帕里學徒，確認各位已歸還馬車無誤。這次很感謝各位再次順利完成了護衛任務，這是羅潔梅茵大人給各位的報酬。」

灰衣神官們正一一走下馬車。穿著學徒制服的路茲一派泰然自若，彷彿天生就是好人家的小少爺，講話彬彬有禮，動作優雅地遞來裝有報酬的袋子。

……若說這小子其實是城南的居民，大概沒半個人會相信吧。

我這麼心想著，以北門士長的身分作為代表，接過裝有報酬的袋子。由於護衛神官的任務都是經由普朗坦商會提出委託，所以報酬也是由普朗坦商會轉交給我們。但是，現在收下的這份報酬不能我們自己平分，必須先交給大門的會計部門，扣掉經費等各種名目的費用以後，再加到薪水裡頭。相比之下，梅茵在哈塞親手交給我們的那些錢，算是額外的外出補貼，不用被扣到半里昂就能放進自己的口袋。甚至還能瞞著家人，自己偷偷存起來。就是因為這樣，哈塞的護衛工作才讓士兵們搶破了頭。

「這次在哈塞的小神殿，羅潔梅茵大人告訴了我們非常重要的消息。我想商業公會與普朗坦商會應該都已經知道了……」

聽到我講出梅茵的名字，路茲馬上收起商人特有的客套笑容，帶有警戒地繃起表情。我把貴族們對於改造城市的想法，以及梅茵的忠告都告訴了路茲。他瞬間臉色發白，用只有我聽得見的聲量嘀咕說：「真的假的啊？」

「先前文官已經通知過商業公會，近日將進行大規模的改造，所有商人也都收到了通知……可是，想不到要是連城南都無法保持整潔，就會再全面重建……」

……所以普朗坦商會來神殿的時候，沒有從梅茵那裡聽到所有消息嗎？

多莉告訴過我，現在因為不能使用神殿的秘密房間，普朗坦商會已經不再像以前一樣，有機會能與梅茵私下交談。看來因此產生的壞處就是現在這樣吧。

「羅潔梅茵大人可能是認為，就算已經拜託了在城北的普朗坦商會，你們還是很難監督到南邊吧。商業公會能把消息傳到多遠？」

「只要是與渥多摩爾商會有往來的北邊居民，還有西邊市場、城東的商店，以及像路邊攤販那些得有營業許可證的商人，都會收到消息。」

「既然涵蓋的範圍那麼廣，我們就能專心在城南通知其他人。請普朗坦商會轉告商業公會，就算把店家打掃得一塵不染，但住家還是和以前一樣的話也沒用。」

路茲表情嚴肅地用力點頭。

「我打算召集各門士長與工匠協會的協會長們，第五鐘在城中央的士兵會議室開會，向大家詳細說明羅潔梅茵大人的忠告。如果想知道詳情，商業公會也可以來參加。」

「我知道了，感謝你的重要通知。」

告知完接下來的行程後，我們轉身離開神殿。如果想通知到每一個居民，時間真的所剩不多了。

「現在護衛任務也結束了，等你們通知完各地方回大門後，稟報一聲就回家吧。回去的一路上，記得也要提醒附近居民。當然了，要繞去酒館也沒問題。」

我在中央廣場下達指示後，士兵們迅速散開。裁縫協會與木工協會等工匠協會都坐落在城市中央，要不了多少時間就能通知完畢吧。

我走進位在城中央的士兵會議室，把這次的報酬交給會計部門，順便再以北門士長的權限申請使用會議室，拿來了鑰匙開門。

「喂！剛才我聽到士兵說了一些嚇人的話，那到底是怎麼回事?!」

「快點說明！現在大家都一頭霧水！」

不出所料，協會長們都還沒到，一群只是聽到幾個字的師傅就率先衝進會議室。看這樣子，真是幸好我預先交代了辦事員，如果有人跑來大吼大叫，就讓他們進會議室。

「等一下的會議，記得我只召集了各個協會長……」

「一聽到事態緊急，我們的房子有可能因為貴族大人一下令就消失，誰還有辦法乖乖坐著等消息啊！」

「對啊。快點說明！」

主要的協會長與士長們都還沒到，卻有越來越多師傅衝進來吵鬧叫囂。

「現在沒有時間再三重複同樣的說明，而且我希望能讓所有居民都收到消息，所以已經決定第五鐘上層幹部集合後再討論。你們只能先回去工作，不然就是老老實實等著。」

「開什麼玩笑，誰要等啊！你趕快說清楚，我才能放心回去工作。快點把你知道的事情說出來！」

一名中年師傅突然大力抓住我的肩膀，我立刻抬起手肘撞向他的胸口，緊接著將他拋飛出去。下個瞬間，會議室內靜寂無聲。

「再吵我就用蠻力把你們趕出去。別小看士兵了。」

第五鐘響時，工匠協會的協會長們與各門士長都已到齊。儘管應該十分忙碌，但我看見商業公會也派了幾個人過來。當中，以前曾是梅茵朋友的芙麗妲正好奇地來回打量四周。她也長得越來越漂亮了。雖然已經許久不見，但芙麗妲似乎還認得我，眼神交會的時候對我微微一笑。

不必在場的工匠人數比預期還多，有些人甚至擠不進會議室，但協會長們事後也會下達通知，所以我不管他們，開始說明。梅茵根據貴族原本擬好的安排，成功協調為現在的做法後，向我們提出忠告：這次雖然已經說好，會在不影響我們住家與生活的前提下進行改造，但後續要是無法維持整潔，今後就會再次進行更全面的大改造……

「咦？更全面的大改造是什麼意思？」

「就是字面上的意思。據說直到二樓為止，領主大人用魔力創造出來的白色建築物會全部改建，而我們居住的木造部分會徹底消失。」

「等一下！貴族那幫傢伙是認真的嗎?!」

「這也太不講理了吧！這種事情怎麼可能做得到。你別胡說八道了！」

講話粗俗的師傅們個個面色猙獰，咆哮著：「你少騙人了！」然而，曾接觸過貴族的士長與商業公會的人，全部臉色凝重。我往腹部使力，瞪向那群師傅。

「安靜！只想鬧事就滾出去，別妨礙我們談正事。城南的居民因為大部分很少在工作上接觸到貴族，所以可能不了解貴族的蠻橫與魔力的可怕，但貴族大人只要開口說了，他們就一定做得到。」

這怎麼可能嘛——男人們訕笑起來。芙麗妲在這時起身，轉頭看向工坊的師傅們。

「我是渥多摩爾商會老闆的女兒，現在正在商業公會工作。我能證明他沒有騙人。根據我學到的知識，這座城市是從前的領主大人用魔法創造出來的東西。無論是讓整座城市消失，還是重新改建，我想只要領主大人作好了準備都能輕易辦到。說不定哪天我們會突然發現，領主大人已經施展了大型魔法，我們的住家都不見了；要是被魔法波及，說不定不只住家，連我們也會一起消失。」

一眼就能看出是富家千金的芙麗妲，用有禮的語氣說明了城市是如何形成後，知識與資訊量都不足以反駁說她騙人的師傅們，不約而同閉上嘴巴。

「另外可以再告訴各位，對貴族大人來說，我們具有的價值就和路邊的野狗差不多。也就是說就算我們消失了，他們也不痛不癢。」

大概是終於感受到了情況有多麼危險，所有人都不安地互相對看。

「不過，這次算是運氣好。我們因為會護送隊伍前往哈塞，神殿長羅潔梅茵大人十分關心已經熟識的我們，提供了不少能夠保持街道整潔的建議。」

「真的嗎？那該怎麼做才好？」

不只那幫師傅，協會長們也傾身向前。

「接下來我說的話，請各位一定要傳達給所有人……士長就傳達給大門的士兵，協會長就通知各工坊的師傅，師傅們再轉告給工坊裡的工匠，然後所有人再傳達給自己的家人與鄰居……尤其是因為要照顧小孩，平常很少與外界接觸的老人家，還有因為身體虛弱都待在家裡不出門的人。一定要讓每個人都知道。」

接著，我開始轉述梅茵提供的注意事項：首先，是改造日當天要注意的事情。這部分倒不難，為了不被魔法波及，只要躲在建築物裡頭，或是離開城市就好。

「……重點在於改造結束之後。為了維持街道的整潔，大家一定要把穢物和垃圾丟到指定地點。我和士兵也會到處巡邏、提醒居民，但我想左右鄰居大家一起提醒對方，會是最快又最有效的方法。」

我轉述了梅茵的忠告以後，南門士長盤起手臂沉思。

「雖然還需要仔細商量，但我看最好訂個規定，要是有人屢勸不聽，就視為罪犯將其逮捕，然後剝奪市民權，把他趕出城市。」

「啊？剝奪市民權嗎?!」

「喂喂，只是丟個垃圾而已，有必要把人當成罪犯嗎？」

南門士長靜靜望著瞠大眼睛的人們，回以肯定的答案。

「和以前不一樣，現在只是丟個垃圾而已，結果卻有可能危險到導致數萬人無家可歸。沒錯吧，昆特？」

「正是如此。貴族大人根本不會管你是北邊還南邊的居民。」

我點點頭後，南門士長環顧在場眾人。

「至今為了整座城市的安穩，我們都會把危險人物趕出去，再也不讓他們進城。現在貴族大人正計劃著要全面改造城市，難不成我們還要把有可能讓這個計畫成真的危險人物留在城裡嗎？」

南門士長看著大家，又說道：「有意見的話就直說吧。」但誰也沒有開口反駁。

「……那麼請大家在轉告時順便提醒，城市改造結束後，若有人敢亂丟垃圾就會被逐出城市。」

討論出了結論後，師傅們爭先恐後地衝出會議室。各工匠協會與商業公會也保證，他們一定會往下確實傳遞消息。

後來，我與留下來的士長還有士兵們前往附近酒館，邊吃晚餐邊討論該如何加強巡邏，也討論了執行驅逐的細節。第七鐘響後，一行人原地解散。不過，我還沒稟報護衛任務已經結束，所以走在漆黑的夜路上，往北門而非住家前進。值晚班的士兵看見我後衝過來。

「士長，從哈塞回來的列克爾他們已經把事情告訴我了。情況真是不得了。他們稟報過任務已結束後，都已經回去了。士長也快點回家……明天請慢慢過來，順便在附近巡邏吧。」

看來列克爾他們照著我中午的吩咐，確實回來稟報過了。我也拜託值晚班的士兵，把會議上決定的事情轉告給其他士兵，然後再一次往住家的方向踏上夜路。

「哎呀，昆特。你以前從哈塞回來，都是中午過後就回家了，這次怎麼這麼晚？加米爾等不下去，已經先睡了喔。」

伊娃邊說邊看向臥室。我躡手躡腳地走進臥室裡，看向加米爾的睡臉。他睡得很熟，一丁點聲響大概還吵不醒他。

「羅潔梅茵大人還好嗎？你在近距離下見到她了吧？這次有沒有說到話？」

從廚房傳來的話聲充滿雀躍，伊娃顯然非常期待我告訴她這次去哈塞的情形。一想到伊娃只能站在神殿門口看梅茵一眼，我覺得能在近距離下與她交談的自己實在很幸運。

……麻煩的事情還是晚點再說吧。

我放好行李，回到廚房，回答伊娃的問題。

「就和多莉他們形容過的，也和我們去神殿時看到過的一樣，她的外表跟沉睡前比起來完全沒兩樣……還是那個小小隻的梅茵。」

「昆特。」伊娃帶有責怪意味地瞪了我一眼，但加米爾睡得很熟，沒那麼容易醒來吧。

「她看著我的眼神也和以前一模一樣。不僅沒有忘了我們，甚至還遵守著約定，為了保護我們，拚命在貴族社會裡幫忙協調。」

「……羅潔梅茵大人發生什麼事了嗎？」

伊娃看著臥室支吾了一會兒，最後還是喊出「羅潔梅茵大人」。伊娃和梅茵一樣頑固，自從決定「在家人面前也不稱呼她為梅茵」以後，就一直堅持守著這個規定。於是，我詳細說明了梅茵是如何幫忙協調，也把大家在會議室裡的討論內容告訴伊娃。

「梅茵為我們創造了可以保護城市的機會，那我身為父親，當然得保護好才行。」
「有沒有我能幫上忙的事情呢？」
「嗯，麻煩妳把梅茵的忠告，轉達給加米爾與所有鄰居。」
家人間還有左右鄰居，大家一定要一起小心。伊娃很清楚貴族有多麼蠻橫不講理，所以臉色變得有些蒼白，神情肅穆地點點頭。

梅茵的忠告不只由上而下，由士長傳給士兵，由商業公會傳給所有商人，也由各工匠協會傳給各工坊的師傅，師傅們再傳給包含學徒在內的工匠，家人間與左鄰右舍也會互相傳遞消息。至於容易被遺漏的老人家與有人生病的家庭，則由士兵負責宣導、加強巡視。至於「不乖乖照做的話，自己的房子有可能會消失」、「改造過後如果還亂丟垃圾，會被逐出城市」，這些警告好像讓大家都嚇壞了，梅茵的忠告比預期還要快地在城裡傳開。

「剛才騎士團長捎來通知，已經敲定在三天後的第五鐘進行改造，希望能夠知會所有平民……」
就在伊娃告訴我，出遠門的古騰堡們似乎都已經回來了的幾天後，駐守在北門的騎士向我們告知了改造的確切日期。
「請交給我們吧。我們會聯絡士長、商業公會與各工匠協會，他們通知不到的居民，我們會在巡邏期間負責傳達。」

「嗯，麻煩你們了。」

不同於即使身在遠方，仍有工具可以聯絡彼此的貴族大人，我們只能靠著自己的雙腳，親自去通知各門士長、商業公會，還有各工匠協會的人。用不著召集大家到會議室，只要說一句「確定是三天後的第五鐘了」，大家馬上心領神會。

然後，到了要施展改造魔法的日子。這天第四鐘一響，值中班的士兵們暫且關閉大門，以免毫不知情的外地人受到波及。我和準備回家的早班士兵們一起離開北門，一邊巡邏一邊提醒居民，記得在第五鐘之前進到屋子裡。

西門與東門間的大道上不見半個露天攤販，道路看起來遠比平常還要寬敞。工坊與店家似乎都已經說好，午休過後先待在屋子裡待命。路上行人匆匆地趕著回家，彷彿現在第六鐘已經響了。整個城市瀰漫著教人緊繃的緊張氣氛。

「等改造結束，可以出來了，士兵會來通知大家。因為不知道需要多少時間，直到來通知大家之前，一定要連木板窗也關緊，絕對不能出門。要是被捲進魔法裡頭，聽說連人也會消失喔！」

我一邊巡視一邊高聲提醒居民，接著返回北門。不久之後，第五鐘響了。包含我在內的北門士兵們都站在大門窗邊，看著底下的街道，十分好奇領主大人要對城市進行怎樣的改造。所有人全屏氣凝神，但誰也不曉得會在什麼時候，又會出現什麼變化。

抱著焦急的心情等待後，不知道已經過了多久時間，騎士們與梅茵突然出現在城市上空。那個圓圓的、外形很奇怪的動物，就是梅茵的騎獸。絕對錯不了。看到一行人出現，我立刻把臉緊貼在並不算寬的細長型窗戶上，凝神注視梅茵他們。這一群人肯定是要施展大型魔法的領主大人與他的護衛。他們從神殿上空往中央廣場上方移動，在北門這裡很難看得清楚。

「現在距離有點遠，除了羅潔梅茵大人，我根本看不出來還有誰來了。」

「士長，你知道哪一個是羅潔梅茵大人嗎？」

「我們在哈塞看過，所以不只士長，我也認得出來。裡面就只有一頭騎獸的形狀跟別人不一樣，那個人就是羅潔梅茵大人。」

列克爾緊貼在另一扇窗戶上，得意洋洋地指著梅茵的騎獸。我身為士長獨占了整扇窗戶，剩下三名士兵則是互相推擠，湊在另一扇窗前。

「既然領主的養女出來了……代表終於要開始了嗎？」

「說不定是羅潔梅茵大人提出了建議，最好在第五鐘響後再等一下，讓居民有足夠的時間回家。」

因為第五鐘響後已經過了不少時間，士兵們才產生這樣的猜測。就在我們注視著的時候，突然有什麼東西發光，然後又有一大團東西從梅茵的騎獸旁邊往下掉落。

「什麼東西掉下去了？」

「……從這裡看不到，但體積還不小。被砸到一下子就沒命了吧。」

這時我們可以深刻感受到，躲在建築物裡避難有多麼重要。接著繼續觀看後，我發現梅茵以外的某個人，開始在半空中畫起會發光的圖畫。

「是領主大人，一定是！真的要開始了！」

「居然可以在半空中畫線耶?!而且還會發光！」

我們完全看不懂在畫什麼，但就算隔得這麼遠，也知道那些圖案複雜又精密。

畫完了嗎？才剛這麼心想時，那個發光的圖形忽然開始增加。看來一模一樣的圖形增加到了總共有十三個，接著散開來擴張變大，覆蓋住城市上空。看到圖形彷彿自己有了生命一樣地動起來，士兵們都「嗚噫！」地發出怪叫。在日常生活裡頭，我們絕不可能有機會親眼看到貴族大人施展魔法。面對自己無法理解的事物，他們臉上盡是畏懼。

「嗚哇?!」

士兵們緊接著又驚叫出聲，但也不能怪他們。因為那十三個神秘的圖形突然同時湧出清水，水量還多到讓人直打哆嗦，很擔心會不會沖走所有建築物。神奇的清水甚至微微發著光，往整座城市傾倒而下，就連北門也不例外。因為窗外只能看見瀑布般的水流，其他什麼也看不到。

不過，視野被水流遮蔽住的時間也只有兩、三秒而已。往城市傾倒的水流溢向馬路，在整座城市裡洶湧奔騰。

看著這副光景，我想起自己小時候玩過一種遊戲。我曾拿著木桶裝滿水，然後打翻木桶，沖走蟲子的巢穴。正好就像眼前這副景象。對貴族大人來說，我們不過是螻蟻般的存在，他們可以當作玩耍一樣，不費吹灰之力就沖走我們的住處，甚至加以消滅。切身感受到了雙方力量的差距，我全身寒毛直豎。

……不會有事嗎？

這次有不少人把平常放在屋外的東西，都收進來放在一樓。這下子一樓會不會淹水，造成嚴重的損失？然而我剛閃過這個念頭，大量的清水在頃刻間消失無蹤。

「這是怎麼回事?!」

沒人搞得懂發生了什麼事。但是，因魔法而突然降下的大量清水，同樣突如其來地一口氣消失了。如今往下一看，街道與房舍竟然都潔白如新。原本二樓以下髒得變作灰色的石造部分，現在變得和道路一樣雪白耀眼，反射著開始西斜的陽光。

「這座城市……以前曾經這麼乾淨嗎？」

……真是難以置信的魔法。

「這種事情居然真的辦得到。太驚人了……」

「是啊。貴族大人都已經施展了這麼大規模的魔法，把街道變得這麼乾淨，我們要是再弄髒，也難怪他們會生氣吧。」

某個人這麼嘀咕說完後，大家一致贊同。一定要讓這麼乾淨的街道繼續保持。低頭看著我們必須好好保護的城市時，一名士兵衝了進來。

「士長，騎士傳喚您過去。」

「知道了，我馬上去。」

常駐北門的騎士告訴我們，城市的改造工作已經結束，馬路上都設置了供居民丟棄垃圾的坑洞，今後一定要把穢物與每個家庭產生的垃圾丟在裡頭，還有要把以上內容傳達給所有居民。

「遵命。」

我帶著部下們，準備離開北門。原本充斥在城市裡的臭味徹底消失，連空氣也彷彿被洗過一樣，看起來好像在閃閃發亮。才往外踏出一步，我立刻發現地面留下了自己的腳印。忍不住看向鞋底後，馬上命令所有人把鞋底擦乾淨。

緊接著我們跑進城裡，在大街小巷內穿梭，朝著住家大喊：

「結束了！大家可以出來了！趕快去確認離自己家最近的垃圾丟棄場所，大家一起讓這座城市永遠這麼乾淨！」

想必是聽到了我們的呼喊，家家戶戶的窗戶接連打開。剛才大概是一直等在門後頭，孩子們歡呼著衝出家門。看著宛如重生，變得美麗潔白的街道，所有居民的笑臉上都洋溢著無限希望。

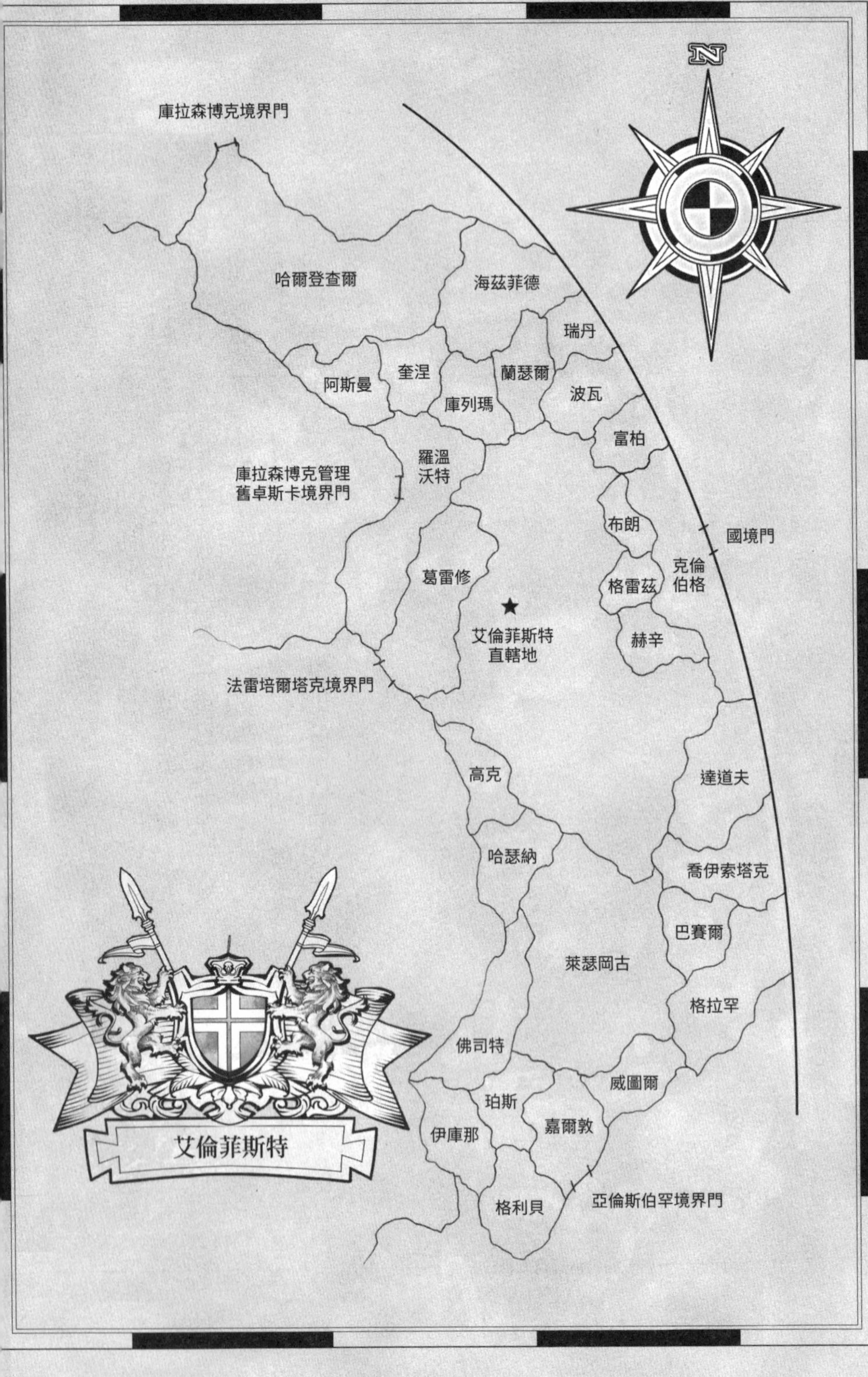
N
庫拉森博克境界門
哈爾登查爾
海茲菲德
瑞丹
阿斯曼
奎涅
蘭瑟爾
庫列瑪
波瓦
富柏
羅溫
沃特
庫拉森博克管理
舊卓斯卡境界門
布朗
國境門
克倫
伯格
葛雷修
格雷茲
艾倫菲斯特
直轄地
赫辛
法雷培爾塔克境界門
高克
達道夫
哈瑟納
喬伊索塔克
巴賽爾
萊瑟岡古
格拉罕
佛司特
威圖爾
珀斯
嘉爾敦
伊庫那
格利貝
亞倫斯伯罕境界門
艾倫菲斯特

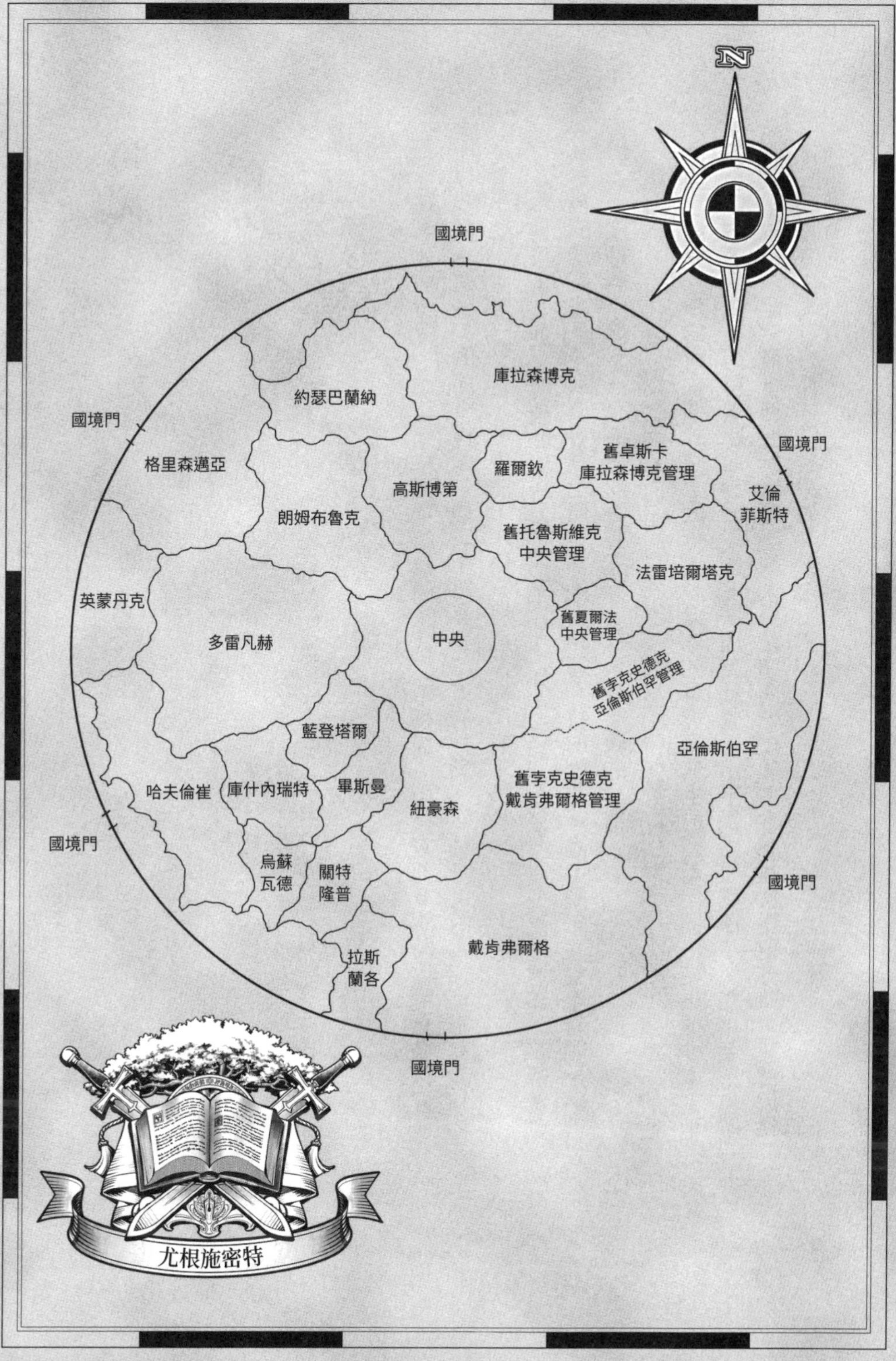

N
國境門
庫拉森博克
約瑟巴蘭納
國境門
格里森邁亞
羅爾欽
舊卓斯卡
庫拉森博克管理
國境門
高斯博第
艾倫
菲斯特
朗姆布魯克
舊托魯斯維克
中央管理
法雷培爾塔克
英蒙丹克
多雷凡赫
中央
舊夏爾法
中央管理
舊孛克史德克
亞倫斯伯罕管理
藍登塔爾
亞倫斯伯罕
舊孛克史德克
戴肯弗爾格管理
哈夫倫崔
庫什內瑞特
畢斯曼
紐豪森
國境門
烏蘇
瓦德
關特
隆普
國境門
拉斯
蘭各
戴肯弗爾格
國境門
尤根施密特

後記

大家好久不見了，我是香月美夜。

非常感謝各位購買本作，《小書痴的下剋上：為了成為圖書管理員不擇手段！【第四部】貴族院的自稱圖書委員（IV）》。

經過種種考量，韋菲利特與羅潔梅茵正式訂下婚約。由於WEB版時收到諸多詢問，所以我試著在這集的序章裡頭，描寫了韋菲利特方的行動。像是身邊的人究竟對韋菲利特說了什麼，他自己又有什麼想法，才決定與羅潔梅茵訂下婚約。

本集故事，就是艾倫菲斯特春天的生活。好久沒能悠哉看書的羅潔梅茵，卻無法輕易獲得閱讀時光。不只慶春宴上將發表她與韋菲利特的婚約，隔了兩年又要重新開始舉行儀式，還得製作休華茲與懷斯的服裝等等，有太多該做的事情。

因為不想刺繡，（照著斐迪南的指示）調合藥水以後，卻發明出了神奇藥水；前往參加哈爾登查爾的祈福儀式時，因指出了儀容內容與聖典上的記載不同，結果並非本意地重現了古老儀式；因特維庫侖施展以後，又因為感覺不出平民區變乾淨了，想用瓦須恩洗淨整座城市（雖然最後施展廣域魔法的人是斐迪南）；領主會議在城堡留守時，與波尼法狄斯一同前往城堡的森林採集卻遇上窟倫……

雖然每件事分開來看都是奇妙的遭遇，但整體其實相當和平。然而，以領主會議為契機，亞倫斯伯罕開始有所行動，似乎需要提防警戒。

本集的短篇，是以基貝．哈爾登查爾與昆特為主角。

基貝．哈爾登查爾視角的短篇中，我試著從當地人的角度來描寫祈福儀式帶來的變化。只因自己一時興起，氣候發生了劇烈轉變。羅潔梅茵很快便回到貴族區，所以看不到哈爾登查爾後來的情況。但畢竟是天氣突然驟變，雖須設法應對，不知該從何解決起的事情卻接踵而來。與此同時，也發現了千真萬確的奇蹟。

在昆特視角的短篇中則從平民的角度，描寫了因特維庫侖與廣域洗淨魔法是如何在平民區裡施展。對於在意他領評價的貴族們來說，讓平民區變得乾淨整潔可說是當務之急，必須趕在他領商人來訪前完成。但是，平民區只有商人們知道他領商人即將大量來訪，一般平民聽到要進行改造的通知只覺得青天霹靂。士兵們在哈塞收下羅潔梅茵的忠告以後，為了守護城市努力奔走，後來又有洗淨整座城市時的描寫，希望各位讀者看得開心。

本集請椎名老師設計的新角色有基貝．哈爾登查爾。整個人很有管理著北邊嚴寒土地的威嚴呢。另外，還有長大了的戴莉雅與戴爾克。戴莉雅出落成了美少女。戴爾克的眼神雖然給人有點臭屁的感覺，但是非常可愛，一看就知道是戴莉雅的弟弟。

然後有消息要通知大家。

從《第三部IV》到《第四部III》為止的封面與彩頁插圖已經製成資料夾，在TO BOOKS的網路書店上同步開始販售。當中若有喜歡的彩圖，歡迎讀者上網選購。

https://tobooks.shop-pro.jp/

此外，之前提過的企劃終於開始了。《小書痴的下剋上》相關書籍連續四個月發行！從本集開始，緊接著十月要發行《貴族院外傳一年級》，十一月是《資料設定集3》，十二月是《第四部V》。

預計下個月發行的《貴族院外傳一年級》，是為了收錄網上特別短篇而誕生的外傳，三分之二以上都是全新短篇。在各短篇中擔任主角的，有韋菲利特、柯尼留斯、安潔莉卡、哈特姆特、優蒂特、托勞戈特、羅德里希、漢娜蘿蕾、洛飛、奧爾特溫、索蘭芝。全是羅潔梅茵就讀貴族院一年級時，在她看不見的地方發生的各種插曲。在本傳中因為出場不多，甚至未能有人物設計的角色，也大部分都在這本外傳中登場了。這也是一大看點喔！

十一月出版的《資料設定集3》內容會與《資料設定集1》差不多，收錄了椎名老師的大量插圖。而可說是《資料設定集》慣例的Q&A，這次一樣收到了雪片般的提問。新短篇交稿的時候，我還會附上貴族院圖書館的平面圖。至於短篇的主角，我還在苦惱要由索蘭芝來擔任，還是哈特姆特或菲里妮……

此時此刻，我正與接連襲來的截稿日努力奮戰。希望讀者們能夠獲得滿滿樂趣。

這集封面的背景，是哈爾登查爾的祈福儀式加上因特維庫命的想像圖。還有穿著神殿長儀式服、被春季花朵圍繞的羅潔梅茵，與負責改造平民區的齊爾維斯特和施展洗淨魔法的斐迪南。這兩人也好久沒出現在封面上了，讓人感到莫名開心。椎名優老師，真是太謝謝您了。

最後，要向購買本書的各位讀者獻上最高等級的謝意。

本傳續集的《第四部Ⅴ》預計在十二月發行。期待屆時再相會。

二〇一八年八月　香月美夜

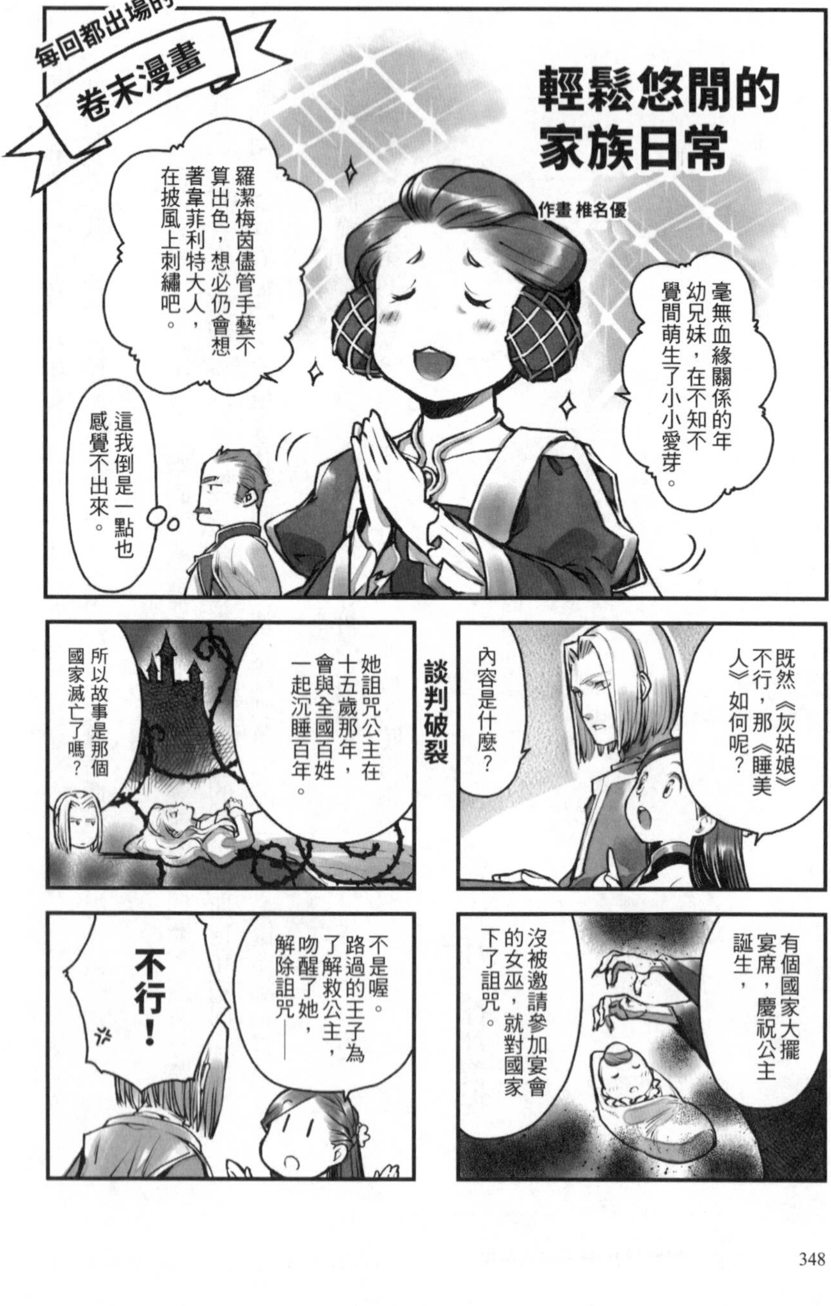
每回都出場的
卷末漫畫
輕鬆悠閒的家族日常
作畫 椎名優
毫無血緣關係的年幼兄妹，在不知不覺間萌生了小小愛芽。
羅潔梅茵儘管手藝不算出色，想必仍會想著韋菲利特大人，在披風上刺繡吧。
這我倒是一點也感覺不出來。
談判破裂
既然《灰姑娘》不行，那《睡美人》如何呢？
內容是什麼？
有個國家大擺宴席，慶祝公主誕生，
沒被邀請參加宴會的女巫，就對國家下了詛咒。
她詛咒公主在十五歲那年，會與全國百姓一起沉睡百年。
所以故事是那個國家滅亡了嗎？
不是喔。路過的王子為了解救公主，吻醒了她，解除詛咒——
不行！

女性聚會結束後

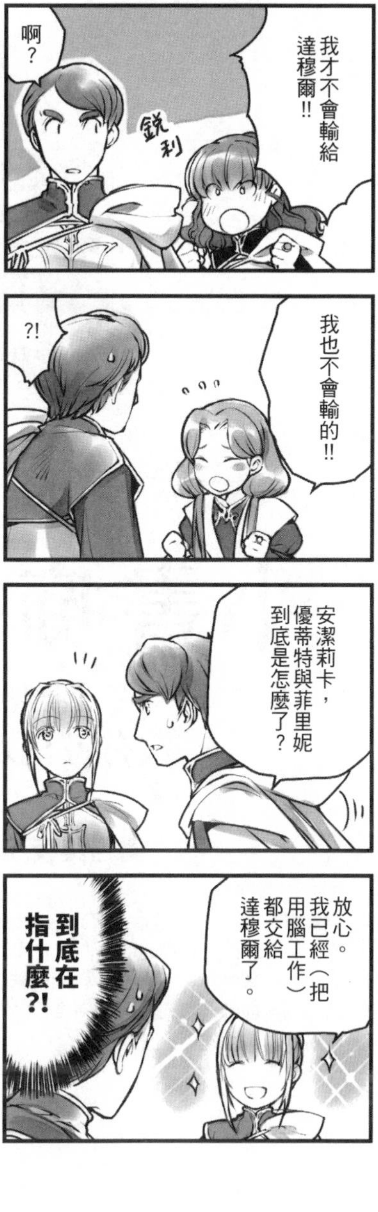
我才不會輸給達穆爾!!
銳利
啊？
我也不會輸的!!
?!
安潔莉卡，優蒂特與菲里妮到底是怎麼了？
放心。我已經（把用腦工作）都交給達穆爾了。
到底在指什麼?!

是藝術而非手藝

讓我看看妳的刺繡，我要知道實際上到底多糟糕。
咦咦~~~
這是什麼？
蘇彌魯啊。
妳的問題在於繪畫能力，不是刺繡。
咦咦~~

就算很困難，我也不放棄！

小書痴的下剋上

【漫畫版】第一部
沒有書，我就自己做！Ⓥ

香月美夜 原作　**鈴華** 漫畫

真實身分曝光，梅茵獲得了路茲的諒解，前嫌盡釋的兩人更加積極投入造紙工作。另一方面，梅茵也開始向班諾學習經商之道，從定價、談判，到掌握市場動向，每天都忙得不可開交，也因此結識了公會長的孫女芙麗妲。同樣受「身蝕」所苦的芙麗妲告訴梅茵，這個病不僅無法完全根治，並且需要倚靠貴族獨有的昂貴魔導具，才能免於死亡的威脅……

「今年的貴族院有許多特別的回憶……」

《小書痴的下剋上》系列第一本番外篇！

小書痴的下剋上

外傳　貴族院一年級生

香月美夜 原作　**椎名優** 繪

春季的畢業儀式結束後，貴族院的圖書館恢復了往常的寧靜，擔任圖書館員的索蘭芝回顧了自羅潔梅茵入學後多彩多姿的這一年……外傳從不同的視角，描寫韋菲利特、漢娜蘿蕾、奧爾特溫等一年級的領主候補生，以及羅潔梅茵的近侍們和艾倫菲斯特舍的學生在貴族院的生活，揭露他們在貴族院裡不為人知的每一天！

國家圖書館出版品預行編目資料

小書痴的下剋上：為了成為圖書管理員不擇手段!. 第四部，貴族院的自稱圖書委員．Ⅳ / 香月美夜著 ; 許金玉譯. -- 初版. -- 臺北市：皇冠，2020.06
面；　公分. --（皇冠叢書；第 4851 種)(mild；25)
譯自：本好きの下剋上 司書になるためには手段を選んでいられません．第四部，貴族院の自称図書委員．Ⅳ
ISBN 978-957-33-3545-0(平裝)

861.57　　　　109006623

皇冠叢書第 4851 種
mild 25

小書痴的下剋上

爲了成爲圖書管理員不擇手段！
第四部 貴族院的自稱圖書委員Ⅳ

本好きの下剋上
司書になるためには
手段を選んでいられません
第四部 貴族院の自称図書委員Ⅳ

作　　者—香月美夜
譯　　者—許金玉
發 行 人—平　雲
出版發行—皇冠文化出版有限公司
台北市敦化北路 120 巷 50 號
電話◎ 02-27168888
郵撥帳號◎ 15261516 號
皇冠出版社（香港）有限公司
香港銅鑼灣道 180 號百樂商業中心
19 字樓 1903 室
電話◎ 2529-1778　傳真◎ 2527-0904
總 編 輯—許婷婷
美術設計—嚴昱琳
著作完成日期— 2018 年
初版一刷日期— 2020 年 6 月
初版四刷日期— 2023 年 8 月
法律顧問—王惠光律師

讀者服務傳真專線◎ 02-27150507
電腦編號◎ 562025
ISBN ◎ 978-957-33-3545-0
Printed in Taiwan
本書特價◎新台幣 299 元 / 港幣 100 元